AUTOKILL [2.0]

Fast ein Requiem

Jürgen Lieskounig

Herstellung und Verlag: BoD – Books on Demand, Norderstedt

© Jürgen Lieskounig 2015

ISBN: 9783734773457

KOMMENTATOR: Harald Attems, des Mordes angeklagt, gibt nichts her von sich und erst recht nichts zu Protokoll: er verweigert jede mündlich-analoge Aussage = die Systemwalter und Justizbetreiber legten ihm nahe = verhörgestützte Zwings-[nicht Zwangs]jacke: der feste Boden, gesetzbetoniert: hier herrscht Recht:Staats:Gewalt = er reagiert mit Redestreik... => daher soll Attems sich wenigstens schriftlich erleichtern, in die Tastatur und monitorbegleitet beichten, denn: je reuschorfiggreinender sein DigitalGeständnis, desto zellenkomfortabler das Lebenslänglich: unser richtendes Rechtswesen rucht, rucht rachefernst und maschinen-lesbar abstraktabstroktabstrus: so keiten wirunduns barlichheitenweit = protokollgehämmert gilt aktenkundig, aktenmundig: die Schrift, die Schrift, die heilige, weilige, teilige Schrift: nur herausrücken muss er, der mordbeschuldigte Attems, heraus mit der Sprache: in den Computer, wenn er schon mündlich stummverstockt schweigt: justizhalber zählt jede seelenreinwaschmütige Beichte: der PC prozessiert und speichert jeden Tastaturdruck, unvoreingenommen, rechtundbillig...

Worum geht es konkret -> plot? -> Klappentext? – Attems' Lebensgefährtin, eine Frau: attraktiv, geistreich, souverän selbstbestimmt, wurde nachts tödlich überfahren, der Fahrer flüchtete unerkannt, Attems nimmt privat Nachforschungen auf, findet schließlich den Schuldigen (den er kennt: ein Kollege seiner Frau) und exekutiert ihn.
Aber nun, angeklagt und in Untersuchungshaft, spielt Attems nicht mit: er spielt, mitgerissen vom Furor agrammaticus, tastaturhämmernd seine Weise von Liebe, Tod und Rache = lesen sollen sie, nachlesen... } nur störrisch retroschriftgläubig

oder traut er seinem Dämon nicht, wenn er den Mund aufmacht? Jedenfalls lehnt Untersuchungshäftling Attems jede aufzeichenbare MundzuOhräußerung ab: lesen sollen die er für die Welt hält: anklageschriftwüten hat er im Sinn = Umkehrspieß, wie er es sieht: seine Verteidigung heißt Anklage: mitten ins Gesicht sprachgeschleudert...

Da er sich unwiderruflich aus jedem Lebens-, also Sinn- und Weltzusammenhang gerissen sieht, rebelliert er mit semantischen Konvulsionen und Ausbrüchen gegen jede narrativ konsumierbare Sinnfälligkeit: unvergleichbar und unfasslich will er seinen Fall, beinahe ein Liebe-, Tod- und Teufel-Gewirk, offen, in zeitloser Jetztschwebe halten. Allerdings wäre ihm zuzutrauen, seine Satz- und Wortgrundkonvulsionen gezielt hoch- und überschäumen zu lassen: es geht ja auch um die offizielle Diagnose seines Geisteszustands und damit um die Frage seiner Zurechnungsfähigkeit nach den herrschenden Gesetzen. Das heißt: zur psychiatrischen Beobachtung freigegeben, gehen seine Gedanken wahrscheinlich in Deckung: das System schießt, schießt an, sagt sich Attems - und schießt zurück: will den Sprachspiegel zersplittern = aus den Scherben soll eben kein Sinngefüge entstehen: der gewaltsame, und wie er glaubt, vorsätzlich herbeigeführte Tod seiner Lebensgefährtin ist in seiner Absurdität unfassbar und unannehmbar für ihn: also will er schreibend nicht nur die Zeit selber in der Schwebe anhalten, sondern auch ihren Tod nicht anerkennen. Solcherart kann es nicht überraschen, dass er jedes schuldverschmierte Schuld- und Reugewissen von sich weist....

Als Mann mit einigermaßen löchriger, aber dennoch humanistischcharmierter Bildungsausrüstung liegt ihm naturgemäß auch an anspruchsvollerer Wirkung und verwendet aus diesem Grund Teile oder wenigstens Anklänge an eine traditionell-kirchlichen Trauerklage, wenn auch in chaotischer und ausgesprochen fragmentarischer Form. Die gelegentlich vorkommenden musikalischen Fachbegriffe können bloß dekorativ gemeint sein oder aber auf eine nur Attems bewusste Tiefenstruktur verweisen. Ein Hinweis an die Rezipienten scheint angebracht: die einzelnen Abschnitte müssen nicht unbedingt der Reihe nach gelesen werden.

I

REQUIEM AETERNAM

Ich geb's euch, tastaturtestamentarisch, wenn schon weder letzt noch willig: herausgerückt mit der Sprache = sauberscharfe Nullen und Einser: da könnt ihr dann die Spy-malware schlüsselwalten lassen: algoreinrhythmisches Entziffern meines authentischen Achtfingertastengewitters: ich vertraue mich dem Speicherchip an, arglos: zweithöchste Reinheit, silikonunschuldig =-> sie, Livia, meine Livia, sie ruht nicht und schon gar nicht ewig} nicht einmal tot ist sie: kein Präteritum cantabile -> nicht ab- und eingewickelt in Zeilenschnüre = endlosgewebter Sterbemantel für sie, für mich: lebendig bleibt sie, solange das Synapsengitter hochspannungsknistert und ich noch Gefühl in den Fingerspitzen habe = ich tippe deine Lebenslinie ein, Livia, Taste um Taste: Zeichenketten dir zu Gedenken } also schön wortschnürige, rück- und vorbehaltlose Beichte? urteilsmildernd reusabbern und schuldgreinen? -> erweisen Sie, sagen die da draußen, ehren Sie ihr Angedenken: reinen TischmalreinesGewissen = geschlossene Anstalt-Ruhekissen: erleichtern Sie, lamentieren Sie: Ehre sei Paxvobiscum in der Höhe = Zelle siebenzwölf, Stockwerk vier, Ostwestkorridorflucht: Licht! Deckenkamera! -> die Leere nur zufällig keine Pittura Metafisica oder biegt da Giorgio achselzuckend um die nur gemalte Ecke?

Ruhe sanft, Livia, Livia Lamont-Attems! nach dem anderthalb TonnenSchlag, zieh dir den Blutschleier vor die gebrochenen Augen, ruhe sanft: der Asphalt macht anstandslos Platz = entgegenkommend, körnig-schrundig } und dann kamen die Sirenen: unwiderstehlicher Gesang: erst Rettungs-, dann, schwarzsegelseliger Leichenwagen = und dein naher, dein allernächstnaher Angehöriger wiegte sich in der All- und Normaltagsschaukel, noch ein Glas Wein mit Streichquartett (ein Lebensstil ist kein Vierfarbenposter), bis sie vor der Tür standen, mit ihren neu abgetragenen Uniformen und griesig

ausgewaschenen Dienstgesichtern: Herr Attems, Herr Attems, wir fanden eine Leich'...
} ich habe keinen Mord auf dem Gewissen, ich nicht: da müsst ihr schon ihn, den Auto-Killer vorführen [Obacht: Leichengift!]: ER hat gemordet, er: kalttückisch lustgemächtiger Auslöscher = ihm müsst ihr den Prozess machen: exhumiert ihn doch! auf die Anklagebank mit dem Corpus putrefactus: erst dann wird die eisige, schneisige, kreisige Sonne der Gerechtigkeit voll monstranzstrahlen: Aurora borealis iuridicus [Video sofort auf Itube = hyperzählige Trefferklicks] ->->->- ihr, ihr Systemblockwahrer und −wächter: Ihr schriebt den Totenschein, den Lügenstein = epitaphwuchtiges Grabmal, Grabmaul als letztes, als hohnschweres Nachwort für Livia: TODESURSACHE: VERKEHRSUNFALL = statistikwilliger, - billiger UNFALLTOD, bedauernswert und augenblickstragisch: ein Fall, ein Unfall-Fall: schlagbolzenstarke Definition, polizeiarmiert: denn wenn alles was recht ist Recht ist: dann besetzt, besatzt! Statistik: die weite Wüste Wirklichkeit = Verkehrsunfälle geschehen alle Tage, Opfer realistisch nicht zu vermeiden, ja systemimmanent: Livia ein Zähl-Zahl-statistisches Normalfall-Opfer? wo motor- und massengetrieben zivilisationsgewalzt wird, gibt es systembedingte Kollateralschäden = Autobahn-Beinhäuser, PS- und Xplosionsmessen: ein feste Burg ist unser plot, amtsbuchstabeneintreuetiefgemauert: schwerste innere Verletzungen aufgrund eines Verkehrsunfalles: Fuß-gängerin von fahreflüchtigem Raser getötet, wenigstens das stimmt: totgemacht -> auf-GRUND = kausal verleimter, verschmierter Tat-Sachenboden: umbiegen, umlügen, um-grunden: wer dagegen schreit, kommt in die Klapsmühle: und wird geschrotet, psychopharmafein zermahlt, zermüllt: aus dem Verkehr gezogen---

...und ewig bis zur Pachtfristfälligkeit ruhen die TotToten-, die Ab- und Verschiedenen: Goldlettern auf Kunststein: verwitterungsfreundlich = weil ja hienieden auch und trotz einmal geschieden sein muss } aber noch bin ich signifikatsfähig: ihr Tod in Wahrscheinlichkeitstheoretie gebettet: der statistische Zufallskomet schlug ein und bestätigt einmal mehr langfristige Durchschnitte -> ein Unfall ist ein

Unfall ist ein Vorfall: fassbar als Gewesenes, Geschehenes, speicherfähig, unerschütterlich datenfest = also Routine, also Statistik: die Zahl der Verkehrstoten einschließlich Fußgänger ist im abgelaufenen Zeitraum um inflationsratenbereinigte kommadrei Prozentpunkte gesunken –> beruhigender Trend, wachsam verfolgen die Verantworter auch diese Entwicklung - es gibt noch Potential für weitere Reduzierung: Todesfälle, Straßenverkehr: Sach- und Personenschäden = volkswirtschaftlich nicht unbedeutend: schmälert, nagt, frisst = soviel verlorenes, ja vergeudetes Vermögen: alle Behörden [ein feste Burg ist unser Zwinger: DIE hördliche Hürde sollen die Zivilschaftler erst mal überwinden, unsere Gesellschaft eine mit beschränkter Haftung und individuelles Leid = marginaler Einzelfall mit Drittmitteln abgewickelt: Tierschutzverein, Sterbehilfe, Beichtväter und Spirituosenengel] sind sich einig, blahblahblaleluja-einig = aus volksundwirt-! Aus sozialwirt- und justizwirt-schaftschäftigengeschäft–lichen Gründen } auch hier, wie überall, grundelt es, gründelt: lauter Grundgründe, Wenn- und Abergründe: von Grund auf gründlich dürfen wir nicht nachlassen in unseren Anstrengungen, diese Zahl weiter proaktiv zu senkenim-GedenkenansLebenschenken: und einem geschenkten Tod schaut man nicht ins Abend- schon gar nicht Nachtblutrot: Livia: du bist Opfer bist du: ja der Straßenverkehr, der ist auch nur ein Mensch und weil beim Hobeln eben Späne spanen, hat dich der Unfall-Zufall-Sterbefall-Roulettebetreiber zockersatt abgebucht und statistisch eingespeist: 'aber die Gesamtzahl der erfassbaren [fass! fass!] Toten, opfer- und verkehrsbedingt, ist seit einigen Jahren leicht rückläufig' -> sehen Sie die sich geradezu elegant anflachende Kurve: und da gibt es Leute, die Statistiken unsinnlich finden…

So ruhe nun, so schlafe fürhiniglich und aschensanft: mögest du der Erde leicht sein = dein Ruhekissen in der Urne und Frieden deiner Nische! Geliebte: aschenraschelnd, fast schwerelos im Rauch = was brennt denn hier so ununterscheidbar gegen den Feinstaubhimmel? Ein Mensch, ein Mensch, also von einem Aggregatzustand in den anderen und siehe da: Auferstehung des brennbaren Leibes und für Schwergläubige, Unseelige, gibt es diese flockigen, lockigen

Schüttelurnen: hier ruht, unvergessen, und in tiefvioletter Trauer unversehens herausgerissen: vormals blühendes Leben = aber nichts, nichts ist verloren und einstens wird auch die teure Geliebte recycelt wieder um- und einstehen = das unverwüstliche Quantentoben, kernkräftig: wo Energie war, wird Energie bleiben und der Hinterbliebene kann eine lilienblassschöne Ge- und Andachtskerze stiftbrennen = unvergessen auch morgen noch -> und Mahlzeit! sagen die Organe: was lebt, das frisst und funktioniert und scheidet aus

so schlafe nun, liebende Geliebte: Amada amante = rauch-himmelfahrtsrein aus den Flammen Gegangene, unsterblich kosmisch die organischen Verbindungen? aschengebettet: sanft, sanft, aber sie ruht nicht, meine Livia, sie ruht nicht: da bleibt eine Unruhe, ungelebtes Leben, zerschlagen das Namensschild = namenlos } Livia ist ein Mensch, alle Menschen sind sterblich = also ist sie---- -> unter Milliarden ein Punkt, also ein Siebenmilliardstel und meine Welt, mein Siebenmilliardstelanteil: geborsten, geborsten = Menschenlos, sagen sie, des Menschen Los: ja, lose, das lose Los ziehen, jedem seine kleine, feine Privatalsogarantiertintim-Verlosung = aber am Ende steht einer da mit leeren Händen und das Los heißt nun Totenschein, abzulegen als Urkunde: Geburts- und Sterbeurkunde, dazwischen NICHTS, nichts mehr: die Füllung, die Füllmasse zwischen den beiden Daten: Individualwunsch- und würfelgemisch, je nach--------

Gesetzlich zu bestatten, vorgeschrieben die Entsorgungsdetails = privat können Sie Ihren Schmerz freilaufend von der Leine lassen -> wir tun unser Pflichtunser und bewächtern ordnungsgemäß: Vorschriftsanktus bleibt auch säk- ja sackularisiert dienst-verinnerlichst -> und: Herr Attems, Sie sind der nächste, der allernaheste Angehörige der verstorben Verschiedenen, nach der Autopsie, totenschein-geordnet und verbucht, werden die sterblichen Überreste freihändig ausgegeben zwecks ZwangsBestattung, gerne auch Einäscherung falls gewünscht, das ist sehr beliebt heutzutage, ich bin seit dreißig Jahren im Kremationsgeschäft, aber so stark war die Nachfrage nie, klar, Gräber werden immer teurer, die Grundstückspreise, die Renditenweise, die Aschenspeise - so eine kleine, feine, kadaverreine Nische für die Urne dagegen... - die Trauerfeier können wir ganz individuell gestalten, ganz nach Wunsch: getragen stilvoll, oder mehr herzgreifend – wir können selbstverständlich auch eine vivace-kreativ Note arrangieren Herr..? Herr Attems: ganz individuell nach Ihren Wünschen: ein schöner, ein würdig-pietätssatter Abgang für Ihre Partnerin, Lebensgefährtin, geliebte Hingeschiedene – wir sorgen für einen angemessenen leiseadieuundservus Abgang, gerne gegen Aufzahlung auch mit lyrischem Sopran---

} so einleuchtend das alles: nicken, kopfschütteln: tragisch, früh, so früh, so zu früh: gerissen, herausgerissen: blühendes Leben – fertig werden, bewältigen, weiter gehen = geht weiter, alles, also arbeiten: Trauer abarbeiten und nach getaner Arbeit den Kopf in die Hände legen: Feierabend und gute Nacht du Herze mein, lass uns melanchoholig triste sein bis zur Feuerprobe: zur ewigen Feuerruhe gebettet und die Flammen, die Industriegasflammen schreiben den Nachruf, den letzten: brennend:

Mors stupebit et natura,
non resurget creatura,
iudicanti responsura.
Iudex ergo cum sedebit,
quidquid latet apparebit:
nil inultum remanebit...

= ich schreib's euch hinter die Seelengardinen (Mottenfraß: mottenkotig, aber so achäoehrwürdig und –würzig = messen, aus- und ermessen die Totgesagten: auch sie, auch du: Strafe und Buße: warte nur, bald kommt die Jüngste Abrechnung, kirchenpflichtig und pfändungsgebenedeit: ja, aber weil man nie wissen kann: so ein kleines, feines Himmelfahrtsschlüsserl, lateinisch vergoldet: also die Brille, die Gymnasialpflichtfachbrille aufsetzen = er zitiert, euer, Ihr häftlingsgebundener Attems zitiert und liefert den RIP-Schlüssel gleich mit -> aber wer's – antirömisch und überhaupt - nicht gleich lesen kann: Such! Maschine, such! und im Hirngewölbe beginnen die Glocken, die Sterbeglocken zu dröhnen

II

OFFERTORIUM

…und dann kamen sie an, kam die vereinte Monopolgewalt und schaustümperte TV-Serien nach -> auch wenn sie's abstreiten: immerhin kein Hubschraubergeknatter, auf- und abschwellend: Dank und Gruß ans Soundstudio, aber wenigstens an die Wohnungstür schlagen als wär's der WasserimMundundNeurotransmitterknisternde Vorspann – kugelsichere Amtswestenverkleidung: für den Ernstfall üben kann nie früh genug sein: LedermalDienstwaffen-Requisiten, Gewaltverdacht dringend anzunehmen = Gefahrenstufe Blinkrot: Objekt virtuell bewaffnet: ins Mobilmikro heisern: AlarmundEinsatzfieberblasen = alles schlecht geprobte Provinztheaterschmiere, aber in die vorsorglich eingeladenen Medienkameras entschlossenblicken, ja, und den Schwerverbrecher, den TeuflischPlaner- und Vorsatztotschläger abführen: fotogen verzerrte Unmenschfratze = Stiefel, Behördenstiefel in den Unterleib gerammt = das verzerrt noch das verschlossenste Privatgesicht! -> so schützen wir die Öffentlichkeit, hüten die Zivilgesellschaft auch ohne Kesseltreiben = Sicherheit hat ihren Preis: in Wahrheit unbezahlbar ->->->Leibesvisitation und Fingerabdrücke: Angaben zur Person = erfasst, sagen sie, kriminalbehördlich erfasst und ohne Schnürsenkel oder Gürtel: Papierkrieg im Falle eines FreiAblebens = den Aufwand einfach nicht wert, aber die Zelle ganz wie in den Vorlagen schadenfroh schäbig abgenutzt und neongrus-erschöpfungstot -> bis zur Einvernahme sicher gewahrsamt: aussagenreich amtsstundengemäß = der Diensthabende wird verfügen: ich versank in Geduldsyoga } wusste: bald werde ich dran sein und zur Sprache kommen.

Livia: sie glaubte an die unzerstörbare Kraft des Feuers: Energiesatz, Energiesatz! aber mir blieb das zu geschlossen: Bandlücken, Brandbrücken = jetzt sich verbietende ero- nein: thanatos-gene

Zonen } ihr Mund, die Lippen [sie spricht, sie lächelt, sie mimt] und leichthinniges, leichtwilliges Erdgas für die Brenner, mehr als tausend Grad: ein Menschenkörper im Feuersturm: unwiderstehlich = der letzte Tanz, fliegend leicht, an die störrisch unnachgiebigen Knochen denkt keiner = Knochenmörser klingt auch so grobungeschlacht, nicht wahr: aber unsere Kunden wollen nur vom Allerfeinsten -> seit fünfunddreißig Jahren im Leichenfeierdienst: wir setzen den Maßstab... kompromisslose Qualität...kein Zufall, dass wir nischenmarktführend...Profil, Profis, profitlich...
zartgrau flockig die Asche: teuer bis unersetzlich kostbar verblichen } wie sanft ruht es sich in der Urne? ans Ohr gehalten, raschelt's so wolkiglyrischgedächtnisvermächtig ->->-> bis zu fünfzehn Einäscherungen an starken Tagen...ohne die neuen Brenner nicht zu schaffen...wir beschränken die Formalitäten auf ein Minimum...nutzerfreundlicher Service – unterschreiben Sie hier, die Urne entspricht den DIN-und RIP-Normen, für die unsterblichen Reste sind wir nicht zuständig [schiefgrinsern: Routineschmunzler]... ja, die Lagerung: Sonderrabatt bei langjährigen Mietverträgen: ein sicheres Plätzchen fürs Schätzchen: dreißig Jahre Schließfachfrieden = das kostet eben:
nun ruhe du sanft, Aschenputtel-Livia, und warte nur ein Weilchen: bald vereint, zärtlich Urne an Urne: liebendes Gedenken bis zur Umwidmung = Platz ist knapp und die crack-und-speedfrenetisch superfekunden Menschenmassen drängen nach: atmen, tief ein- und ausatmen können: wenn nur der Druck nicht so malmend stark wäre: die Zeitmaschine mahlt einfach weiter, immer weiter, mit ihren durchaus biegsamen Kiefern } Orgelmusik als Option für die bildungsvermögenden Trauergäste: in die Vollen gegriffen, weil hier und jetzt wird nicht gespart = wenn schon nicht gebettet zur Ruhe, dann wenigstens den Thomaskantor oder GeorgFriedrich -> schließlich eine Art Feuertaufe, nicht wahr: Zwischenrast im Krematorium: wenn du den Rauch weiß aufsteigen siehst, wird die Heimfahrt glücken ABER: keine heiße Asche einfüllen = Schmelzgefahr: bis zur Unkenntlichkeit, nur toxische Klumpen für die Grabräuber – die An- und Hinter- Verbliebenen und –hörigen zählen sich: über-gelebt -> wir haben sie bestattet, verabschiedet, gebettet in

die Orgeltücher: da liegt sie nicht eng = ein wirrbunter Haufen, Livias Familienfragmente, Kollegenmenschen, unsere wenigen Freunde: eine zerstreut-ratlose Gruppe: wenn wir nur intensiver im Trauerbuch gelesen hätten..., und der Zelebrant zelebrierte, zelebrantete, zele-brünstete religionsfrei [wenigstens das: wenigstens keine Aasgötter- und Aberglaubensfliegen] gedenkenangerissenmitteausvermissenvergessenun/ehrendliebendherzbewahrenschmerzpeintrauerzährschicksichin: ohnetodwäredaskeinleben: denkruhesanftundheiter: wirversammlersammelnimangesichtimangedicht } lallen, kopf- und herzlallen und ein Tüchlein für die Augen, lavendelgesäumt, himmelschlüsselbestickt----------

} nicht zu widerlegen: das Blumengebinde auf dem Mehrwegsarg = Weiße Lilien für die tote, für die lebendige Livia: sie konnte diesen demutssanften Kelchen nicht widerstehen = etwas von noli-metangere, meinte sie, und dieses einen so hinziehende Pfirsichhautweiche: aber nur im Hinschauen, nur scheinbar } wie sie dann lächeln konnte, Livia de mi vida, und ihre Wangen, ihr Menschengesicht: ein Glanz, verhalten, kaum ->->-> die verborgenen sanft......
} LÖSCHEN! }LÖSCHTASTE!
= das könnte denen so passen: jetzt wird er endlich intim, der Attems: Einblicke, Emotionen, das ganze Gefühlsbündel schnürt er jetzt auf -> und die Amtsleser voyeuren sich einen ab = ranzig-routinierte Dienstlangweile: man ist ja auch nur ein Mann, ein Mensch, ein Warmblüter: vielleicht regt sich noch etwas in mit allen Wassern gewaschenen Justizhosen [Ermittlerdenk: da kommt er endlich zur Sache, wird interessant und dann löscht er einfach...]

Da müssen die Seelenkundgrundler ran, die Wichtigräusperer, psychiatralisch und erz-, expertvätrig oder auch -materlich: Untersuchungsobjekt Attems: ...narzisstische Persönlichkeitsstruktur, regressive Projektionen.. = ich kenne den Etikettenjargon -> auf herzeloid reimt sich nur noch sigifroid, Sigismundo über alles: Sie haben es erraten! = gestörtes, recht eigentlich paranoides Verhältnis zur Außenwelt, so der Gutachtkoryphäenprofessorsabberchefwellen-

schläger: Beziehung zur verstorbenen Partnerin sublimiert und schizoid gespalten...expertestes Tiefenblahblah, Höchsthonorar [immer noch zu schäbig, privat berechne ich das Doppelte. Mindestens] nach Justiz-Verwaltungstarif ---- der Breitstelzgutachter, permanent Modell sitzend nach der gewollt schwach erinnerten Kopie eines oft imaginierten Groß-Onkels und Ex-Heiratsschwindlers = die Qual, jeden Morgen niederschmetternd niemehrneu dem eigenen Gesicht im Spiegel gegenübertreten zu müssen: fettiger Haarkranz und eben keine leuchtend barocksinnliche Fleisch- und Lustglatze: fleckig schorf-schuppiger Skalp -> nichts zu fassen für die urban-legend-Rothäute, oglallalallend: morgen sieht's nicht besser aus − immerhin die allerdesigntesten Designer-Analytikerbrillen, messer-, ja intellektuellenscharf: Vorsicht: Verletzungsgefahr! da fällt die Nase, dieser nüstrig-bohrlöcherne, so peinlich pressfleisch- und knorpelgemixte Vorsprung, Auswuchs! müsste man schon fast korrigieren − ja, auf den Studentenzeitfotos sah das Ding noch schnittig-eigenwillig aus -> wenigstens der Professorenbart nicht ohne Silberstil = nach Katalogvorlagen gewachsen, gepflegt und gehegt = charakterbildend, irgendwie markant, wenn nicht gar distinguiert und expertenauthentisch: Herr Doktor Sach-Such-Sichverständiger, Ihrer Meinung nach...?, sauber gefurchte Endlosstirn beglaubigt sich von selbst: hirnig, egg-head = berufen und kundig: kraft meiner hochstirnigen egg-head-Autorität..., ja, Wangen und Schläfen könnten besser gestylt sein: einfach einen Schuss fotogener [because I'm worth it] − sein Analysebesteck: gediegen TV-kompatibel, aber vordruck- und formular-freundlich [Honorar: satt]
also, Herr Attems, Ihre Frau: attraktiv, erfolgreich, im Mittelpunkt: fühlten Sie sich zeitweise im Schatten? vernachlässigt? so eine Art Hintergrundtapete, vor der sie erst so richtig zur Geltung kam? Ihr Beruf, Textildesigner, sehe ich: kreativ, geschmackssubtil, farben- und textursensibel = Verstehen ist alles, aber alles lässt sich nicht verstehen: schürfen, wir schürfen, wir Zwerge: das Gold, das Seelenwaschgold--

-> oder die scharfChanelkostümierte PsychohockerTante = immerhin quotenbewusst und gender-korrekt: nennen Sie mich einfach Christine, Herr Attems, ganz zwanglos, Frau Professor oder Frau Doktor lassen wir beiseite [allerdings nicht auf der Visitenkarte: da hört sich der Leutseligspaß auf!], also ich bin die Stephanie und ich darf doch Harald sagen: entspannter, informell = nur helfen, verstehen: erst freilich auf den Grund gehen, den Analytikergrund, im Schwurbelteich, nur wir beide, streng vertraulich - ihr Schal, ihr langer, schlanger Kaschmirschal: lila, fast zitatdiskret, aber unüberhörbar krähend: teuer, kostspielig, weil Kosten keine Rolle spielen dürfen: ich lebe mich und spiele mit, die schnittig-schneidigen Kurzhaare: Neuanfang, radikal schrägfransig und genau eingefärbt: das verräterische Spät- und Nachderscheidung-Rot, Jetzterstrecht-Rot = und ich gehe meinen Weg, autonom-autodrom-autochthon, jawohl! -> aber der Mund, der FrauDoktormund: brüchig ungewiss, besonders die Oberlippe: in unbewachten Augenblicken schattenfaltig und enttäuschungsschlaff [wie konnte ich mich nur derart betrügen lassen: die feste BurgHerr-undMannBrust auch nur ein Männchen, hormongesteuert – und jetzt grinsen mir die Fünfzig entgegen: der Spiegel insistiert auf neo-verismo, aber morgen ist ein neuer Tag, TagfürTag…]
} business-schneidige Ungeduld mir gegenüber -> ich: Patient? oder nur Gewalttäter, doppelwendeltreppen-fixiert: Verweigerer, Sublimierer, multipel regressiv = also einer von denen? Madame Psycholotti hat allerdings noch etwas mehr auf dem Kasten: Ihre Frau, sagen wir Ihre Partnerin, hatte Beziehungen, Affairen, wenn Sie wollen, zeitgemäße Beziehung, sagen Sie, Monogamie, der Zwang zur dualistischen Ausschließlichkeit, quasi-religiöses Sexual-verhalten = du sollst keine andere Kopulationsvariante als die michige meine… –all das muss endlich überkommen werden = sagen Sie, Herr Attems, aber die polizeilichen und staatsanwaltschaftlichen Ermittlungen ergaben ein anderes Bild: Eifersuchtsszenen, berichten Nachbarn, unterdrückte Aggressionen, gedämpftes Heisergebrüll = paranoide Tiefenkrater in den Unbewusstseinsgräben -> eine rechtwisserische Argonautin das, mit vollen Analysesegeln ins Netz, spinnspinn-----

} extrem empfindliches hypersubjektivistisches Gerechtigkeitsgefühl, ins pathologisch Absolute gesteigert: übereinstimmen die Gutachter einstimmig, sagte Richter Foltz, alle Symptome deuten auf tief gestörtes und verzerrtes Weltbild = Wahn, wahnhafte Obsession: Heilbringer und Märtyrer = eine Welt von Teufeln, verschworen, Komplizengesellschaft } aus dem Lot, alles und, so die Geistesexperten und Psychopadres: zersprungen die Achse, die Sinnkardanwelle = nur noch irrkreiselndes Taumeln auf der Willkür-Umlaufbahn -> jawohl, ihr neurochemischen Zuckungsversteher, Honorarnote liegt bei, ein Fall für die Anstalt, nicht gemeingefährlich = Patient Attems wird so gut wie nie zum Sicherheitsrisiko, vorausgesetzt: ausbruchfeste Verwahrung, für alle Fälle -> kann ja kaschiert werden = Vorhänge vor den Gittern, Lektürefreiheit mit blumigbunten Magazinen und heiter-besinnlichen GuteNachttexten, maximal bürgerlicher Journalo-Realismus allerdings: da kommt nichts ins Wanken, bewährtes Verschleiern und Täuschen: die Wirklichkeit ist ja zum Glück beliebig reproduzierbar = Endlosschlauchband, da lebt auch ein Rechtswüterich wie dieser Ich, dieser Attems, in folgenlosen Recycelkreisen des Immergleichen, con variazione } effizienteste Lösung für Staats- und Rechtsträger: kein Prozess = öffentlich! und Gefahr: Großauftritt des unbeugsamen RichtschwertRächers Harald Attems: Gelegenheit zum j'accuse: Tribunal und dann die Medienschwärme -> Millionenklicks, Netzlauffeuer und Solidaritätsgeheul der Verstehersofties: verhindern, ab- und totmauscheln, das Interesse der Öffentlichkeit kann nicht das Interesse der WahreWertewahrer und -Wärter sein -> vorauseilende Schutzimmunisierung, denn Volkswesen krankt potentiell per definitionem

KOMMENTATOR: Attems möchte allem Anschein nach die Koordinaten verrücken: an den LängemalBreitemalTiefemal-Zeit-Gitterstäben wenigstens rütteln = so als ob er aus allen Wirklichkeitswolken gefallen wäre. Sehr genau müsste, muss er auch wissen: amtlicherseits wird ein psychiatrisch-psychologisches Auge auf ihn geworfen = Tatzeit-unzurechnungsfähig? = also prozessuntauglicher Geisteszustand:

wesentlich kostengünstiger, vom vermiedenen Medienschlachtfest zu schweigen = Blut und Rache plus eine schöne Frau, fahrerfluchtopfer-verbaltragikangesengt: ausschlacht! ausschlacht! } sieht er sich kabinettexhibitiogespiegelt? denkt er an früher, an die Zeiten, wo man noch lesen konnte, was für einer ein Kohlhaas war, eventuell sogar QuijotenLanzenreiter und –brecher, Einzel-, absolut Solo-Kämpfer und -Mentalist, blind für die Gottesmühlen und ohne den gegengewichtigen Brotweinundoliven-Erdanker auf seinem drohnenbeäugten Esel? Oder doch blindwütig anreitend = eine brechende Lanze im Wappen: der 3D-Kopfdrucker rattert, rettert, rottert: hier dräurase ich, ich kann nicht anders = sein Weltausschnittsuniversum steht auf dem Kopf: Unrecht ist Recht und Recht Unrecht -> dann lieber singen, monostimmig und in Seiltanz-Moll: weggetötet meine Liebe, mein Leben, meine lebendige Lebenszeit-Gefährtin = unlebbar: die hinterbliebene Paarhälfte muss eingehen, aber nicht ohne starkfühligen Abgesang: totklag! totklag! markinnigschütternd =}

denn Attems trägt seine Aggrotrauer offen, verleiht sich den Humanum-SchmerzensmannOrden: seht her: ich bin ein Mensch! = manifestiert sich da ein Hang zum Retro-Spirituellen? Spielt er Originalkadenzen auf der PC-Tastatur, mit Surreal-Schlenkern und –Schleifen, um möglichst viel Konnotationsschlamm aufzuwirbeln, dergestalt dass die Semantik-Kalvinisten ihn prozess-ersparend und kostengünstiger ins Heil- und Pflege-Internat kuratellen mögen? Will er gar selber unter sich und ohnegleichen, schutz- und haftgesichert, verweilen? Denkbar auch, dass Attems mit seinem Wortgeschleuder das Zeitgeriesel, die Tempusuhr selber anzuhalten sich anmaßt: statt Imperfekt unerlöste Mit-Vergangenheit, statt Futurum exactum Vor-Zukunft? Spielt er Schlachtschiffversenken mit und gegen sich? -> Wörtertreffer um Wörtertreffer, bis alle auf den Grund gesetzt sind } so häuslich, so bergend die dichten Vorhänge des Untergangs } das Todund-Streichquartett klammert er aus: nur du, du allein kannst einsamschwer Passions-Monomartermane sein ->->-> durchaus wahrscheinlich, dass Attems' Ausdrucksfuror nur vorgespiegelt ist: solange seine Finger in die Tastatur kehlschreien, herrscht für ihn vorläufiger Stillstand, kleine Ewigkeit: also zeitentrückt unglück-selig... } zählt er die Nächte? die Tausendnachtpluseinsnächte: nur weitersprechen, Bedeutungsnetze spinnen, bis sie ihn einweisen wegen des Mangels, des gutachterlich bestätigten Mangels an Fähigkeit zuzurechnen: glaubt er, wie jener geheimberühmte, abgründige Großabsurdbergwalserer, nur in einer geschlossenen Anstalt könne man sich retten...?

oder den Geistlichen, der mir von Amts wegen auf den Hals geschickt wurde: Gefängniskaplan: Bekümmernis mal sorgenseelerisch mal Beichtvorlage mal Betreuungsgeld: Anstaltspfarrer = im Farbprospekt zur anstehenden Privatisierung und Börsennotierung heißt es: hochmotivierte Seelsorg-Spezialisten.., Tag und Nacht zugänglich... seelisch-geistigen Bedürfnisse Rechnung getragen..., Emotionsresozialisierung, individuell zugeschnitten, gerne auch lifestylisch und wellnesselig, Pater Wiegand oder so ähnlich, aber sagen Sie ruhig Vater Gustl zu mir, auch Bruder geht oder Hochwürden und Sorger, Seel- und Seligkeitssorger, im Angesicht Seiner Ewigkeit seligkeitern: weil die Vorletzten die Zweitplazierten sein werden, getrost und geruhend immerlich und mysterienrauchig...
ich bin immer für Sie da, mein --- Sohnemann wollte er routinesalbern, bis er endlich genauer hinsah: Ihr Fall, ich darf doch Harald sagen? Ihr Fall: tragisch, ja erschütternd: gebetet für Sie, eingeschlossen in unser Rundum- und Pauschalgebet, inständig, ja inbrünstig: das Heil der Seele = so verfallsdatumsfrei, dass wir erschauern angesichts--> Pater Gustl: Kümmerwangen, welkblass, und die Augen: kein Heil auf dieser Welt, aber zweitausend Jahre Posaunenverheißungen lassen noch den kleinmuckerischsten

Mühmucker Engelchöre paradiesernparadeisern---unverdrossen troff er salbungsranzig und profirühraugenfeucht: nun aber lasset uns------

-> und so werden sie das drehen und drechseln in Feinabstimmung: dem Attems lassen wir den Wortprozessor = da hat er gigabyteweite Spielwiesen zum Tiradisieren, genug Platz für seinen Zornschwall, garantiert harmlos und dann und wann kriegt er einen Ausdruck zur Privatlektüre = immerhin gedruckt, immerhin schwarzaufweiß beglaubigt und verschriftet----draußen wirbeln die Nichtigkeitsstürme weiter wie bisher, dopaminparfümiert und augenschmatzbunt während im Allerheiligsten die Derivats- und CDS-Server auf Teufelkommraus erzengeln, dass es nur so dröhnt im Karten-hausgebälk ->->-> aber mich einweisen = schluss-aktendlich, hinter mir die Tore, die Schlüssel, die Mauern und zur Menschenrechtsstunde Labyrinthofgang: wer den Weg hinaus findet, kommt in die weiche, warme, barme Kinderkäfigzelle = lallen und sabbern, aber BlutdruckEbbeundFlut penibel seismographiert: als Insasse festsitzend, auch auf dem sesshaften Gesäß, jawohl -> denn wer Sicherheit wahrt, verwehrt bazillare Ausbreitung, ja aufruhrmobbige Epidemie: das Interesse ist öffentlich oder gar nicht = so dekretiert und verabschiedet in gemeinwohligen Sondersitzungen

} ...lesen, das müssen die lesen, die Ermittler und Ankläger und Urteiler -> während sie in Flammen steht, brennt! verbrennt: ihr Haar, ihr schönes, volles, brennendwehendes Haar! ihre Wangen, die Augen – zischt das im Feuer? wie brennt das alles? die Ohrmuscheln und Halsgrube und der Brustansatz – aber sei still: keine Nekrophilie für die Justizleser: Todesporno, Feuer-SM = sie brannte, brannte lichterloh bis zum Veraschen: Asche, ausgeglüht = Livia ~~~~

-> schreiben Sie auf, schreiben Sie, wie es wirklich war, der Reihe nach: und im De-Skriptiven, im Würgegriff der linearen Zeit-Garotte wird alles beschreibbar: verständlich: klassifizierbar = allesschondagewesen = also bloß mehr Schutt, mehr Ereignismüll – die Halden türmen sich unermesslich hoch und haben unbegrenzte Kapazitäten = in jeder Sekunde sterben siebenundsiebzigoderwasweißichwievieltausend Menschen Tiere: Schlachttiere, nicht Opfertiere, Industriefleisch = Menschenfleisch: jetzt und jetzt und tausendfaches Stöhnen, Todesröcheln: ja, ich bin allein und Livia war auch nur ein Mensch, ein einzelner: und ich soll mich abfinden, hinnehmen, mich fügen – schön brav erzählen = folgsam Sinn verleihen, Kommensurablitiät: die Benediktion des Tatsächlichen empfangen – er, der Angeklagte ich, hat ihr vorsätzlich, planmäßig, willentlich das Leben genommen: Killer Murschitz ging hin und setzte sich in sein Killerauto und zerstörte sie, beendete ihr Leben = verendet, krepiert: sie starb maschinell: roadkill, nachts, während die Maschine mit dem Killer weiterraste, am Straßenrand: ein Bündel = hier! ein Opfer, ein Verkehrs-, Verzehrsopfer: so nimm denn hin die schlichte Gabe, höchstens promillewertig im großen Buch Statistik

III

DIES IRAE

Nicht mit mir, hören Sie! ex- und wegkippen ins Vergangenheits-, ins Vergessenskarussell: es strömt die Zeit, wir driften mit: die große Wundheilerin, heißt es, am Ende, am endlichsten MachdasLichtausende wird alles wieder gut: weil wir so tot sind, weil wir so ex sind ->->-> aber ich singe da nicht mit! drehorgelt ruhig weiter = der Lebenslauf, der rundräudige Schleifenschlauf des Bandwurmvergebenslebens: sich fügen und bügen und gnügen, aber diesen Riss heilt nichts, diesen Mittendurch-Riss: markundbeinschrillreißend, reißend=zerissen! } so soll denn alles zugrunde gehen und mich mitreißen = immerhin: für einen Augenblick, einen Menschenaugenblick schloss sich der Abgrund, als ich ihm heimzahlte, dem Killer die Abrechnung in den Leib schlug = Gerechtigkeit vollzogen, mit diesen Händen: dichteres Sein uns nimmer blüht ----
und kommen Sie, Sie Rechtsverwahrer und Printbewahrer, Sie alle, Sie Zeitlupen- und Nanodemokraten, stets sicher in der Kriechspur, gutgewissenschleimig, kommen Sie mir bloß nicht Rache-Atavismus, Selbstjustiz-Anarchofreak, AugeumundZahnum-Frankenstein mit der Eisenknüppel -> hätte ich Ihnen zuliebe eine Kettensäge benutzen sollen? } den Killer, den Murschitz-Killer RICHTETE ich hin, verstehen Sie: drehen und wenden Sie es, wie Sie wollen: Hin-Richtung vollzogen und: ich würde wieder so handeln, wieder und wieder = der schuldete mehr als einen Tod---------
} ja, sagt ihr, ihr amtseidigen Schwer- Schwamm- und Schwurrichter: lasst den Paranoischizo und Psychopathiker ruhig in die Tasten wüten: er wird der rechtsnachlinks, obennachunten Linearität, der Chronologiekette nicht entkommen = die Vergangenheitsberge wachsen, wachsen und vergehen: bis zum letzten Röchelwalzer wird alles wieder gut und in der Zwischenzeit sind Sie bei uns in besten Händen ->->->falls Sie doch noch prozessfähig befunden werden, kann Ihr Geschriebenes bei der Strafzumessung und -dosierung helfen ------

Büßen und strafen und bezahlen und wegurteilen in die Strafanstalt: weil ich exekutiv Recht vollzog, weil ich vom Autokiller ihr Leben einforderte: ein Leben gegen ein Leben und wir sind quitt, sagte ich ihm: gib' mir Livia zurück, mach' den Film rückwärts laufen, hol' die Zeit ein: Cut! Gib' her ihr Leben und ich lass' dich laufen, Mario Murschitz -> aber nur Geschwurbel, Gemurgel: Un-Fall, Zu-Fall, vor den Wagen gelaufen = klarer Fall von Verkehrstodesopfer, nachts, nachts, und neblig-trüb und diese getunten Explosionsmotore sind eben extrem reizbar, wie leicht geht so ein Kraftstrotzwagen durch: und schon ist es geschehen = so ein Tragi-kunglück, störanfällige Macht der Technik: auch das Gaspedal ist nur menschenwerkend ->- >-> dagegenhalten, immer wieder: Livias Tod, dieser Autokill-Tod = das ist der Riss: querdurch den Sinnkonsensus, der Riss, der alles annulliert = nein, da geht nichts weiter, da findet sich einer wie ich nicht ab: dieses Protokoll unterschreibe ich nicht, weil es nicht weiterfließen kann für mich: verächtlich auf den Leichenmüllberg geworfen: gewesen, geschenkt, gegessen [das Riesenmaul der Zeitmaschine schluckt, schluckt spurlos = nicht der Rede wert] und mir bleiben Erinnerungsfetzen, gedächtnislöchern-------

und ja: da: da lag sie, da liegt sie: Livia: leblos: tot sagten sie, jede Hilfe zu spät, augenblicklich eingetreten.., nicht überlebbar, ohne Chance…, MassemalGeschwindigkeit… - aber ich weigere mich, verweigere die Annahme: zurück! -> diesen Tod akzeptiere ich nicht = Scherben, Scherben und Sand, SinnlosSand: schaufeln, umschaufeln, immer wieder, damit das Blut nicht so hochstinkt, so unschön schlachterkrude -> und die Ordnungs- und Justizhüter und –verwalter formelten von fahnden, ausforschen und gerechter Strafe zuführen: ein schweres Vergehen – der Killer hat sich vergangen, verstoßen hat er gegen die Verkehrsordnung: ein Zuwiderhandler! und deshalb sieht das Strafgesetzbuch Sühne und Strafe vor: alles was Recht und rechtslotig gerechtundfertig ist: die Ermittlungen laufen, der Täter wird ausgeforscht werden und sich vor Gericht verantworten müssen = ein Dröhnen, ein summendes Beschwichtigungsgedröhns: der Tod Ihrer Frau, Herr Attems: akten-, datenfest = ab dem folgenden Tag gestrig-vergangen und dann täglicher immer gestriger [gestern, vorgestern, vorvorgestern nacht wurde Livia Lamont-Attems Opfer eines tödlichen Verkehrsunfalls..., der Fahrer flüchtete unerkannt... es wird gefahndet nach...um augenzeugende Mitteilungen wird gebeten, sachdienlich] = also vom Vergangenheitsschlund perfekt! vom Perfektum mobile eingesaugt: nur Akten- und Digitalspuren bleiben = ordentlich abgehangenes Statistikfutter: die Toten von vorübergestern und – morgen werden verwaltungsdienstlich behandelt und abgefertigt und dann trägt sie die brauchwassertrübe Brühe der entgangenen Zeit immer weiter ins chronikgraue Spüllichtmeer hinein ----------

} mitspielen? mitschunkeln im Aschenwalzertakt - ich? mich mit den Aktenlegern einwiegen? ->->-> Livia ist tot, gestern tot, vorgestern, vorige Woche... und tot bleibt sie: sagen alle Leute! Nein, ich halte die Hand ins Sanduhrgeriesel: ich verweigere die Annahme: Livia lebt, sie lebt! und weil ich lebe und sie stirbt, stirbt immer wieder: jetztund jetzt – gib' mir meine Frau wieder, gib' sie mir wieder und ich lasse dich laufen: ganz deutlich erklärte ich das dem Murschitz, aber er, der Pappmaché-Feschak, wasserfarbige celebrity-clips Kopie, ein farcebook-Klein-Narziss, der dann Sekundär-formeln ausspuckte, als ich die Abrechnung in meine Hände nahm: unermesslich leid tun, Mega-Bedauern, kein Tag ohne Reue, diese tiefen Schuldgefühle –> er sprach tatsächlich von Schuld: aber es blieb bei Gefühlen, gefühlte Reue: gerne noch einmal mit Extraportion Gefühl... - aber er wusste, dass nun Vergeltung angesagt war, keine Hohlphrasen: ja, ich schlug zu, schlug bis er tot war und der Berg des Unerträglichen, der seit jener Nacht, Livias Todesnacht, in mir angewachsen war bis zum Zerreißen eruptierte = leichter der Druck, im Kopf ein delirisches Zischen: Luft, Luft und wieder atmen können, tief atmen – nur kurz, das ist wahr, nur flüchtig, aber immerhin: ein unerhörtes Gleichgewicht erfahren, vorüberbrennend kurz, wie könnte es anders sein? Nie fühlte ich mich dichter, wirklicher: es stimmt, genau wie im Buch: einer muss da sein, einer der den Riss zusammennäht, der die unerträgliche Fuge schließt
Schlag für Schlag vergalt ich seine vorbedacht mörderische Untat: sterblich erfuhr er sich, der Killer, sterblich und schmerzhörig und

todesreif: ab zu den Schatten und kein Fährmann weit und breit = Zwischenhölle, zwischenhohl: zerriebenes, zerrauchtes Nichts -------- ja: ins Gleichgewicht, ins Gleichgericht } gerichtet! gerettet! -> was triumphkreischen die Furienengel: und Ehre sei Vergelts-Gohott in der Ho-, der Hö-, der Hosiannahöhe } austariert die Unrechts-Unwucht = nur momenthaft, ich weiß, nur bruchteilsplittrigkurz suspendiert das abstruse Verröcheln der Zeit, den leise tobenden Ablauf = Auswurf auf die galaktischen Halden erloschener Zeitasche: Sinn und Zweck in der Stratifikation -> und die späthimmlischen Archäologen beginnen ihr Werk am jüngsten, am zweit-, nächst- und jüngstjüngsten Tag: Sekunde türmt sich auf Sekunde, aber wer denkt schon an den Zeitfresser-Schwarzschlund?

-> und, meine Gerichts-Damen und –Herren: wenn der Riss, dieser nicht wieder zu heilende Unrechtsriss die Welt so aus den Angeln hebt, dass man nicht mehr heimfindet? Zugemauert die SeinsTür und abgerissen die Sinnschwelle! Und nun dasteht, draußen: nackt, wundnackt am Ufer des mare psychodelicum } ja, kommen Sie nur näher, kommen Sie ran, weißmantelmystige Kraniumforscher, hier gibt's noch was, hier kann man noch gelahriglarifarianalyten und -lysten: ein authentischer Fall von Psychopathie = vertiefen Sie sich doch in mein zwei-, dreiundmehr-gespaltenes Hirngewölbe, graben Sie nach in Groß- und Kleinhirn, bis Sie auf den Stamm vorstoßen: das näht und nietet keine Wortmaschine mehr zusammen = Füllselhack, so styroporig psycholeicht: paranoide Schizoschaumblüten = da wuchsen und reiften die Früchte meines Zorns ------------

-> tot, sie ist tot ist sie: Grundfrage: den Totmacher heranziehen: Rechenschaft! Aber was spielen sie hinter den kalkweißgewaschenen Fassadenruinen der Justizdiscounter? Sie spielen das Lied vom Tod, vom Unfalltod, vom bedauerlichen Zufall- und Unglückstod = ja, mit etwas Glück wäre Livia mit dem Leben davongekommen? aber unglücklicherweise kam es zum fatalen Zusammenstoß: diese massiv schicksalseiserne Kette der Umstände = Falschort! Falschzeit! und das tragische Opfer wird unter Teilnahme der Angehörigen- undfreunde zur letzten Ruhe...} und der Killer wird das das

Gerichtsgebäude verlassen, locker federnd und mit freier Hand schlüsselkreisend und pfeift sich eins, während er zu seinem Tatinstrument (Komplize! Komplize) geht---
= befristeter Führerscheinentzug in der Berufung: Einspruch, Einspruch – unbillige Härte und: macht das tragische Unfallopfer auch nicht wieder lebendig und damit wollten mich die Justiz-Jongleure und Rechtspfleger abspeisen: so, Herr Attems, das Kapitel ist nun zu Ende und der Tod Ihrer Frau nach Recht und Gesetz abgegolten – drei Jahre, ausgesetzt, weil so vorgesehen nach der gültigen Rechtslage – so liegt der Fall eben, der Sachverhalt und die gesetzlichen Bestimmungen tanzen einen Routinetango, aber als Solonummer: bloß nicht zu nahe kommen, bloß kein Haut-, Körperkontakt = denn beklagenswerterweise kam es hier zu einem Fall: einem Todesfall -> ja, der Straßenverkehr, das unvermeidliche Restrisiko } Lavendel und Vergissmeinnicht = was kann der Tod dafür, dass er so Mensch ist…

-> zu berücksichtigen: der verantwortliche Autofahrer zeigt einsichtsvolle, ja brustschlagende Reue, er bedauert hoch und tief: sein Anwalt kann es bezeugen - Umstände und Befindlichkeiten: kann jedem passieren: bestraft fürs fürderhinige Leben: ein Menschenleben auf dem Gewissen, auch wenn es nur ein Unfall war: das hinterlässt Spuren, Schlafstörungen, von Lebensfreude und Appetit ganz zu schweigen: der Anwalt des Killers legt sich ins Zeug: honorargedenk und trivialromanwuchtig - Killer Murschitz trägt Anzug und Zerknirschung Leicht – Fall geschlossen, abgelegt und der Betrieb, das realexistierende Esgibtkeinmorgen-Leben geht empirisch-delirisch weiter: aber nicht mit mir! nicht für mich:
zur Strecke brachte ich ihn, schlug ihm das ausgleichende Maß = gilt! gilt = vergolten! so rechtundrichtig in den Schädel, schlug zu, schlug und schlug es ihm heim = da schloss sich der Riss, Lichtbrausen: grelllustschmerzstrahlend: erfüllt, erfüllt: dicht, dicht, unerträglich seinsdicht: nie war ich mehr bei mir = alles andere, all das Jetzt und Hier: verschmiert fleckenhaftes Präsens! Ihr könnt mich einsperren, wegschließen, in die Sicherheitsverwahrung kippen, Klapsmühle verschreiben: zu spät, ihr Rechtigkeitsapotheker, Justizchargen,

Klein- und Schmalhans-Richterlinge! denn jetzt bin ich dran und ihr müsst hören, lesen: Wort für Wort für Wort!

} und kommt mir nicht mit Angemessenheit und Verhältnismäßigkeit: Gerechtigkeit ist unnachgiebig, furchterstrahlend, gleißendgrell: warum sind ihre Augen denn verbunden? = genau! was waagts, das hat's -> ich bin nicht im Vergeben- und Menschelmenschel-Business: der Murschitz hat gemordet, ein Leben vernichtet, zwei Leben zerstört = eine Brandruine sehe ich im Spiegel, zerschmettert aus sack- und kammgeschwelltem Puerilmachismo: nicht verwinden und akzeptieren konnte er das Zurückgewiesenwerden: keine Trophäen-Livia, kein Selfie mit besitzbeschlagnehmender Hand auf ihren Hüften in den angesagten Hohlspiegel-Lokalitäten, die er mit Vorliebe aufsuchte ->->-> dem hab' ich Bescheid gestoßen: Schlag für Schlag für TotSchlag: jetzt wird heimgezahlt – und bei mir gibt es kein Auf- und Anrechnen, hier wird die Verhältnismäßigkeit am lebendigen Leibe nachvollzogen: deine letzte Wahrnehmung, Mörder, = Blutschleier über die Augen und: du riechst, du riechst Menschenblut, Killer!

Wie er um sein Leben sabberte, authentischrotes Echtblut im Mund und ochsenstieres Röcheln im Angesicht: das jammerte und klammerte und schwammerte = abgeschminkt, die Maskeradenschale weggeschlagen = Mariomal widerstehlich nun, der Mario Murschitz, angstwinselnd und endlich ging ihm ein Licht auf: Moriturus -> und ich erteilte ihm den Segen: souverän konzentriert schlug ich ihm Livias Tod, Livias Auslöschung in den Leib, den Körpersack } mehr und mehr glich er einem Bündel } so wie Livia, die er tückhältig aus dem Leben schmetterte: wenn ICH dich nicht haben kann, soll auch kein anderer... nimm das, bitch! Ich besorg's dir: volles Rohr und drauf! drauf und Schuss, Abschuss!
-> aber dann schlug seine Stunde: ungepanzert, maschinenlos: so ein Schädel ist eben zerbrechlich und unter der Juchtenjacke und dem Lacostehemd: normal, ganz normal menschlichdünne Haut, und dem stumpfen Stahlgegenstand ist kein Fleisch gewachsen = Massemal-Beschleunigung: das greift, das gilt: so schlägt Vergeltung:

brechendlichtglänzenduneträglich-strahlend } leibhaftig bis es sich ausgezuckt, ausgestöhnt hatte: perfekte Stille und die Achse, die Weltachse augenblicksvollkommen im Einklang---------

KOMMENTATOR: Attems gerät in Fahrt, lässt sich grimmschaumgetrieben mitreißen von der selbstbeschleunigenden Assoziationsmacht der Bildersequenzen –> spekuliert er also doch, kühlrasend mitleseralso rezeptionsbewusst, auf Paragraph Unzu-rechnungsfähig? Gar nicht so unverlockend, mag er sich denken: endlich heimisch werden: geschlossene Anstalt, endlich leib- und seelenautark: meinen Ichsack könnt ihr analytisch aufschnüren nach Dienststundenherzenslust } und als Bildungskanon-Frostversehrter weiß er sich auch in illustrer Gesellschaft = ins Asyl, wohin sonst? Fernab von den Mühen des Alltags und der Unerträglichkeit des RundumdieUhr Sperrfeuers von Leerweltpixeln (=die dunkle Materie = aber irdisch: Menschenwerk: von und für) lässt sich in aller Friedensruhe geschlossen an- und bestalten = garantierte Mahlzeiten, regelmäßig frische Wäsche und, vor allem: unter Gleichgesinnten: so lobet die Verrückten im Geiste, denn ihrer ist das Nirgendwogeigenreich... - oder gehört er doch eher zu jenen findlingsblock-unverrückbar Besessenen, die anrennen müssen wider die zugewucherte Mehrschlechtalsrecht-Welt } die, sie alle schulden ihm ein Leben = also Attacke, mit eingelegter Tiradenlanze -> ihr wolltet den Killer laufen lassen, einen Mörder mit einem Tadelverweisspruch und etwas bitterzährigem Bußgeld zurück ins brausende Leben schicken, so Original-Attems-Sound...

-> diese Sprach-, Sprechekstasen des Harald Attems = ein Verbal-Derwisch, der manisch um einen Tod und ein Leben tanzt, in wirbelnden Digitalkreisen und ein Recht einklagen will, Blutrecht: denn tot ist sie seine Frau und Gefährtin, von

Mensch-undMaschinenhand aus dem Leben geschlagen: auf seiner Gerechtigkeitswaage besitzt nur strafende Vergeltung das erforderliche Gewicht } saftig-pralle Rache will er, Blut gegen Blut, dampfendwarm } aber er fand in Strafrechtstheorie und –praxis dürre Verhältnismäßigkeits-Totformeln, farb- und geruchlos = einer wie Attems, bisher nie aufgefallen, völlig unextrem, eingepasst auch gar nicht so nischenblütig } und dann geschieht ihm ein Hammerschlag und zertrümmert sein glaskreiselstabiles Friedensbiotop, entdeckt Fleisch- und Blutrache, authentisch manuell, und soll nun Rechenschaft ablegen: am PC-Bildschirm sich selber lesen müssen, sozusagen AuginAug mit seinem Tattext ->->-> schwer zu sagen, ob er einfach in einer redeschwalligen Totalverweigerung verharren will = also beredter Totstellreflex indem er sich ins Uferlose hineinschreibt: anzunehmen, dass er damit den Faden wieder und wieder verlieren will = nur keinen narrativen Sinnstrang mit Anfang und Ende = abschließbar, abgeschlossen, abgelegt: ein Fall der allergestrigsten Vergangenheit } und weil er fällt, so schreit er, der Attems, wutschreibt sich als AusdenGeleisengesprungener Rechtmesser und –vollzieher, unbeugsame Schreckgestalt (vielleicht eingedenk: da wetterleuchtet versunken Großbuchliterarisches...

Aber Attems' Welt- und Seinszorn hat sich noch lange nicht verzehrt: *dies irae* kokelt es unterirdisch ihn ihm, wenn sich ein wiederholungskranker Vierundzwanzigstundentag in der dreimalvier Zelle so zähstockend dehnt und spreizt und verstopft: Attems erlebt das spätzivilisatorische Trägheitsprinzip am eigenen Leibe: er hält es für neurochemisches Gewitterprasseln und fordert kompensatorische Hitzeschildmusik: Gottseibeiunsmesse in Untergangsmoll, aber mit vollem Orchester, fünfundfünfzigtausend stark: dröhnen soll das, Attems besteht darauf, damit die schmutzigtrügerische Wirklichkeitskruste aufbricht: über allen Autobahnen, Land-, Querfeldein- und Schnellstraßen und noch über den verkehrsberuhigten IhrKinderleinkommetohkommetdochall-Zonen herrscht Ruhe, pulsierender Stillstand feinschrotiger Komalangweile: und dann, wenn auch das letzte Motorengeheul museumskonserviert verklungen ist, dann wird Harald Attems auf die Bühne vor das Orchesterheer treten und seinen Gesang anstimmen: von Liebe, Tod und Diavolo: also finale Mobilmachung = ein Schicksalsdreier im dreieinhalbviertel Takt, aber ihm fehlt Abstand, der desinteressierte Blick aufs ganz ganz große Ganze: Entropie, Entropie!

-> abfinden: muss: mansichabfindenmuss = rat-, randvolle Weisheit, gut abgelagert und –gedroschen: fügdich! zährengenährtes Lauf-der-Welt-Abnicken: ja doch die allerbestialste unserer Welten } ein schwerer Verlust, gewiss, das Leid und die erstickt schluchzende Kranzschleife [goldgerändert: das muss schon sein] und ein Grablicht oder zwei = fertig werden mit, hinwegkommen über, sich schicken in: weiter geht es, löffeln, vorliebnehmend – Bescheidenheit: ein grauergeben nickender Schimmelglanz von oben - vom Soistesbrei: aber der Killer hatte einen Namen, er heißt, er hieß! Murschitz, VorsatztückMörderMurschitz und hatte zwei ungerührte Schultern, mit denen er zucken konnte -> der trank und fraß wie unzerstörbar lebendig weiter: gegeben hab ich's der, gezeigt, wer die Eier, die echten Testosteron-cojones, in der Hose hat: mich weist keine so hartnäckig und mundwinkelverächtlich ab und gibt mir den Laufpass: die weiß jetzt, wo der Hammer hängt: und wenn sie mich ausforschen – Beweise? was für Beweise: mein Anwalt ist sein Geld wert! ein Augenblick der Unachtsamkeit, gerne auch Fahrlässigkeit = die Unwägbarkeiten des Unfallzufalls: ach wie gut, dass niemand weiß ---------

} und ich sollte auf die abwägend verhältnismäßigkeitsbesessene Schieflage der Gesetzesordnung vertrauen? } UnfallFall = denn wir sind alle alle fehlermenschlich: unglückselige Verkettung von Umständen, durchs Mobiltelefon abgelenkt = eine kurze Phase der

Unachtsamkeit: tragisch die Folgen... -> wollen Sie einen Menschen, eine Karriere, eine bürgerliche Existenz zerstören [die Verteidigerarie brusttönt mit vibrato] wegen einer einzigen sekundenkurzen Fehlhandlung...?
-> wenn er dann aus dem Gerichtssaal gegangen wäre, in geschäftlich-geschäftiger Rollenspiel-Eile, selbständiger und erfolgreicher PR-Medienschrat, genug gestraft: die Erinnerung: unauslöschbar, schlaflos die Nächte... gesundheitsramponiert... abgesehen von den finanziellen Verlusten: mein Mandant ist verlustig gegangen... hat erlitten, eingebüßt... auch private Auswirkungen, von der verlorenen Zeit ganz zu schweigen: geld- ist eben zeitwert... hoch und tiefst bedauerlich... absurd die Vorwürfe eines Gestörten: Mord, vorsätzlich gar = Phantasien eines Gestörten: ich wiederhole: zutiefst bedauere ich den unglücklichen Unfall, einen Augenblick unachtsam, hätte nicht texten sollen, keiner könnte sich mehr Vorwürfe machen: damit leben müssen ist keine Kleinigkeit---- bestraft genug durchs Nichtvergessenkönnen, lebenslang, glauben Sie mir! eine Gefängnisstrafe würde das Opfer auch nicht wieder lebendig machen...

} dieser Styropor-Fesch-Mario, spiegelverliebter Eitelhahn! aber am Ende: nichts mehr blieb übrig von der Saffianleder- und Seidenhemd-Schnäppchen Souveränität, als ich die Berichtigung vollstreckte, Schlag um Schlag: da bettelte er ums Leben: ihm war terminal aufgegengen, endlich: Vollzug: Recht geschieht mir, Blut-Recht, hier wird vergolten und heimgezahlt
ihr Richter und Rechtsausleger. weil das Leben eben nicht einfach so weitergeht, weil ich den Konsensusstrick, das Lügenseil durchschnitten habe: ihr Nichtstunamtstäter, ihr Gerechtigkeitsverschmierer und – verschleifer -> Alsobtuer: nichts, nichts geschah, das nicht innerhalb des Gesetzeszauns kraftundbelangmäßig abgewickelt, ja bereinigt werden kann .... } dem Harald Attems, dem Ich hier, dem zerschlug einer malevolent die Lebenswelt .... =-> einer für alle: damit wankt und fällt der Bau, der Welt- und Sinnbau: human/humanitas-Staub wolkt hoch: darunter Kunststofffratzen, photoshop-leichgeschminkt ------------------

-> ja, macht mir nur den Prozess, aber öffentlich: in aller scheinwerfergrellen Öffentlichkeit = das wird mein Tag, mein Tribunal: ich, sogenannt: Angeklagter, werde aufstehen und laut gegenklagen = Schubumkehr = ins Recht, ins Blutrecht setzen -> aber man will mich aus- und wegschließen: unter Verschluss halten, denn hier haben wir einen, der absolute Gerechtlichkeit...: richten! rächen! } also einer, der die Waage vom Denkmal in die Wirklichkeit stellte -> und nun, im Dunkelverschluss wollen sie mich entöffentlichen = ein Gestörter ist dieser Attems, ein verwirrter Buchstäblichkeitsrache-Rächernarr: den entsorgen wir anstaltsmäßig, Medienecho a priori abgewürgt = da könnten ja mehr auf den Gedanken kommen: Selbst ist die Justiz! außerdem: Schnee von gestern = der Rachetäter-Attems-Fall war kurzfristig Medienfutterattraktiv, aber was geht uns der Schlagzeilenreißer von gestern an...?

Hört, hört zu und lest: solange ich noch diese Tastaturstimme habe, schreie ich: Transkript an meinen Pflichtverteidiger: mich verstummt ihr nicht! wenn ein Killer, ein Automörder, freigehen kann – schweres Vergehen nach den Buchstaben des Gesetzes: der Fahrerflüchtende vergeht sich, verging sich = Todesfolge, ich wiederhole: schwer folgt der Tod und das Opfer heißt Unfall: mit Folgen, ja, der Tod folgte und der flüchtende Fahrer beging definitionstreu Fahrerflucht, streng ungesetzlich, mithin ein Schwervergehen } vorsätzlich? tückisch geplante Hinrichtung? } im spermaschäumenden, testikelgesteuerten Schwellkamm- und Testosteronrausch! Und der Killer, dem man nichts beweisen kann: biegt um die Gesetzesecken ins Zwielicht, unbehelligt--------
= verdachtsunabhängig... -> zweifelsfallgroße Lücken in der Indizienkette = immerhin ein profilierter Öffentlichkeitsmann, berater-, sogar Consultant-verglitzert: der hat keine Angst vor Armani- oder Dolce&Gabanna-Mousse} der bedauert den Unfall, den tragischumstandsverketteten, aus ganzem Herzen bedauert er: tief, zutiefst betroffen - aus jeder Pore dampft Reue, die aufrichtige, die von Herzen kommende, denn mein Mandant wird's ganz gewiss nie wieder tun, also Bewährung, also ausgesetzt die Strafzeit, dafür saftige Tagessätze, kurznotieren wie nebenbei die Medien, und der

Führerschein wird kurzfristig eingesperrt... = gestraft genug: für den Rest seines Lebens mit Schlaflosigkeit, mit Trauma-Schüttelfrost geschlagen... Einsicht, Milde --
...Geschehenes nicht ungeschehen zu machen: so lasst sie ruhen die Tote, in Frieden und Aschenwürde = unsere Gesellschaft mit beschränkter Haftung konzentriert sich aufs untote Leben, die ZahnundAugengleichung stört den Ablauf, den Betrieb der Pragmamaschine: Schlussstrich ziehen = Bilanz und hopp! Weiterdrehen, weiterlaufen: gestern, gestrig, vorgestern = alles längst geklickt, gewischt -> was soll denn das: nachforschen, nachwüten, nachfolgen = all das Nachtragen bringt doch nichts-------
} aber bei mir seid ihr an den Rechten gekommen: nichts, nichts vergessen und vergangen: aus den Fugen die Welt = bin ich nicht ein Mensch so gut wie jeder? Sollte es kein Vergelten, kein Ausgleichen geben für mich? Tag und Nacht und NachtundTag: gerissen der Zusammenhang = Livia tot, ermordet und ich sollte hinterblieben im Trauerrand weiter-leben! } weil die Verhältnisse, die sind nicht so...? Nein, sage ich, sagte ich und richtete, richtete und renkte ein und würde es wieder tun, Schlag für Schlag...

Ich gebe zu: zuweilen sengt und fräst etwas in mir: aber unbeirrbar Kurs halten = einen festen Stand im Endlosfließen finden: nicht so treibend getrieben werden: dann fände ich meine, meine Gefährtin, gel... < sie, sie! wieder: wir beide, vereint, enthoben dem Gewirre und Gewürge: die Immortellen blühen, sie blühen und da ist keiner, der sie achtet [Menschentränen gelten nicht: unerlaubter Vorteil] -> Livia atmet, atmet immer flacher, immer erlöschender: sie wurde ermordet, ihr Richt- und Wortbuchstäbler! lebend, blühend } Livias immanenter Glanz, dies verdeckt spätgoldene Leuchten: zugewandt noch den krustschorfigsten Mit-, Neben-, Sowohlalsauch-Menschen = Abglanz, momenthaft glückshell: was alles hätte sein können..., Lebefalschs und -fälscher allesamt, Gesetz- und Ordnungskrüppel: der MörderMann Murschitz = der Killer, der Auslöscher heißt für euch: fahrerflüchtiger Unfallverursacher, erschwerend - da wackeln und zackeln der Zeigefinger, die papierene Strafrechtskrone: Todesfolge, tödlich, tödlich und verunglückt: was für ein Verunglück!

Da wird mit aller Strenge des ABG-buches zugegriffen: der schuldige Pkw-Fahrer – strafbar machte er sich: strafbar! - muss mit bis zu fünf Jahren, ausgesetzt auf Bewährung, falls nicht einschlägig vorbestraft, rechnen - plus Geldbuße = die reuig knirsch- und zähnenreichen Büßer büßen härengewandig [nein, kein Angelo-Litrico Kostüm, kein Armani-label-Chic: wir fasten, wir reuen, wir sackleinen]: da fließen die Schmerztränen, Eau-Sauvage-AfterShave-veredelt: darbend und greinend zahlen sie, [soviel? gibt es keinen Reuenachlass, keinen deal: man wird ja noch unternehmerisch denken dürfen!]: immerhin gibt es air-miles für Kreditkartengebrauch und ein wenig Führerscheinentzug = nicht zu radikal, versteht sich: cold turkey kann nicht Absicht des Hohen Gerichtes sein…die bürgerliche Existenz zu zerstören darf kein Justizziel werden…}

Die Gerichtsbarkeit hat aus Sparsamkeitsgründen auf automatische An-, Zu- und Gegenrufbeantworter umgeschaltet: solange die Endlosschleife ihr Werk tut, bleibt niemand vom Zugang zum Gesetz ausgegeschlossen ---
aus dem DrohnenLautsprecher, den sie in meinem Kopf installiert haben, bei hellichtem Tage, bei vollem Bewusstsein, drummert die Stimmenmaschine } Harald Attems, Sie haben als Rechtserwarter und -anwärter = ja, hören Sie, Sie hören richtig: Anwartschaft heißt ja ein Anrecht haben auf das zu Erwartende! -> von der unbefleckten Gerechtigkeits-Empfängnis sprechen wir später, Empfängnis heißt ja GnademalLichtmalAktenzeichen und gilt nur für die Auserwählten, die Ausgezählten: Sie müssen erst beweisen, dass Sie dazugehören = wir reservieren schon mal das Plätzchen fürs Schätzchen: Vergissmeinnicht und Maßliebchen und Trauerflorrose = einmal muss geschieden sein und zur Lobotomie greifen wir nur in garantiert aussichtslosen Fällen -> bald wird die Reihe auch an Ihnen sein: das Orchester probt unermüdlich den Paranoiawalzer, den berühmten, Sie wissen schon ------------

} das wäre Ihnen, ihne allen! recht, recht und billig: ich verabschiede mich in schizogetränkte Hoch- und Tiefnebeltäler [da kann er sich

tummeln, harmlos abgeschieden, nur noch schwach psychopharmazuckend] und die Normalitätsschwappe ebbt und flutet weiter = war da was? schrie da einer? } ja, ich bin noch wach, ich schreie und rüttle an den Gitterstäben des Zeit- und Kausalkäfigs: nein, hört ihr: nein! ihren Tod kann ich nicht leben und der Killer gab auch nichts heraus: den Weg zurück finden: wie denn? } ich schlug zu, ja, immer zu und zu, aber er machte auf Mensch sein und Schmerzen und Todesangst und Stöhngrunzen und verröcheln: Antwort hatte er keine, zu sehr in der eigenen Sterblichkeit befangen: wie konnte ich ihn leben, atmen, stoffwechseln lassen, den Vernichter, den Auslöscher -> berichtigen, berechtigen-------
-> ihr aber, ihr Zwerg-Richter, Justizweihrauchschwenker und − schwurbler, ihr Druckpatronenfüsiliere, ihr wollt nun Recht sprechen und schreiben mir ins Hirnstammbuch: Schwerschuld! MordundTotschlagdelinquent: schuldig! und noch einmal: schuldigst = und straflesen soll er's tausendmaltausend Tage lang: Einschluss, Einschluss bis dass der Tod uns scheidet, denn RechundRachundRuch gelten auch zum Schutz -> nichtöffentliche Verwahrung = Sicherheit und Vollzug und Ruhesanftkissen und spießgesellschaftliches Interesse und übergeordnete Rechtsgüter = die müssen fließen, freier Fluss den Waren und Güterhütern! Den Attems schließen wir kurz, den ziehen wir aus dem Verkehr, www einbegriffen, versteht sich: so oder so langjährig bis lebenslänglich und vor allem: fest in die Schweigetücher wickeln, die pharmagetränkten, schön weich und sanft und stummstickend = Zugang nur für Fachpersonal, weiße Kittel, Schlachtschürzen, abwaschbar gummiert ---

Sie, Sie alle, die sich WIR nennen(= wir Stützen, wir Nacht- und Ruhewächtermützen) Sie } ja, hören Sie nur zu, Dienstzeit-Mitleser und Relevanzknochenschnüffler: zu Ihnen spreche ich, auch wenn Sie nur als Räderwerk-Maschinisten und Legalismus-Schmierwarte dienen − Sie klagen, schuldigen mich an = werfen, vorwerfen als wäre ich ein Hund: Mord, aus niedrigen Motiven, vorsatztückisch -> Ohren auf, Augen zu und mit dem Mund schmecken: ich brachte ins Lot, eine Weltsekunde lang, ins Gleichgewicht [die Augen der Göttin

sind verbunden: sie sieht uns zu, immerzu] = wie kann denn Welt bestehen ohne AusgleichVergeltungGerechtigkeit?
} ich habe ausgeglichen, berichtigt -> dem Recht zum Recht verholfen: schreiben Sie sich das in Ihre Akten! Undenkbar, menschenunmöglich: Livias Vernichtung [in der Zeitung, lokal-Vermischtes: Fußgänger-Todesopfer: Fahrer flüchtig: in der Nacht zum Freitag...tödlicher Verkehrsunfall, jede Hilfe..., Notarzt konnte nur noch feststellen...nach dem verantwortlichen Fahrer wird gefahndet...bittet um zweckdienliche Hinweise...neun Zeilen Trockengrist und weiter geht's, diese neuen Rotationspressen...noch Leben in den Printmedien...schwarz auf weiß in den Händen, gerne auch farbig in der online-Ausgabe = kostet, aber diese link-Welten, dieses web-Gefühl = weil man einfach dazugehört: hack, hack! absägen, wurmparasitifizieren, anzapfen: malifique: bravo!

-> ja, hört zu, hört genau zu: mir ist das Leben - Leben heisst Livia: kein Leben ohne Livia, aber Livia lebt nicht mehr - er hat es ihr genommen, das Leben genommen, geraubt: der Killer löschte sie aus mit seiner Todesmaschine, zerschlug sie und mich: mittendurch zerrissen: zersprungen die Welt und da näht niemand und nichts wieder zusammen − kein Schattenreich für uns: ihr Blut raucht, immer noch, immer weiter, aber Justitias Schwert, zu Druckschrift zermahlen im BürgerGesetzbuch, hält die Toten und die Klagenden fern, immer noch...
} kein Trost, kein getröstet kleinundfein = orgelbrausend sphärisch: in den Andromeda-Nebel heimflüchten: nur weg von Zusammenhang, von narrativer Ess- und Verdaubarkeit: Sinn unterjubeln, nur eine Geschichte mehr, linksnachrechtsabnickbar: umblättern: neue Seite, neues Bild, neue bytes = Endlosreportagen, schwach aufleuchtend und augenblicklich versinkend: mare digitale } so sage ich: noli me legere! Ins Unlesbare aufbrechen: sperrig, chiffrig -> die Dekodierbiederer, die Vergleich- und Relativier-kümmerer können ihren eigenen Synapsenbaum dekorieren: Wunderkerzen- und Lamettatextabwickler, Ratiosuppenkasper, Schwichtler und Wiegler, be- und ab! = DasLebengehtweiter-

Lügner, Normalisierer und Kalenderblattumblätterer, komplizenfeile Weltrissleugner:
nichts, nichts heilt den Riss -> nur die Silberfische, oben, am schief gekippten Vergißmeinnichthimmel, weben ihre Palliativfäden, grußlos und unbeweisbar } erzählen! berichten! -> Sinnstaub drüberschaufeln, über ihren Körper, ihr Leben: das könnte euch so passen! heilige Kommensurabilität, wir bitteln, wir bütteln für dich! siebzehn Sekunden, die das Leben so schreibt und Platz da! aus dem Weg! weil die Nanosensationen weiterquellen, immer weiter----------

....ich tippe also ein ins paternostrige Chipspeicherwerk: aktenfähige, aussagekräftige Zeichenzyklen und hoffe auf den digitalen Reißwolf, besser noch: Schwellenreißer: hinter mir die narrative Sintflut, denn die Justizmaschine - allgemein bürgerlicher Gesetzbunker: uneinnehmbar gestaffelte Schriftverhaue schon im Vorfeld - glaubt an die Narratologik-Gottheit, an die Gottseibeiunserz-, die alleinseligmachende Erz-Ählbarkeit: also zelebrierte Zählbarkeit und erzen als Draufgabe [weil erzherzen tiefpulsgeblutet] = in jedem Falle logosgrundig, also unübertroffen waschecht, lichtecht, kochfest sinngefärbt nicht nur glauben, sondern diese voraussetzen: ein Tatbestand lässt sich der Reihe nach be-schreiben, JEDER Tathergang = in Worten portionierbar, abgepackt und maschinenlesbar: gegessen! Sinnzusammenhang, hören Sie, Damen- und Herrschaften der Justiz! kriegen Sie nicht von mir geliefert: das könnte Ihnen so passen: schön linear auffädeln das Geschehen = entschärfen und verharmlosen das Unerträgliche, Sinnlose, das mich aus leeren Augenhöhlen anstarrt. nein sage ich nein: das Leben geht nicht einfach so weiter, die Normalität ist zerbrochen: wie Livias Körper---

Ich ertrüge die Indifferenz nicht, die so ungeheuerlich nochnichteinmalschulterzuckende Gleichgültigkeit, sagt die auf Leutseligkeit gebürstete, scharfkostümige Psychologin: ja, wie kann es sein, dass die Menschen, die Gesichter von nebenan, die von der Straße und auf den Bildschirmen [ich skype gewissermaßen mit mir selbst, behauptet sie, und wüte gegen eine Welt, die nicht Anteil zeigt an

meinem Schmerz, meinem Verlust] so offensiv unbeteiligt erscheinen, genau wie die Objekte, die Dinge, die allesamt so tun, als ob sie mich noch nicht einmal ignorierten: ein Unbeteiligtsein, das mich hinwegwischt, mich und Livia und Leben und Tod gähnen bildschirmflachzuckend ---------
Sie wollen mich abwürgen, die Justiz-Clique- und -Claqueure, ja, lest nur mit: ihr fuchtelt mit eurer Strafgesetzordnung - beinhäusern und morschgilbig wie nur je – so wird aus der lebendigen, der atmenden Fleischundblut-Livia ein Fall, ein Justizfall und ich bin's, der fällt, der abstürzt immer aufs neue ins Bodenlose: so schmiert euch die heilende Zeitsalbe selber auf eure Menschlichstümpfe! Vorsätzlich, kleinundheimtückplanvoll = voller Absicht hat er sie aus dem Leben geschmettert: und ihr schminkt das statistiksteril zurecht - nein: zuunrecht! - als *Fahrerflucht mit Todesfolge*: unerbittlich strafgesetzordentlich kommt das Etikett aus der Staatsdruckerei: schweres Vergehen [drei bis fünf Jahre Höchstmaß und auszusetzen auf Bewährung, wenn amtskundig nicht vor-bestraft] schwer vergangen hat er sich also, der Killer Murschitz: ein Vergeher = ja, genau: ein Vergangener, vergangen der Mörder = der nun ins Nichts hineinfault, keinen Schatten mehr wirft –
und kommt mir nicht mit eurer Verhältnismäßigkeit: Livias Vernichtung, vorsätzlich wie nur je ein Mord [Blut schreit nicht: Livia hat sich ausgeblutet: ihre Schuld? Weil sie eben Livia war, die richtige Livia am falschen Ort zur falschen Zeit? – aber er wusste, ich weiß es ja, wusste, dass sie um diese Zeit diesen Weg gehen würde: Murschitz konnte nicht verwinden, Machotropf und selbstgeliebter Eitelpavian, dass sie ihn ...] und dann kommt einer, einer wie ich, einer, der sich nicht abfindet, der sein gutes Recht aufs Recht fordert: Blut will nach Blut: waschen, die langen toten Nächte lang }

Livia, ich halte Totenwache und verjage die Schatten, die meinen Kopf fluten wollen: totgeschlagen hab' ich ihn, den Killer: Stille danach -> so spürte er Metall, kaltdummes Eisen = Massivausführung: der hebt mehr als nur Wagen, wusste nach dem ersten, dem Richtschlag, was für eine Stunde ihm geschlagen hatte: die letzte! - Vergeltung, heimgezahlt mit harter Münze, aber entschleunigt [kein einhundertdreißig Stundenkilometer schnelles Projektil, das Livia auf sich zuschießen sah], im Takt meiner Schläge erfuhr er, erlebte! das erlösende Leib-Requiem: gerecht/gerächt: Schlag auf Schlag: das galt, gilt! – Fleisch-und-Blut-Vergeltung: in den Körper schlagen bis dass Licht aufgeht, das Licht: befreit, heimgezahlt, berichtigt, berechtigt, beglichen – die Waage, die Waage der Justitia pendelte im vollendeten Gleichgewicht, momenthaft, ich weiß, aber für diese kurze Zeitspanne rückte ich die Welt ins Lot, hört ihr, hören Sie: Rache heißt rächen heißt rechtfertigen heißt in Rechnung stellen heißt Recht verüben, richten: hingerichtet!

} niedrige Beweggründe? mich bewog ausgleichende Gerechtigkeit, hören Sie, also Gleichgewichtung der Betroffenen: Leid, erleiden, erlitten: mein Leben zerbrach wie Livias Körper: Unversehrtheit, das Recht auf: vor der Trauer kommen die Schmerzen, kann jeder nachlesen: die ungeweinten Tränen auf ihren, auf Livias Wangen (diese hinziehende, atmende Sanftsanftweichheit, pfirsichpersischlyrischblühend, blühendes Leben! - ach Livia: wie du…
LÖSCHEN………….LÖSCHEN! = das geht euch nichts an, das bleibt unter uns
…ja, das könnte euch so passen, voyeurschnüffeln und –schmatzen, um die auszehrende, darmverschlussgärende Langeweile zu vergessen, das digital-virtuelle ex- und Hopp-Vorbeileben, Falschleber alle, zum Bersten gefüllt mit Placebogenuss, haus- und lebenshoch türmen sich die fotomechanisch reproduzierten Farbprospekte: ach wie gut dass jeder weiß, dass ich Milliardenhanswurst heiß – endlich ein Leben, eine Liebe, ein Tod und ein Leid: so echt, so naiv unmittelbar, so nicht-kunstblutig, fast schon zuckend lebenswarm, todeskalt ---

-> und ihr wagt es, ihr Justitia-Notzüchtiger: Waagenfälscher, durch die Augenfessel sickert Blut und die Lippen, der Gerechtigkeitsmund: zugeschwätzt, zugelasert, Vollstrecker, amtsrobengepanzert, der wahren Machthaber: Big Auto - Killerwaffe Automobil, lauter

Unfälle, nichts als Unfälle, statistisch erfasst und freiwillig kontrolliert im Handbuch der Lobby: fest in den Allgemeinhirnen verankert: die Interessen der Industrie müssen die Interessen des Gemeinwohls bestimmen -> wie das rülpst und fettbäuchert in den Korporationsräten: freiwillige Selbstaufsicht = alles andere wäre kommunimalefizbeelzebübisch: weiche Satan! WIR wirtschaften volksstatthalber, denn ohne uns wächst kein Produkt, höchstens das Gras der dürren Nachhaltigkeitssteppen -> folgerichtig: das Justizsystem herrscht für das Herrschende, weil das so herrschend herrschaftet = ein Automobil kann keinen Mord begehen: möglicherweise gibt es gelegentlich roadkill – die Arbeitsplätze! das Bruttosozialprodukt! rollen, sie müssen rollen, die Räder = Treib-Triebwerk des va banque-Wohl- und Hohlstands } Sintflut war gestern und wird erst übermorgen wieder sein = noch einen prosecco mit speed reinziehen: in vollen Zügen das leere Leben auskosten -----

Wagt es, mir den Prozess machen zu wollen wegen Mordes, heim- und meucheltückisch (aufgelauert dem M, M wie Murschitz, Mario, hinterhältig - nicht BlauAuginAugundMannogegenManno): ihr Richtmarionetten wollt mich nun vernichten, weil ich der "jeder" bin: wo kämen wir denn hin, wenn jeder sein Recht selbst in die Hand nähme: ja, wohin denn? wohin genau?? noch genauer! Ein totes "Unfallopfer" ist ein totes Unfallopfer, tödlich verunglückt: so ein Unglück! Ein Unglück ist passiert: das kommt vor: nicht mehr ungeschehen zu machen, straßenverkehrsrisikobedingt, moderne Auto-zivilisation schafft an und wir zahlen jeder unsere Zeche } außer du stehst im Mediensuchscheinwerferlicht: unwiderstehliche Kombination aus U- und E-Wert: scherbelscherbel, hökerhöker = wir sind die monopolmächtigen Bordellzivilisationsbetreiber und alle, alle ...

KOMMENTATOR: Keiner entkommt dem endlosschleifigen Nichtigdröhnen der Vermittlungsmaschinerie, also auch Attems nicht -> vorauseilende Antizipation des Rechtund-

Rachetobens entlässt niemanden aus dem virtuellen Reigen - und wir tanzen alle mit und frohlocken: es dreht sich so süchtigflüchtig, so rauscheuphorisch = wir drehen mit, wir kreisen mittendrin, zentrischentrisch, da kreiselt sich's so buntbemalt und seinsverdichtet ganz wie im richtigen Leben } der Strom, der Strom und das Netz: bloß nie ausschalten;

Attems freilich möchte sich unangreifbar machen: im Einzelkosmos der Monade kann sich so etwas wie subsytemgeschlossene Erfüllungsdichte einstellen: Tiraden, Zorngeschleuder verstärken die Eigenschwerkraft = angesichts der schier endlosen Weiten der Alltagswüste, horizontfrei, und wimmelnd von Bruchteilverantwortlichen, konformduckend, egoflach, wird auch RitterTodundTeufel zur i-tubularen Anklick-Kuriosität (noch megaklickiger: Selfie mit Zornesfalte auf der Stirn) } Zeitreisender, -rasendreitender: einholen, überholen die Vorvergangenheit mittels Futurum exactum? oder doch nur Schreien, kometenflammend, blutschäumend = Ekstaseflash füllt Herzgruben und andere Hohlräume: Lust, fieberschäumend und euphoriedicht = das Regressionsorchester triumphiert fortissimo crescendo... -> dies freirhhythmische Zornstrahlwüten = Attems rast wohl auch deshalb so anthropoasteroidisch durch seinen sprachspeienden Großhirnvulkan, weil er die Gleichgültigkeit der wahrnehmbaren und wahrnehmenden Welt sonst nicht ertrüge (er selber würde ertragen könnte vorziehen = zu nahe am Trügerischen, Trugschluss, LugundTrug...) und weigert sich, zornstrahlend, verweigert: Konsens, RelativierungsKaiserschmarrn, Statistik-AugenundSeelentrost... -> Attems will die paradoxi-schizoide Zivilisationsmaschine, das Ungeheuer Eisenrad, delirisch rasend verbal überholen oder wenigstens anhalten, anhalten: Tod und Weltenlauf = auf dem Furorstrahl lässt sich's leicht mitgerissen sein: heissa! Mein ist die Rache und die Kraft und die Herrlichkeit: amenlos! Zugleich und möglicherweise rollenschielend rennt er

39

schneidbrennertobend wider das AGB-Massiv an: auch
zersplitternd geborgen in der Dichte des Seins

IV

RECORDARE

Ihr Gesicht, mit diesem verhaltenen Lächeln: einlösen die Versprechungen, die matttief durchschimmernden Möglichkeiten = Atem anhalten und: kleinselig verhoffend: was war, was noch hätte sein können zwischen dir und mir, Livia} aber die rotgoldundglücksblauen Erinnerungstücher wehen nicht mehr: kein memento cantabile -> und hier unten: die Schonbezüge aus toter Zeit verhüllen, konservieren nur noch Zitatnamen, -orte, kaum noch lesbare Gedächtnishieroglyphen }

ich sehe die Überfahrt nach Heraklion: Livia vorne am Bug und die Fresken begannen zu fließen: minoisch tanzend -> der Wind in ihrem Haar als wär's ein Werbefotozitat, keine Delphine, kein Wiegenlied, abend- oder dämmerländisch, das Schiff trug keine Segel, war auch nicht weiß oder schwarz gestrichen und die Rettungsboote, Livia sah es genau, die waren randvoll mit Schiffbrüchigen-Skeletten, sanft klappernd im unsterblichen Eposwind -> und wir sangen, sangen das stumme Lied vom Glasglück, die Weise, du weißt schon, Livia, von Liebe und Vergänglichkeit, sahen uns an, nicht ohne Leuchten: wie unsterblich in der hohen, der höchsten Mittagsmitte: dicht, so dicht in der Zeit, im Leben [wie konnten wir wissen, dass...?] }
zwei ganze Wochen, die lügnerischen Kreter nacherfinden, heiter bis wehend wolkig, und auch der falschgoldenen Töpfen der EU-Fördermittel eingedenk, steintafelschwer verankert, so tanzt man weiter mit vergifteten Schuhen, schon weil die Zinsen für das Märchen so ruinös, ja unerschwinglich hoch sind [Ikaros spekuliert heute nur noch auf Sonnenuntergang]
nein, Linear A bleibt unlesbar: vielleicht mit den Händen, der Haut = die erinnern sich: Wiegenlied, Wiegenlied...und singen und tanzen dich ein... = als ob man heimgekehrt wäre und ganz ohne aufgedampfte, bildungsemaillierte Nostalgie auch sagen können,

urmediterran: Oliven, Olivenbäume hügelwellend, und die Weinbergschnursträhnen } Brot und Wein, naturgemäß = wie spielzeughaft und fremdländisch der bloße Gedanke an Schwabenland, Höldertürme sich einkrümmte angesichts dieser Tage, diese Jahrtausendtage: sonnen-, windgesättigt, und erfahren, am ganzen Leib erfahren und erkannt: wir beide, wir waren, wir sind: sind ein Menschenpaar, zugehörig, tauschend und tauschend }
LÖSCHTASTE!
= auch das geht nur uns beide an...
->->-> und wir sahen den Rauch aufsteigen, den berühmten, den allermenschlichsten Rauch in oxydpoetisch belasteten Landschafts- und Lieblichkeitsorgien } und wandten uns einander zu = ein Gedanke, ein Zauberwort: Feinstaubbelastung... -> und darauf getrunken, im Vollbewusstsein, Auge gegen Auge, lächelnd = lügenfrei leben, also ohne Teppich und ohne Kehrbesen, wir schafften es, beinahe, um ein Haar, lange, lange Umarmungen: nie wieder loslassen, ineinander übergehen...
LÖSCHEN!
= da würden sie glotzen, wieder, die Glasscheiben- und Mikroprozessorvoyeure: hirnerektil = erst kopfig-lüsternes, dann doch wieder nur unterhosenpeinliches Abspritzen } noch die tote Livia nekrophall-, nekrophilieren = Selfie, Selfie und augenblicklich ins Millionengetitter (sprechen Sie Farcelbook?) ----------
Noch in die privatesten Einblicke = über die Schulter, über meine Schulter in deine Richtung, Livia, parasitschmatzen die Mitleser, beamtentarifhaglich = da liegt sich's nicht hart, kaum nenne ich – nein: kaum rufe ich ab unsere Gemeinsamkeiten, unser Erleben, Erkosten, Erträumen, all die Nachtreisen, Nachtgänge = wie es mich drängt: sprechen, ihr zugewandt sprechen: weißt du noch... Cuneo: verheimlichend: die Nachtstraßen hielten etwas zurück, etwas Entscheidendes vielleicht, aber wir hatten den falschen Schlüssel und fanden die Worte nicht... oder oben auf dem Festungsberg, der morschföhnige Wattewinter damals, im Jahr des Goldenen Kasinoschusses, -> auch diese Ruine lebte noch, erinnerst du dich: mein glanzvoll bestickter Kapellmeister? die erzbischöfliche Purpurstimme sonorte sattgüldengutural: Bischofsbrot! mehr

Bischofsbrot und fürs amadeengreine Folklorevolk: Dampfnudeln mit Weihrauchsoße... } träumten wir? zuviel vom Jahrhundertwein? aber unten in der komatosen Puppenaltstadt sahen wir das Eisenwarenhandlungsgewölbe...und nach Grodek fuhren wir auch nie... } soviel Zeit, soviel Licht, dachten wir.......

-> und die Seine im April? nein, doch gelaufen sind wir, tagelang, suchten den Kastanienbaum: Unwetterzuflucht des Emigranten = da half auch der Gschichtenausdem...Walzer nicht mehr = diese unwiderstehlichen Seligkeitsschlenker, berauscht } und wir tanzten damals, delirisch-ahnungslos heiter... als gäbe es kein-------
} der unvergleichliche Guardi: wir konnten uns nicht sattsehen, fließende Übergänge gegen den Horizont hin, so ein Schwingen, Fließen... und wie wir im Vorübertanzen staunten vor dem Vendramin-Calergi Palazzo: scharenweise WeihrauchPilger und Wallfahrtsjunkies, teuer glänzendes Feistjetzerstrechtfleisch = gut genährt ist der halbe Glauben, die Stimmen gedämpft: man ehrfürchtet, Pietät und Kulturbeutel und Inbrunstrauschen: der zwergdämonische Sachsensassa...
nachts, nächtens ergingen wir das Tangentennetz: die Serenissima ließ sich aber nicht einholen, vertröstete mittels Piazetta um Piazetta, wollte nicht weiterwissen -> im Lido klumpten sich die Kreditkartenquittungen und die Katzen huschten dioxinfarben durch totfotografierte Originalwinkel... ach, Livia, wir glaubten: kleine Seligkeiten, all die tanzenden Glückslichter: hätten wir uns erinnert, hätten wir gewusst, dass wir ja nicht wissen konnten = so ein Glanz, ein Menschenglanz, momentan aufleuchtend: lächelnd unsterblich vor der nächsten Welle, der Dunkelwalze ----------
= du lebst, Livia, wie du dich einlebst in mir: immer noch, immer tiefer
} Livia, deine Hände: kundig und warm und kühl und von jener entschlossenen Weichheit, die .... -> was geht das euch an! Bleibt mir, uns! Vom Leibe } das frisst so, brennt: sie und wir und zusammen = zwei Leben und ihre Hand auf meinem Arm im Metrostampfgebrause -> so gemeint sein, so einander zugehörig }

und nicht unheiter in den Arènes de Lutèce...oder Clichy: doppelkulissig, KatzendächerregenrinnenblaustichigumdieEckebiegteinerderaussieht wie...dachten wir, aber auf dem Place de Vosges ein wenig ungehaltenes Inkognito: Touristen sind die anderen = man kann ja in dieser Stadt keinen Schritt gehen ohne... } Nachtgänge, ArminArm, so oft, so selten! und soll nun ohne...den NiemehrwiederStein wälzen, hochwälzen -> die schmerzende Formel, immer noch, immer wieder: weißt du noch...denk' an ... als wir zusammen... damals, gestern: Nachtstädte, zu Fuß ausgemessenlebenswürdig, sinndicht, inderZeitglänzend...}

...und als wir schiefundeingedenklachten im Angesicht der Lehmburgmoschee = gespickter Riesenphallus, aber nur tagsüber, nur in der vollen Sonnenschlaghitze, denn abends wuchsen die Schatten in Agadez, die wuchsen und wuchsen -> nur die Prospekte blieben ahnungslos: exotauthenterlebnisprall = Photoshop, Photoshop und Franzbranntwein und das gute Erz, das stratostrategischteure und die ersten tuaregblauen Turbane: Schwert und Laptop = die Grenzen, die zogenziehen wir [in den auswärtigen Ämtern, den foreign offices, am Quai d']: Wirklichkeiten als Schlachtplatte: greifen Sie zu! bedienen Sie sich! und nachts, nachts legten wir uns auf den Sandboden: aber erst einen Kreis ziehen, mit der Hand: wegen der Skorpione und dann hagelte das Sternengewitter los, irrknallgalaktisch } in den Armen liegen, wir lagen uns in den Armen: atmend, atmend } suche ich nur noch den Duft, den Livia-Duft in den Nostalg-Rosen, den angewelkt verblassten?

-> das Gesicht der Wirtin [Fremdenzimmer, Geranien, Holzbalkon = aber anfassbar, mit Händen] als sie uns öffnete nach einem Geh-Tag im hinteren Lesachtal: in ihren Augen spiegelte sich unsere verhalten ungläubige Verzauberung = wenn es so ein Tal gibt, müsste das nicht Konsequenzen haben: Unschuldsvermutung! Unschuldsvermutung? als gäbe es noch Brot und Wein und stillen Gesang, menschwärts } teilen, wir teilten, Livia, wir teilten und tauschten... -> Obacht! =

hier wird mitgelesen: Fettaugen in der Büttelsuppe = vor lauter Magerleben ---
} kundzutun: als wäre Livia von jetzt an nur noch tot, abgeschieden, rasch zerfallende Vergangenheit, Aschenpartikel mit Namensplakette = spurlos, gänzlich unauffindbar, obwohl die Physik sagt: umgewandelte schwache Wärmeenergie = gesamtkonstant [Zweiter Hauptsatz der Thermodynamik! = seht ihr: ich hab' ihn noch nicht verloren, den Verstand, den scharfwundnächtigen], aber damit kann ich nicht leben: mit Livia kann ich, muss ich leben, will ich leben: wir sind eins wie nur je: beide leben: beide tot ->->->
Warum fragt denn keiner, fragt: wie geht es ihr? Niemand hört uns zu: dabei sprechen wir doch, zugewandt und innig miteinander } aber ich bin da und wach, Livia, ich wache mit dir, halte dich: so lebst du fort, fest, ganz fest in meinen Armen gehalten } Trauer? neinneinundnein: vergangen, also gerahmt, also Trauerflor und − anzeige mit Datum, mit Daten: geschaufelt, der Zeitstaub geschaufelt auf die Ab − und Hingeschiedenen: ein Blick auf die Uhr sagt: vor, vorher -> und: nachher, wie spät ist es jetzt, immer dieses Jetzt: die Tiefverlusttrauer = war, war gestern, Kalenderblatt ---

Dein blühendes Leben: Livia } voller weißtdunoch Lächeln, nicht ohne Wehmut, zugegeben, denk an die Stele, die trauernde junge Frau, zweieinhalb Jahrtausende die sanfte Hand an der sanften Wange; noch der Marmor zeigt ein Einsehen, matt schimmernde Wehmut: betroffen, wir beide, und eingedenk } Medienscheingewitter: die mumifizierten und serialisierten images wetterleuchten im Sekundentakt − Phosphor, Hellfire, uranangereicherte Leuchtgeschosse, Hoch-, Tief- und Flächenbomben ->->-> im Krankenhaus beugten wir uns live über echtzeitbrandige Wunden, Amputationen...dein Gesicht widergespiegelt in dem kleinen Bergsee, weit oben im Valle Stavel, es gibt nur Gleichzeitigkeit oder gar nichts } die schönen Tage, Livia, die sind nie mehr vorbei, sind mir Fleisch und Blut, weißt du noch: ein Münster und die Zweisprachentürme, choucroute − es gibt auch anderes Sauerkraut = der Fleischwolf der Geschichte: Gehacktes, jahrhundertelang gereift, gehangen, gegessen: du weißt ---

oder auf Spurensuche: der halbblinde Codemeister und Exil-Sprachlehrer -> vom Monte Giusto weit hinaus gesehen und gedacht: hier bloomte er, mit Nora [meine Haftmuschel immerdar] und der Wind wieder, der Wind , der auch Miramare nicht ausließ: Gedächtnistanz für einen erzherzenen MexiMaxi, mariachischrillhöhnisch, immerhin ein gutes halbes Jahrtausend Familienbetrieb = eine Nase muss man vorne haben---

} wir, die wir eintauchten in die Spätnovember-Serenissima, das zwölf Millionen Zerpixler übrig gelassen hatten: du weißt noch: Getrappel, erleuchtete Vivaldifenster, grämige Palazzi und Lodenmäntel, friaulisch-venetische Lodenmäntel, trocken-radikal entfolklorisiert und nichttrachtentümlich, geschundenes Pflaster und die Piazzi komatös, aber dennoch neblig und hoffnungsfern zu sich kommend und die Farben, all die totgestarrten, linsenzerriebenen Untergangsleuchtfarben = der Glanz, der Glanz, sagten wir, hör' genau hin: spätfestlich, immer noch, immer wieder
aber, Cuneo, Cuneo lassen wir aus, in Cuneo fanden wir nur versackte Erwartungen, auch um Mitternacht = die falsche Menschenleere und keine Spur von sur: nur griesig-zementen und abgenutzt real, die Graffiti von nebensächlicher Indifferenz, graugeduckte Straßen: die Schatten falscher Amnesie… } Livia, zusammengemeinsamarminarmunddeinehautundderschwungdeinerh üftenund…
LÖSCHTASTE, LÖSCHEN!

} der erste Anblick: …über gedrängtes Menschengewimmel hinweg – klettverschlussdicht und zwiebelhauteng aneinander gedrängt, so kopf- und gesichtsschwer sprechblasenschwitzig: irgendeine Vernissage oder Cocktailempfang mit Gratishäppchen, -schnäppchen, kleinbissige Gier ([lachsern, kaviar-prahlhansig, prosciutto- und prosecco-happy] – sie, Livia: hell, hell, ein verhalten-spröder Glanz um sie, ihr Kopf? die ArmeSchultern? -> ich konnte mich nicht satt sehen: sie: diese da: mit der: ein Lebensfresko schaffen… in den Arm genommen werden… von diesem Lächeln gemeint werden: was wissen Sie von Seligkeit! Dumpfschnittler durch und durch, schimmelgrauherzen! } von ihr angesehen, erkannt werden: jeden langen Tag lang und aufwachen mit ihr, in ihr: menschenmöglich, tägliche Glücksration [aber auch, wie wir alltags-, werktags - ach, das nie einzulösende Versprechen des fest-, des feiertäglichen: nur noch erinnerbar in halb versunkener, spiegelblinder Barockmusik: wir sind schon längst nicht mehr gemeint, in Livia wohnte noch ein zögernd verhaltener, spätvenezianischer Schimmer: aber wie leicht gerät man ins Heimkino-Reminiszieren: Venedig: klick, die schönen Tage: klick, ausgewaschenes Dezember-Altgold, Rotrostgold, ………stichig, klick, unser Guardi-Streit in der Academia } und nicht wegzudenken, auch von innen nicht: Getrampel, anschwellend: lässt die Zähl-, die Zahlmaschine weiterfressen: heute war gestern und morgen wird privatisiert---

Sie zog die Buhler an, die urbanen LöwenfellundKeulenschwinger -> begehrens-, begierenswerte Livia: da erglühten die Paviansärsche, die Möchtegernundgeilrammler und Unwidersteh-Don Juanitos – sie beunruhigte die Männerhorden-Frauenfischer: aber man musste genau hinsehen und wer zu lange zu genau hinsah = ihre Wangen-Schläfenlinie, dies verborgen goldschimmernde in ihrem Lächeln, und die Augen, Livias Augen: blickhaschen, angeschaut werden = wie sie alle gemeint sein wollten: auserwählt: Ich! und Brunstschauer durch die neurochemischen Rezeptoren -> lockundtörund:willig ---
} die schönen Tage sind nun…-> Sand, Grobsand, Zeitsand: das mahlt und mahlt so – alles dürrdorr entfärbt und entleibt: nur noch in der Nostalgiesuppe rührendgerührt? Aber darauf hoffen sie doch, die Auswerter, die Vollzugswärter -> wegschreiben? TasteumTaste mich absetzen im Schutze der Mementostaubschwaden aber gegen das Restgefunkel, dieses Erinnerungsleuchten komme ich nicht an: das hat sich festgesetzt = setzt sich fest und diktiert: glückliche Tage: geschrieben in den Sand, den EswareinmalSand = wir wussten's ja: rieselnder, grieselnder, katzengoldener Zeitsand: wir schwimmen, wir treiben, wir – nein, sie lesen mit, lecken sich die Lippen: intime Gefühlpornos aus zweiter, dritter Hand: vielleicht regt sich was in der Hose oder wenigstens im limbischen System = justitieller

Voyeurismus, aktenfähig und gerichtskundig: die Schnüffelnase gierig am ……………..

Wohin damit – wohin mit den schutthaldenhohen Glückspartikelmassen...} Zusammenland ist abgebrannt und Musik höhnt nur noch pompfunebrig: während die Zeitmühle ihr ungerührtes Werk tut, kann ich immer noch hochfliegen, nachts, auch in dieser Zelle: unseren schönen Tagen nach = Livia fliegt mit, unverbrüchlich, durch alle Wirbel- und Quersüchte: zusammen die Lebenslinien nachfliegen: wir waren, wir waren: wir sind -> sind eins ---
Dauerakkord: weißt du noch: du weißt: dein Gesicht im Bergsee, der Gran Paradiso nicht weit: wenn wir nur gewusst hätten, dass --- so aber frohlachten, frohleuchteten wir: Dichte, die Fülle des Lebens: und in deinen Augen tieften sich….
LÖSCHEN!
->->->nicht für die Mitleser, die mitsaugenden Zweitverwerter-Zecken: rot, blutrot: seht mal: echte Gefühle, authentisch und originalfingrig getippt -> kauft euch eure Sentimentalsushihappen im weltweitenwummer-, schwummerdummNetz } trotzdem und ebendrum: weißt du noch, Livia: die Abende, eingekuhlt in unser Wohnen [ich muss die Möbel verkaufen: hellwarmes Holz, so zuverlässig menschengemacht: wie wir immer über den ertrunkenen Schreiner wehlachten = ja, wir wussten: messerschneidig, umkippfragil: ein Turm im Schwabenland, in der Schwabenstadt mit dem Philosophenweg: auch da ein ungefähres Leuchten, das übers Wasser kam] -> ja, wohnen: nicht "Heim" nicht so verwegen blind, nein: zuhause = unser Zuhause: damit konnte man leben – zuhause mit Leselampen, mit Büchern und CDs und DVDs = streng persönlich anmahnend zuweilen und dann wieder mutlos machend: massengefertigt, aus den Industrie-Schlachthäusern: Mindestlebenslöhne, prekärgespart und monomoligarchexklusive Einprozent-Renditen …
} aber auch Menschenarbeitsmaß zu leben versucht: draußen karusselliert immer schneller das KulissenHöllenparadies aus Langeweile und Malevolenz: zentrifugal tobend: geruchlos, mit

Unsichtbargeschmack -> und wir, auch wir wollten tapferverzweifelt glauben: ohne uns = nichteingemischt, nicht mitlaufenmitkaufen... wohnen, ach wir wohnten so versteckhaft, als könnte man sich noch Verbergen, wollten intimprivat und innenseitig muschelsicher wohnen: perlmuttschimmergläubig, hypothekenzinsenunabhängig ---

Ach, Livia: all die menschlichfreundlich-Dinge, die kleinen Kostbarkeiten aus Zufall, Laune und Gemeintsein: Flamingofedern, eine geschnitzte Maske = hinter der Oberfläche: vielleicht eine Frage verborgen = als Antwort, die schönen Steine - auch hier: lass die Hände dolmetschen: wir unver-besserlichen Bedeutungssüchtigen, unsere einverstanden helllichtigen Möbelstücke: persönlich zugewandt wollten wir glauben: Intimsphäre in Zeiten der milliardsten Farcebook-Fiendschaft: aber wir hatten eine Wohnungstüre, wir schlossen uns ab: draußen fraß und frisst der Krebs und die Megalo-Saurier beherrschen die bewohnbare Erde: die Ströme, die Tsunamis = keiner bleibt verschont, es gibt kein höher gelegenes Land mehr! überfluten täglich billionenmal den Planeten, den Hungerleider, die Spottgeburt aus Dreck und Gift---

} du weißt ja: weißt du noch: Jahrtausendoliven und –wein auf Kreta: von der Höhle bis zur derivatzockenden Finanzkrise: eine fünftausendjährige Wiege = aber nur für die Abendland-, die finsternisbesessenen Pragma- und Magma-Kinder ->->-> denn die im OstenSüdenschatten sieht man nicht... wie unwissend seligverloren ich doch auf dich, auf uns zulebte: für- und füreinander: langsam, Langsamleben: kein Sekundenflicken, die Zeiger gaben nach und schmolzen doucement, doucement, während der erzlügensüße Dreivierteltakt sich um uns wiegte, schmiegte: die schönen Tage von ---
ja: von Phaistos? -> Lichthaine, Olivenbaumblätterzwielicht: die Jahrtausende schwappen gemächlich: BrotundWeinundÖl und der minoische Tanzstier trägt eine Solaranlage auf dem Rücken, hat das Schwimmen verlernt: nein: aufgegeben: Brüsseler Richtlinienspitzen, sagte Livia und lächelte altmediterran-euphonisch und wir setzten uns zum Mahl, sonnenumtanzt, unsterblich: die Zeit hielt den Atem

an und wir beide: geeint, gemeint = miteingewirkt in die Seinstücher: dichtwebig, dicht! und doch so spinnwebenleicht gefährdet: Livia, Livia de mi alba, de mi tristeza } weißt du noch...! weißt du noch? } immer wieder, aber das geht nur uns beide an: kein Wort mehr, kein Wort!

...auf Kreta, auf Kreta würden wir wieder ganz, dachte ich, hoffte ich: angesichts, angedenk gelebter Fünfjahrtausende finden wir uns wieder, schon miteingesponnen, schon zukünftig Auszugrabende: knochenumschlungen = die Archäologen werden die Hochzeit nachfeiern: Bein zu Bein und Glied zu Glied --- Livia: erleuchtet, erstrahlt so von innen her, aber stets in der Jetzt-, der Augenblicksblüte -> und ich?: auf den morschsprossigen Zeit-, den Geschichtsleitern nach Ewigkeit ausschauend, immer noch? } innehalten, um jeden Preis: den Strom, das Rauschen der unrührbaren Gleichgültigkeit = zwei, nur wir zwei: wie konnten ausgerechnet wir gemeint sein? und fünftausend Jahre Menschenwerk, Menschengestrick: kretischer Anthropoknoten, knossifiziert = Buskolonnen, endlosschleifig }...weiß nicht warum und fröhlich allezeit die Textmitteilungen, klick, klick ---
aber das eigene mattschliffige Lächeln im Auge des anderen wieder- und widergespiegelt: wir wussten: wussten wir? knapp, äußerst dicht an dem, was in längst verlorenen Träumen als möglich aufblüht: GlückSeligkeit -> immerhin ahnbar: flüchtig, unhaltbar wie nur je: eine Hand berührt, eine Wange = nicht zu fassen: auch nur der Schatten von Reflexion, von Zeitlichraster und schon ist es verloren, zerfällt in tausendfarbige Kaleidoskopsplitter = in Chania, auf dem Syntrivaniou, um die Mittagsstunde: quellendes Licht, kochend- eruptiv, und die Menschen hielten still, die Häuser, die Mauern versammelten ihre Schlagschatten: metaphysischer Aspik, klar, wir kennen die Bilder } heimkehren, heimleeren: hilf, Chirico, hilf!{ und die zahnlos abgemümmelten Palastruinen, in Mallia, in Hagia Triada: Marmor ist eben auch nur menschenfallsüchtig und hält nicht ewig = aber das war in der Stehweinhalle, verqualtingert = ich bringe schon alles durcheinander -> sprunghaft, sagte Livia oft: du bist ein obsessiver Assoziationsspringer und –süchtiger – genau wie mit

deinen farberuptiven Designs und jetzt, in dieser Zelle, bleibt mir nur das Tastaturalphabet = Xylophonspielzeug: kein Schrei, keine Klage zu vernehmen = als Ausdruck abzuspeichern, sagen die Anordner und Mitleser, Mitesser, aber nur bei akuter Relevanz: die abschließenden Gutachten [sie wagen nicht zu sagen: Bösachter] werden ein gerichtsfestes Urteil über den Geisteszustand des Angeklagten = geständig, von Anfang an: bekannte sich zu seiner Tat: Vollstrecker, Recht-Vollzieher und –vergelter: ich, Harald Attems, habe vorsätzlich Gerechtigkeit verübt...

aber du hattest recht: in Cuneo verfehlten wir einander: oder nimm Arras: denk' doch: nächtlich, nächtlich: die mitgedachten, ungebetenen Jahrhunderte trabten aus dem Nachtnebligen: katzenkopfkatzenkopf-holprig, -stolprig und nahmen mit uns Platz am Tisch, am gastlichen und die Mitternachtsfamilie brach das Brot und reichte Salz -> Heerstraßen, Handelsstraßen = in den Staub getretene Geschichtsknäuel: Zeit- und Bücherfirnis und darunter Schicht um Schicht tiefgedunkelt... } als wir gingen, freundlich auf den Weg geschickt, hatten wir verstanden: aber keine Worte = Gobelinzitate, so eindringlich anrufend---
... ich weiß ja: auch mit verwoben: das Leichentuch } bald in Flammen, Brennschluss, Brennschluss------ trotz allem glücksgerändert, glücksfleckig: dies Leuchten um sie = Menschenglanz: ganz Mensch: Geliebte --- einander zugehörig
-> Eifersucht, sagen sie, ja Sie! Sie: Vertreter der Anklage = nüchtern, Glück vermessen? Herzblumenpresser = als Lesezeichen -> festhalten, wortprozessorscharf und speicherfest – was wissen Sie von unseren hellseligen Tagen, Zeiten: ja, machen Sie Ihren Lokalaugenschein: gehen Sie mit uns mit, hinein und zurück = nichts, nichts ist vergangen
} die glücklichen Tage = ach Livia: Licht, Licht! = verhalten aber, aus einem Verborgenen herausleuchtender Glanz: Verlorenheitspartikel[?], Seligkeitssplitter, jäh aufblitzend -> Erinnerung strömt auf die Zeitmühle: anhalten! denk an die Quantensprünge = also muss es noch Hoffnung geben ----

ach Livia, geliebte Liebende: du weißt ja: damals, damals mittendrin: SonnemalWindmalSehnsucht = unwiderlegbar, unzerstörbar: du lebst, du lebst und atmest } denk' an Kreta, an...-> Hügelwellen, meerwärts rollend, also Haine, also Oliven, also Weinberge, also Brotgetreide = aus den Höhlen ins Penthouse: wie das knistert im Denkgeschlinge, Synapsenstürme, fast schon mühlentreibfähig -> erneuerbare Erinnerungsenergie: es klappert die Mühle, die Wühlemühle am rauschenden Partikelbach, klippklapp, klippklapp......
-> die aber, die schönen Tage: sind nun vorbei = im Zeitrauch, im Menschenglast verweht, bis die Augen, die gedenkseligen Augen, tränen vor Anstrengung

KOMMENTATOR.: Attems, ein Nachtschattengänger, der sich – nur zufällig? – verliert in lacrimosen, aber auch nur papierlos rieselraschelnden Zwiegesprächen (=ich und michselbstisch?) und großzügig in der Nostalgiedüngergrube wühlt = jetzt allerdings, im Justizgewahrsam (wäre es doch ein kleiner, feiner Gulag für lebenslängliche Natururrechtler denkt er in manchen Nächten, da ließe sich ein Süppchen kochen auf den lange nachglühenden Sentimenti-, Sedimentsteinen und eindampfen bis zur Verdickung = konzentrierte Sprachgrütze, seelenrot geädert, weil's ja von und vom Herzen kommt) bleibt ihm nur der Bildschirm, Altmodell klein und eigensinnig stumpfgrau, in dem er sich gegenübersitzend spiegeln kann ->->-> digitales Sein, tastensicher und dennoch brüchig flackernd (wehe dem Stromausfall!): wer könnte es ihm verübeln, dass er sich auf dem Speicherprozessor einbrennen will } wer weiß, wer weiß: dereinst Auferstehung = Elektronen-Archäologie und eben der berühmt-berüchtigte Zweite thermodynamische Hauptsatz = auch Attems ist gezeichnet von Bildungsgut-Ablagerungen, feste, flüssige und gasförmige Jahresringe, außerdem setzt er große Hoffnungen in die noch unsichtbare Dunkelmaterie...

-> diese Sucht, den endgültigen, den sternundglücksfirmamentenen Nostalgieteppich zu weben und wirken (Attems versteht etwas von Design, von Textilwahrsagereien, von Textgobelins: gelernt ist nie ausgelernt): hier ein Perlschnurschimmer, nur leicht melioristisch unterlegt, da etwas Glitzerbesatz, halbedelsteinern oder gar diamantenstaubgeträumt = auch in memoriam potentialis erschafft sich vergangene Zeit: wahr ist schließlich, was in der Tieffühltruhe vorüber-gehend schockgefroren auf die unvergessene, also ungegessene, unverdaute Weißt-du-noch-Auferstehung harrt

… zugewandt: unverbrüchlich auch durch die Schattentäler = nicht immer erkannten wir einander --- aber das geht nur uns an, uns beide, Livia, auch wenn sie jetzt nachweisen wollen, post festum: unser krisel-kreisel-krümmiges Verhältnis = Ruch, rüchelnd = angekokelt, mit brandfleckigen Rändern [wo Rauchstank, da Feuerlilien] = Affairengewisper: Ihre Frau stand doch in dem Ruf, dem gerüchtrümpfenden Munkelruf: Sprünge, beidseitig und nebenher, also nicht gerade ………-> ja, solcherart verklemmbebrillt riecht alles phantasiegärig, körpersaft-, ja -softpornig, nicht wahr: unsere Nachforschungen haben ergeben, aktenfest und aktenfähig, Ihre Frau, Herr Attems, Ihre Frau ging wohl habituell fremdwärts -> und Sie wollen uns weismachen… nicht wahrhaben wollend = verdrängverzwängt: harmonisch, liebevoll Ihre Beziehung? } ja, Sie Wörtlichkeitskrüppel, Ihr Einmaleinszwerge! ‾ sol y sombra und ohne Dunkel gäb's kein Licht, Sie LängemalBreite Flachbürokratkratzer, mit der Drahtbürste an der Oberfläche wüten } simplifiziersüchtige Zweidimensionaler…
das Wort, das eine einzige Wahrwort habe ich…} was wissen Sie schon ---

Wie sie leuchten konnte: ein Glanz, ein Menschenglanz = doch unhaltbar, nicht zu fassen = im Unerreichbaren bleibend: kein Wunder, dass sie sich alle um sie drängten, nicht nur die Macho- und

Testosteronjunkies oder die Eitelpaviane mit ihrer Haar- und Schwanzfedernpracht -> Schubumkehr: ausgerupft nacktärschig die Schrumpelintelligenz = kognitive Garten-, sprich Loungezwerge! von den Wurstfabrikanten- und Manager-Abziehbildern ganz zu schweigen [NeoGlatzenratzer, ölig-nölig-prölig mit der Oyster-Rolex oder EitelBreitling], aber auch die so inständig in sich verloschenen Mauer-Kalkblumeriche, die Unscheinbar-Joes = löschblattgierige Bereitschaft und Entschlossenheit zur unauffälligen und gewürzlosen Normalität: stilltiefer Postmoder [sic] = DAS ist Neo, das ist Lib und lib: nicht Re-, nicht Revolu- nein! Inner- und Vakuum-luzzer! } auch sie reagierten auf den Honigtopf, auf Livias ungeschürzt [noch die allerverzweifeltste Profi-Hausfrau in Prada und Pronz-suburbia grellgefakten Fabergé-Allradeiern, industrielle Massenproduktion in eiteldummer Werbevirtualität, blieb da hoffnungslos und krebsverdachtneurotisch neidisch und weit abgeschlagen zurück: vakuumverpackte Plastikschaum-Sexualität, blow-dried, Vagina in Diamantstaub-Aspik] erotisch-intelligenten Magnetismus: oft genug mitangesehen, aus dem sicheren Hintergrund = ach wie gut, dass niemand weißte, dass sie meine Frau und Gattin heiße -> am Giersabberndsten zog sie dieses Leuchten, so beunruhigend changierend, an = Livias grund-loser Glanz: in ihrer Nähe schien er abzufärben: und jeder Mangelkranke wollte dabei sein: mitnaschen, mithaschen = Bestrahlungstherapie für Vorbei- und Danebenlebende -------

… wie oft ich sie bat: hör' auf mit dieser PR-Hurerei, such' dir was anderes, das höhlt dich aus: das Falsche, gefälscht und kreisch-grellgeschminkt…-> und lauter verdrieß-, verdrusszynische Mitesser = Pickelfressen, lächelmalgrinsmalgier-Sabberer: und gelegentlich landete einer der Schmeißkerfer bei dir: Charmezecken, Klein-verführer und Fotokopie-Casanovas: ich wusste Bescheid: nein, keine Sorge: die Flirtationen meiner Frau waren mir bekannt: sie lockte eben alle an, aber nur einer, nur ich teilte Tisch und Bett und die Abende, die Reisen } nicht mehr so oft in den letzten Jahren, ich gebe es zu: aber wir hatten glückliche Tage, nur wir beide: das volle, das glanzbestickte Leben = soviel Weißtdunochglücklächeln und in

den Armen, deine Haut, mattschimmend, von einer hinziehenden Sanftweichheit---------
LÖSCHTASTE! LÖSCHEN…..

} riechen kann ich sie die Mitleser, die amtskraftenden Justizorganisten und Rechtswaltenden: so ein Hecheln = Kopforgasmus -> ich bin nicht allein hier: die hören zu, ihr hört zu und alle können mitlesen, lesen mit Harald Attems, angeklagt, beschuldigt, und schreibt uns solcherartige Nullen- und Einserserien, vollabsichtlich, geradezu manipulatglasiert, um der lockenden Unzurechnungsfähigkeit willen: ja, so einer ist der, zu allem fähig ist der = weiß ganz genau was hier als verwertbar, justitiabel, beweiskräftig festgenagelt werden kann: ein Rechtsfolgenentzieher, ein simulantender Justizasylflüchtling, wir dechiffrieren den – der Rechtsfindung soll es dienen: Futter für die Justizmaschine-----
… wir leben in einem Rechtsstaat, sagen sie, gebetsmühl-, gebetsmüllhaft: in den Wind zu schreiben, den kalten Wind Rechtundgesetz und Angemessenheit und Verhältnismäßig- also Mäßigkeit, magermilchdünn: Schutz des Einzelnen, von und vor solchen Brechern, Ver- und Ge: Setzsatzhatzhetz: Rechtsgut ist heilig und unteilig: den Prozess werden wir ihm machen: planvoll, kaltstirnig, vorbedacht – und dann will der Attems einen auf Rache spielen, auf alles überwölbendes, überschreiendes Rechts-, nein: Ge-Rechtsgefühl….

Mein Leben hatte einen Namen: Livia = lachen konnte sie, wie sie lachen konnte! ja, die Zeitmaschine schliff auch uns beide ab, mit den Jahren – so viele Tage, so viele Stunden: Dunkelheiten wuchsen = hin und wieder verfehltewir einander…} dazu das Leertrommelgedröhne ringsum -> die Roulettekugel rotiert immer rasender im Weltkasino -------------
} Livia: mein Mensch! meine Livia: zugewandt, zubestimmt = der Mensch ist des Menschen Geschicksberg… Licht, Licht und Wärme und Zuneigung, Zueignung: ich war gemeint } was für Glanztage wir miteinander lebten = Mitternachtsgänge und Stehweinhallen und

Aufbruchsgesang aus der Pestgrube (= oh du lieber, lieber Augustin...)--- auf der Plaka: Silbereulen, Nausikaa lächelte... oder denk an Bloomsbury und das Memorialpub und Werhat-Angstvor... = Wehmuts- Wermutstropfen -> und im Lauterbrunnen-Tal wussten wir, angesichts dieser nicht mehr wegzuretuschierenden Realität: man müsste, wir müssten unser, deinundmein Leben ändern...dennoch: Calamari und Frascati galten mehr als Cavallini und die Drei im Feuerofen = Gesang, einwärts~~~

V

CONFUTATIS MALEDICTIS

->->-> was denn, wie denn: ohne mich hätten sie ihn nie gefunden, diese Routinewalzenundvordruck-Hohltöner, ich gab den entscheidenden Hinweis, brachte ein Beweisstück, das sie nicht mehr ignorieren konnten => ja, Herr Attems, die Ermittlungen laufen…, nein, Herr Attems, noch keine konkreten Anhaltspunkte, nein, wir haben die Nachforschungen nicht eingestellt, ja, Herr Attems, wir tun unser…., nein, Amateurdetektive betrachten wir als nicht förderlich, unsere Experten…, private Initiativen sind in der Regel kontraproduktiv… wir raten dringend ab…, von Mord zu sprechen erscheint uns eher phantastisch: es handelt sich um Fahrerflucht, mit Todesfolge: Fakt! aber Mord? Wie kommen Sie denn darauf? Beweisstück, was beweist ein Scheinwerferfragment – lag wahrscheinlich schon länger da am Straßenrand…
} wie sie ab- und zuwiegelten, routinegepflegte VomTischwischer, Graubrotundprofitapezierer = nur ein querulantenzeckiger EinMann-Parteienverkehr, noch nicht einmal vorkommnisignorieren werden wir den: könnte ja jeder kommen: merken Sie sich, Herr Bittsteller: was wir nicht amtsoffizynieren und dienststundenprotokollieren ist nicht von Belang, auch wenn es hundertmal weisungsempf- und -befohlen wurde: wir sind kein PR-Unternehmen, wir tragen, amtstragen: Uniform, uniformierte Hüter und unter unserer exekutivamtskräftigen Hut, also gut, wenn's denn unbedingt sein muss: unterm Obhut walten Ruhe, Sicherheit und Ordnung: also Ordnung ist, wenn alles in der Ordnung geordnet ist = da darf kein Platz bleiben für Un- = nicht der geringste Raum für Ausscheren, GegendenStachellöcken = wie leicht bricht der Frieden, das Land und die Eigentumsdisziplin...

Leutselig gab's früher im Fernsehen: Uniform verpflichtet, auch die geistige Uniform: alles andere bleibt Anarchie, Radikalpilzfraß ---

der Beamte, diensthabernd, glatzrasiert, in den Augenwinkeln das verräterische Glimmen des engagierten GTA-gamers, das geregelteVerdauung-Gutgewissen dampft aus jeder Pore [und souverän einverstanden mit sich: ich bin gut so wie ich bin], blickte in meine Richtung, als wär's die Kamera [Abklatsch-TV-Serie: Miami oder LA], aber sah mich nicht: so, Sie haben herausgefunden, von welchem Autotyp – sind Sie sicher? Fachmann? Nein, das müssen Sie schon den Profis überlassen, wir haben das Know-how [stolzsprachgebellig = nau-hau: immerhin beinahe die mittlere Reife geschafft, aber sich dann doch lieber für Handfestes entschieden) – ein QXXYS? Ja, da gibt es wahrscheinlich eine ganze Anzahl in der Stadt..., die Farbe? Kennzeichen kennen Sie auch? Ein bisschen Freizeitdetektiv gespielt, was... - wir brauchen Fakten, Evidenz, hieb- und stichfest, von gerichtsfest mal abgesehen... - gehen Sie erst mal nachhause, ... - Stress, Trauma: wir kennen das... - wollen Sie das wirklich so ganz offiziell und...? Name! Anschrift! genaue Daten! Unfallstelle? Privatverdacht oder konkrete Anhaltspunktelieferant? Vorsicht mit Verdächtigungen = rufschädigend, einklagbar verleumderisch... viel vernünftiger, Herr heißemotio-Strafanzeiger: überlassen Sie uns... Gang der Ermittlungen... verlassen Sie sich auf unsere... erfahrenes Profiteam...die Ermittlungen gehen ihren autoritätshörigen – nein: -hördlichen, be-, ja, behördlichen – nein, wir legen kein Hörden, also: Hürden in den Weg = Ihr gutes Recht, Beschwerdeweg, aber das dauert, das zieht sich in die Länge, ich spreche aus Erfahrung...vor den Gesetzeshütern sind nämlich alle Hüter gleich: Ordnung, Macht und kleine Freiheiten = was wollen die denn mehr...

->->-> so abgekanzelt: ein Störer, wahrscheinlich Krankmundspinner, fixierter Quersteller und Verschwörungsvoodoojunkie, den scheuchen wir: Amateurheini, Lästigloser, wohl was Besseres mit Randlosbrille und präpotentes Schriftdeutsch } ja, die solide restringierten Hilfs- und Kleinautoritätsamtler zeigten mir, wo der Hammer, der Ausdruckshammer [im Notfall Scheibe einschlagen] hängt: ein Eierkopf: Designer, das klingt ja schon so schwachstromtransen, so weichgespült... wär' ja noch schöner: daher-

gelaufener HobbySherlock: uns zeigen wollen, wo's langgeht... }
aber am Ende kapitulierten sie: auf einmal galten meine Beweise:
Fotos, Namen, Daten = mussten die träg-widerwillige Ermittlungsmaschinerie in Gang setzen: Aktenzeichen und Nachforschungsabläufe, Staatsanwaltschaft in Kenntnis zu setzen...= ein Fall, ein Rechts- und Strafbestand: die papiergestützten = kopieren! ablegen! Digitalmühlräder gerieten in Bewegung -> wie sie mich hassten dafür und wie sie hintertrieben: Unfall, immer wieder: nichts als ein Unfall! am falschen Ort zur falschen Zeit: wie das Leben so spielt = Zufallskette, Umstände-Girlanden: und unheilknirschend Livia als Opfer im Zentrum: ja, die Schwerkraft und die Beschleunigung und wenn man die Kontrolle über die anderthalb Tonnen schwere Maschine verliert, überhöhte Geschwindigkeit ursächlich und tatsächlich in der Verantwortung } selbstverständlich bleibt Fahrerflucht strafbar und erst recht mit Todesfolge: schwer vergangen hat er sich, der Flüchter, der Tatflüchtige = muss die Folgen tragen, nur konsequent, Verantwort ist Verantwort, auch wenn unsere Nachforschungen vorläufig noch keine konkreten Anhaltspunkte hinsichtlich der Identität des...

-> Sie wollen wissen, wie ich überhaupt auf Murschitz' Spur geriet?
-> ja, um ein Haar hätte ich es übersehen im Straßendunkel, das Scheinwerferfragment: Spezialanfertigung, Xenonhochdrucklampe = nur bei wenigen Wagenttypen als Sonderausstattung -> ich fand das Ding, ein kleinschäbiges Bruchstück, im Rinnstein, purer Glücksfall: der Reflektorspiegelsplitter blinkte kurz auf ->->-> ja und damit geriet alles in Bewegung, unaufhaltsam, langsam, unendlich langsam für mich, aber doch unentrinnbar auf ihn zu: den Mordfahrer, den Autokiller Murschitz: auf dass Recht und Richtbarkeit vollzogen und vollstreckt würden----
...und der Typ im Autofetischladen bestätigte: QXXYS Special Edition – davon gibt's nur ein paar, diese Freakos haben ihren eigenen Klub mit Webseite: Namen und Adressen samt Hochzeitsfoto [ich, ich selbst: ein sattes Selfie = ich mit meinem Baby, meiner Bolidenbraut: seht her ihr Neidrost-loser!] – und er, der Murschitz höchstselbig mittendrin protzprangend ->->-> ich kannte

seinen Namen, Livia hatte gelegentlich mit ihm beruflich zu tun, PR-Sachen, er schrieb ja für ein paar Zeitschriften Kolumnen } eine Nullperson insgesamt, einer, der mich bis dahin nichts anging und mit dem ich nicht einmal über Unschärferelationen geredet hätte, ein Secondhand-Feschak = teuer mit geschmackvoll und stilsicher verwechselnd, papierdünne Oberflächenattraktivität = was für ranzig gewordene It-Botoxgirlies und Canapéhasen...
} Livia machte sich gelegentlich lustig über diesen Mario Murschitz: absurd, völlig abwegig, sich eine Beziehung auch nur vorzustellen = Livia und dieser buntstiftfarbene Pappkarton-Frauenhai? Eifersucht soll im Spiel gewesen sein: Sie waren auf den Konkurrenten eifersüchtig, Herr Attems, Sie verdächtigten ihn: Liebhaber Ihrer Frau, unsere Nachforschungen ergaben, dass sie Affairen, außereheliche Beziehungen...} die Verhörbürokraten sabberten phantasiegeil: eine schöne Frau, ein unscheinbarer Antigockel als Ehemann = ja, da kommt Leben in die faulig abgekippten Männersäfte: klassisches Klatschmotiv = der Attems rächte sich aus Eifersucht, wer weiß, ob der Murschitz wirklich der Todesfahrer gewesen ist } der stand ja im Licht, im erfolgs- und unwiderstehlich-Licht und den im Dunkel, den Attems, den sehen wir nicht------

-> ja, ich weiß, ich weiß: Bericht, berichten, sachlichderReihenach: ...also checken, klar, seinen Wagen checken, sofort, augenblicklich: aber Murschitz parkt abgeschlossen unzugänglich: sein Appartmentblock hochundteuergesichert = Kameras, Lichtschranken, Gesichterkennungsscanner, der ganze Graus} wochenlang hielt er das Ding einfach unzugänglich verschlossen, lief zu Fuß oder Taxi - woher ich das weiß? – weil ich vor Ort wachte, was denn sonst: Geduld, Geduld! sagte ich mir, all die Stunden, Tage, halbe Nächte: Hypothermie, könnte man sagen -> oder Wach- und Heilkoma: schmerzlose Wundstarre, und Livia-Denken außen vorgehalten, auf kleiner Flamme = die Glocken der Vergeltung noch lange nicht... ->->-> müde gab's später, danach [sich einrollen, endlich, einrollen zum kleinen Todesschlaf, mit ihr an der Seite: vereint, Wind- und Aschenfresko = da ruhen wir dann...] = sehen Sie: ich kann auch zusammenhängend, kein Problem mit chrono oder logo} euphorfrohlocken Sie doch! und Kompliment an Doktor Psychodelikum: diese grünen Neuroknallerbsen = geradezu durchschlagend -> das können Sie auch den Gut- wie den Bösachtern stecken: Patient Attems ist narrativistisch und -logisch heilfähig und beichtwillig: gesundbeten, inniglich, ganz wie es Pater Pharmakon empfiehlt: im Notfall: Seelentrepanation, jawohl, mit dem dreifaltigen Tumi [Sie wissen doch, was ein Tumi ist?!]

...wenn ich nicht mit dem Parkplatzwächter Glück gehabt hätte - Hellfire Security-Uniformlogo mit Drohnenadler: hellfire, hellfire: zum Kindergeburtstag gibt es Rakete pur... und das Gesicht darüber so nichtumkehrbar suppenhuhnhäutig entfärbt = abgebeizt, geätzt von der Lebenssäurepackung = mittfünfzig, verbittert den Lotto-dauerauftrag beschimpfen, verprügeln müsste man... andere haben doch auch... präsentabel aussehen, gewinnend lächeln? aber diese Jacketkronen kosten: un-, unerschwinglich und jetzt die letzten Blutzuckerwerte... ja, wie denn auch... und seit sie auszog – bitch! – schaff' ich die Miete nicht mehr... da bleibt einem nur noch ... = ich hatte immer schon ein feines Gespür für Wundstellen, für Verwundete: wir verstanden uns wellenlänglich: mühelos auf schnelle Autos hingelenkt, ja, bewunderungsversetzter Neidtraum: mit so einem Boliden möchte ich einmal... und er kannte den QXXYS von Murschitz' -> wusste: seit zwei Wochen abgestellt = mehr als nur Blechschaden, Frontgrill zerdeppert, Zusatz-scheinwerfer abgerissen, Riesendelle in der Kühlerhaube, Wind-schutzscheibe geborsten... muss richtig geknallt haben... der geht jetzt zu Fuß: das wird nämlich teuer...Spezialwerkstatt wird er brauchen – kann nicht jede Karrosserieschmiede...-> so kam ich auf die Spur, die Blutspur } Tage, Tage und Wochen und nächtelang gewartet, gehofft: ich rieche, rieche Killerfleisch = was für Borkenkäfer-Windungen Murschitz in seinen Tagesabläufen hinterließ: sinnlos-zufällig fraß er sich so seine Gänge und Schleifen durch die BeliebigkeitsZeit-----

...endlich ein Foto, als er zur Werkstatt fuhr, ein Foto vom Killerauto – nicht scharf genug allerdings = konnte nicht blitzlichten:

da wäre ihm sofort ein Verdacht aufgegangen -> ein scharfer Wind und so gilbiges Licht, deutlich secondhand: nicht mehr als Routinemühle, sagte der Tag, kaum der Rede wert } so kam ich auf die Karrosseriespenglerei: machte einen auf Autofreak und QXXYS-Fetischisten -> gleich ins Gespräch gezogen... darf ich mal? sah die Spuren, die Aufprallspuren = Livias Körper... hier der Schlag, der Todesschlag: Kühlerhaube eingedellt, Stoßstange mit Frontspoiler angesplittert, spinnennetzgeborstene Windschutzscheibe... } Blechschaden, sagt man, Unfallwagen: ihr Abdruck auf der Todeswaffe -> aber kein Blut, keine Knochensplitter, Gewebeflüssigkeit: nichts zu sehen, nichts zu ertasten als ich mit meinen Händen nachlesen wollte -> Stahlblech und Glas und Kohlefaser und dagegen war Livia geschlagen = der Todesschlag, aufgeprallt auf Stahl und Glas und kohlefaserarmierte Thermoplaste: hier, ich sah, fühlte: hier und hier: aufgeschlagen und zerbrochen: nur Fleisch und Blut stand dagegen an, nur ein Menschenkörper: Livia----

} hellwach: und sachverständig kumpelhaft zum Mechaniker: na, ganz schöne Frontalkarambolage = das muss ordentlich was geknallt haben... -> ja, Wildunfall, sagte der Typ, son Rehbock oder Wildschwein vor den Kühler gesprungen..noch Schwein gehabt...ja, das kostet... ->->-> zuerst hörten die nicht einmal zu auf der Polizeistation: ach, der schon wieder: den ignorieren wir erstmal, der wird luftgewedelt, bis ich meine Stimme erhob antosend: hier, hier haben Sie Digitalfotos, speicherfest, sehen Sie: hier die Spuren des Aufpralls, der sie tötete...-> muss ich Sie erinnern! Fahrerflucht! Sterbedatum: siebzehnter November, Bergheimer Allee: meine Frau hat er ermordet, mit Absicht und lange vorgeplant: sie querte die Straße auf dem Übergang, dem Zebrastreifen – Sie müssen das doch präsent haben, flüchtiger Killer – Sie ermitteln doch seit Wochen, die Nachforschungen dauern an, sagte man mir immer wieder, laufende Ermittlungen und alles seinen Routinegang gehen und Geduld und Personalknappheit und Quotendruck und Überstundenstau...-> hier! hier sind Fotos, Fakten, beweisfest: Teil des Spezial-Zusatzscheinwerfers, nur für diese Wagentype: hier haben Sie das Mordauto, die Tatwaffe... -> und hier die Werkstattfirma, mit

Adresse, mit genauen Daten: die haben die Reparatur gemacht, angeblich Wildunfall... dort finden Sie Zeugen, die werden sich genau an die Details erinnern = hieb- und stichfest! worauf warten Sie denn noch – und die Tage, Wochen, bald Monate verrieseln -> so hören Sie doch: Unrecht schreit, schreit: aus den Angeln, die Welt, nichts im Lot, die Waage zerbrochen mit ihr, mit meiner Frau, Lebensgefährtin, meinem Lebens.... und der Killer lacht, lacht weiter, fühlt sich sicher... } worauf warten Sie denn noch? nicht beweiskräftig? – was brauchen Sie denn mehr: verhaften Sie den Killer, Namen und Adresse: habe ich: hier!

Erstellte formal Strafanzeige: wegen vorsätzlichen Mordes, überführt und schuldig befunden: Mario Murschitz, das Mordwerkzeug mit Kennzeichen hier auf dem Foto...-> Motiv, wollten sie wissen -> wo das grund-, das begründende Motiv? } Murschitz kannte meine Frau, berufliche Kontakte, ja, schon länger, er verfolgte sie seit ein, zwei Jahren, besonders frenetisch während der letzten Monate: Livia, meine Frau = wir hatten keine Geheimnisse, sie erzählte mir alle Einzelheiten: der Murschitz war hinter ihr her: diese penetrante Latin-Lover Heimwerkerausgabe, hielt sich für, ja, selbstüberzeugt: unwiderstehlich, incognito celebrity = beinahe ein Aushilfs-Beaunarziss: Murschitz: der Gutausseher, Virilcharme eines Fliegenpilzes, Vollhaareitelspreizer, werbefotogeteint: sportlich gebräunter Melanom-Wirtsträger, Frauenversteher-Machozähneblecker und Brunfthosenschweller...nie, absolut niemals würde sich Livia mit so einer recycelten Posterfotokopie einlassen } Murschitz' Hände, discountermanikürt, auf ihrem Körper, ihren Brüsten, Hüften...? absurd, absurd: abwegig die bloße Vorstellung!
} ich wiederhole: dass Livia und er.. irgendwie liiert, also eine Affäre miteinander hatten: abstruse Gespinste, Klatschspaltensoße! Und ich soll davon gewusst haben und schließlich aus Eifersucht, aus blankem Sexualneid, den Konkurrenten, das gockelkrähende Brunstmännchen, brutal und hinterlistig erschlagen haben } das Fahrerflucht-und Rachemotiv nur vorgeschoben----

-> sie mauern, immer noch, Sie alle = Bedeck- und Bedenksprech: ...polizeilich und amtsbehördlich liegen vor = liegen nicht vor: jenseitsallerzweifelstichhaltige Beweise, dass Murschitz in der Tat der Fahrer des Unfallwagens gewesen sein muss... Indizien, nicht mehr...aber von felsenfestem Beweggrund könne keine Rede sein ->->-> hiebundstichundgrundfestzweifelsfrei? -> wenn die Polizeibeamten nur sofort reagiert hätten: meine Recherchen = die Fotos, das Scheinwerferbruchstück, Zeugenaussagen... das Tatinstrument noch in der Werkstatt beschlagnahmt und forensisch untersucht hätten auf Spuren, Blutspuren = Livias Blut, ihr Blut, hören Sie! -> mit Sicherheit auch Gewebe- und Haarspuren..., aber man wiegelte mich ab, hämte mit dummarroganter Skepsis: Sie sind also Fachmann? Spurexperte und befugter Detektiv? Naturgemäß drängte ich: DringlichkeitNachdruck: keine Zeit zu verlieren = einmal repariert, verschwand die Evidenz und Murschitz fuhr rostfrei-locker nachhause ->->-> Alibi? Alibis! -> die gibt's doch nur noch in TV-Krimis = smartphone-listig und tabletschlau = alles Freischaffende Zeit- und Raumbieger: hier war ich und hier auch und hunderte untote Bezeuger: lichtgeschwinde Signalspuren = vernehmen Sie doch die Server unter Eid vor Gericht!

Am schlimmsten traf mich die alltagsgriebige, - griesige, hohnkruschige Herablassung und Abwiegelwischiwascherei: ...Fahrerflucht? mit Todesfolge, sagen Sie? = unbescholten: zwei bis drei Jahre auf Bewährung, garantiert: juristisch klassifiziert und eingeordnet: die Straftat heißt: Vergehen = geldstrafeahnden! mit Münze heimzahlen, scheck-und kreditkartenzulässig [Abrechnung monatlich]... auch gegen Führerscheinentzug Berufung möglich: und gib uns unser tägliches Auto..., was haben Sie gegen Autoerotik? Immunsystem Zivilisationsauto: die Wirt- und Industrieschaft brütet auf Konsens -> wer könnte da InFrageStellen wollen? Am Fundament sägen, geradezu subversiv unterminieren -> überlassen Sie das uns, Gemeinwohl schreibt sich gemeinwirtschaftlich unternehmerliberal? -> die legitimen Gewaltüber sind Gesetzesmacht-Mehrheitsanteileigner: aufgehoben bei uns, und nur bei uns! das Recht und die

Windmühlen und das Gotteslangsammahlen = wir sind die Seibeiuns, monopolstickoxydierend: Vorsicht! Obacht! halten Sie sich da raus! -> schweben, Ermittlungen schweben verfahren = höhere Instanzen

KOMMENTATOR.: Attems erliegt nur zu bereitwillig dem umarmungsdichten Bedeutungsgedröhne seiner bevorzugten Schwermetallwörter: semantische Ekstase: wahrssprechender Hellsager mit dem Gewicht der Zeichen-Welt (dieses unruhig-unfassbare Morphen und Syntaxen....) auf den Schultern: noch während seines zornadergeschwellten Hierschreibichundkannnichtanders Blitzeschleudern will er sich im Sprachstrom verflüssigen, das Zucker-mal-Fett-mal-Wasser-Ich auflösen: nur noch treiben, unauffindbarer Tropfen: nicht mehr ausgesetzt und nacktschneckig, wenn sein Name aufgerufen wird: von allen Festplatten gelöscht. Insgeheim (doppelspiellistig) hofft er wohl auf eine Auflösung mittels selbstinduzierter Umnachtung: besser als aufwachen, meint er, besser als jaundamenichfügmichderpraktischenvernunft sagen allemal, ganz abgesehen von den Reizen einer geschlossenen Anstalt mit kongenialen Mitinsassen und poète-maudit-Irrenwärtern: vogelfrei im Narrenkäfig auf die Auferstehung warten, während die Neuroleptika das ihrige tun...

Zugleich nicht zu übersehen: plusterundkräh-Stolz auf seine eigenfaustigen Nachforschungen - ganz so, als ob einer, ein einzelner Monadenritter-, reiter und –retter noch bewirkend sich dagegenstemmen könnte, gegen all das Billiardenbitgeprassel der Unrechtsstürme -> vielleicht hat er nicht so unrecht: auf das Unerträgliche reagieren mit: reductio ad absurdum = willkommen, so dächte Attems, in der wahrhaft neuen, der Neo-Zeit- und Seinshöhle (und danach: lallen, lallen: trog-, troglo-, troglodytisch) ...und außerdem: der Einzelkämpfer besetzt immerhin eine Einzelseitenfußnote im Massenepos = Internetgesang, garantiert unsterblich, bis die

Server abgeschaltet werden -> Initiative zeigte er, geradezu listig-erfinderisch gelegentlich = kein Wunder, dass Attems dazu neigt, sich megalowelttop zu fühlen: von der Spitze des Irrsinnskreisels aus gesehen, erscheint alles tief unten = die scheintote Erstarrung der mühesandigen Ebenen

…Livia: zum roadkill wollte er sie machen: weil er sie nicht haben konnte, weil sie seine gekränkte ejaculatio präcox–Potenz verspottete: Livia vertraute mir: an! rückhaltlos, wir Gefährten, lebend und gelebt: unteilbar = hier gibt es nichts zu dividieren---
-> die beiden kannten sich? na und! natürlich kannte Murschitz Livia ->-> sie hatten ja beruflich miteinander zu tun, na ja, vielleicht täglich, kaum zu vermeiden in dem Job, diese PR-Agenturen…wie oft ich sie beschwor, doch in die Printmedien zu wechseln, aber Livias eigenwillige, eigensinnige Souveränität ließ sich nicht dreinreden… aber ich halte fest, zum wiederholten Male: mit genauen Worten, voller Geduldsamkeit, also in allgemein verständlicher Umgangssprache, legte ich den Sachverhalt dar auf der Polizeiwache: mit allen Details, ruhig und sachlich und nicht zwanghaft erregt, wie immer noch behauptet wird = obsessiv verhielten sich die Amts-, die Wanst- und Uniformträger, behandelten mich wie ein elephantiasisches Altkind: einer, der spastisch Reizwörter schleudert, ein Ruhestörer, affektbrodelnder Querulant, ein Verschwörungsfreak…-> wie sie mich abwimmelten, auch später auf der Kriminalpolizei: so spricht man mit einem Debilparanoiker, zwinkern und räuspern und ranzig verpacktes Hohnmitleid: der spinnt, der phantasiert, der hat den Kreisel, den Fixeideekreisel, hirnigrissig…

Festzuhalten: an die Fakten hielt ich mich, fest verankert auf dem Tatsachenboden: was denn so unverständlich? Klar, durchsichtsklar: der Murschitz hatte ihr doch wieder und wieder aufgelauert, meist nach Büroschluss, er passte sie ab, vor allem in den letzten drei oder vier Monaten vor seiner Tat: er verfolgte sie: ein Nachsteller und

Stalker: Livia erzählte mir ja, hielt mich auf dem laufenden: sein obsessives Verhalten begann sie zu irritieren und schließlich zu verstören = Murschitz. verhielt sich ja mehr und mehr wie ein eifersüchtiger Besessener: nächtliche Anrufe auf Livias Mobiltelefon etc ->->->sie erzählte mir ja nur die Hälfte... } Livia hatte ihn satt, den Mikropascha mit seinem Hyperhätschelselbstverliebt-Ego = hielt sich für unwiderstehlich vor dem Spiegel und auf Itube... } einleuchtend, dass so ein derart von Livia gerupfter und verschmähter Pfauenschwanz-Desperado die erotische Niederlage niemals verwinden kann = Hassblumen wachsen, täglich gedüngt: jede Begegnung, jedes Treffen, der tägliche Normalkontakt vertieft ihn, den wildfressenden Ichkanndichnichthaben-Hass: na warte, bitch, dir zeig ich, wo der Hammer hängt, Schlampe, das wirst du büßen, cunt!
-> und so feilte er planvoll: die schieß ich ab, der besorg ich's: und wieder ein Opfer des Straßenverkehrs, bedauerlich bis tragisch = Mordtat? wer käme auf die Idee? Unfallzufall und Opfer und verlorene Kraftwagenkontrolle und folgenschwerer Augenblick von Unachtsamkeit = klares Selbstverschulden und die Fahrerflucht: Schock! Schockeinwirkung, posttraumatisches Syndrom...amnesie-gestört: Beweise? = Zweifelsfall, kann und muss bezweifelt werden und im Zweifelsfalle: für den Beschuldigten! = ein Vergehen, ein bloßes Vergehen: jeder kann sich einmal vergehen...! oder auch: der Passant, also diese Fußgängerin sprang urplötzlich und unvorhersehbar auf die Fahrbahn...nein, der Zebrastreifen ließ sich nicht erkennen: Laubbefall und unsichere Lichtverhältnisse...} Schockreaktion = Fluchtreflex, bedauerlich, reuezerrissen auf schlaflose Jahre hinaus...alles so schnell, dass keine Zeit für Notbremsung...} Bewährungsstrafe? wenn es denn unbedingt sein muss = gebeugten Hauptes, aber aufrechtgewissensgebissen... und Führerscheinentzug doch befristet? Härte und Einsehen und unbillig und mein Anwalt wird das schon richten...meine DamenundHerren-Richter } das wusste er, hatte er durchgespielt, lange vor der Mordnacht: tückisch geplant bis ins Detail: Murschitz wusste um Livias Gewohnheit: spätabends ging sie regelmäßig ihre Runde, halbe Stunde, und immer dieselbe Route = mehr als einmal ertappte

ich ihn im Auto sitzend, lauernd im Dunkel, so um zehn Uhr abend, bis er sicher war: abgecheckt und ausgeheckt...

Murschitz spähte sie aus, bis er sicher sein konnte: spätabends, fast genau zur selben Stunde, machte Livia ihren Spaziergang, stets dieselbe Route: am Stadtpark entlang, die Bergheimer Allee überquerend bis zum Dominikaner-Platz und zurück: alleine, ja: das brauchte sie, um ihren Kopf zu klären, sich frezuatmen, wie sie sagte: am besten alleine gehend: wie sie gehen konnte! verging sich im Gehen... } all das erklärte ich den Polizeibeamten mehr als nur einmal: geduldig, in aller Deutlichkeit und in allgemein verständlicher Gemeinsprache: in der Mordnacht lauerte Murschitz ihr auf, planvoll, hatte auch einen vorschubleistenden Abend gewählt – die Spielübertragung im Fernsehen, leere Straßen = förderlich-günstiger konnte es nicht kommen---}
und schmetterte dann in ihren Leib mit der MetallRiesenfaust, dem Todesgeschoß: was konnte sie: ein bloßer Menschenkörper! dieser Gewalt entgegensetzen – gesteuert, auf sie, durch sie hindurch: Männchenrausch, reißundkillbrünstig, zerstörorgastisch: Haut und Knochen: zerschlagen = SackundBündelLeib, Menschenschotter, nur noch Geröll im Kleiderbündel: ein unscheinbarer Haufen = nicht einmal Leichnam: nur zerbrochen, tote Überreste---
} ein Bündel Mensch lag am Straßenrand – liegt! liegt immer noch, liegt immerzu: wo denn, wo das Vergessensloch? diese Bildertür schließt sich nicht = vergeht nimmer = kein VergangenSein! } und alle sagen: mir bleibt, bleibt das Angedenken, die Unvergesslichkeit, der schwere, erschütternd-untröstliche Verlust = Todesanzeige und Abmeldungen, Stornierungen, Einstellungen und Registerkorrekturen
->->->
Einige Tage lang ließen sich ihre polizeilich aufgesprühten Körperumrisse auf dem Asphalt noch erkennen, verblassten laut- und folgenlos, schließlich unlesbar zerrieben: war da was? } ein Leben ausgelöscht: weiterrollen, dröhnendes Normalrauschen, Verkehrslastspitzen, stockendbiszähflüssig bis verkehrsberuhigt: am Straßenrand, wetterunabhängig steht einer wie ich: barhäuptig Angehöriger, aber sie, der er angehörte und sie ihm: beseitigt, alle Spuren bereinigt:

Verkehr frei! rollen, rollen = und keiner singt vom Glöckelein, vom Hier-starb-ein-Mensch-Todesglöckelein… -> Reifenrauschen, asphaltgedämpft----------

aber er, der Killer, er tauchte auf aus dem Helferdunkel in jener unscheinbar zahnlosen und gleichgültigmümmelnden Stumpfnacht, rollte heran, kam näher: runterschalten: bissig beschleunigt: Gas, Gas geben! bis in den roten Bereich und schoss an, schoss an = jaulendes Geschoß, auf sie zu, in sie hineinrasend } mein Kopf ist zersprungen: da muss ein Leck sein, ein tiefer Riss: das grellt so und brennt und frisst: so zerschlug er sie, schlug sie aus dem Leben, fuhr weiter, schaltete hoch, ging vom Gas weg: gesättigt: Abschuss! was ein Hammer, hammerhart: gezeigt, ihr's gezeigt = siehst du, bitch, wärst du nur… ->->-> und damit sollte ich leben, so abgetragen-hinterblieben, witwerverbrämt gar noch! leid- und verlustgeprüft: weiterleben, daslebengehtweiter-weiterleben…

Die Flüsterstimmen, die Amtsschwichtler und Flachdachrealisten, sie wispern und kispern und räuspern: gewiss, die Chancen, den Killer [nein: die Rede blieb offiziell bei „verantwortlicher Fahrzeuglenker"] auszuforschen, stehen erfahrungsgemäß nicht sehr hoch, aber wir gehen der Sache nach, die Ermittlungen laufen…dauern an…man kann nie wissen -> mit etwas Glück, vielleicht ein Augenzeuge…Geduld, sich fügen: begnügen = langsam mahlen die Justizmüller } richten und rächen finden Sie nicht in der Partitur, nach der wir singen, Herr Attems…auf Erden: gebrechlich und unvollkommen -> nur in Computerspielen gibt es die vollsatte, die AusmerzGerechtigkeit: zack! Nein, ich vergesse mich nicht: Sie wollen: Klartext wollen Sie! -> einsträhniges, linear-dekodierungs-höriges Realismusgarn: versuchen Sie zusammenhängender zu werden, Herr Attems, verstehen Sie – auf die Kontinuität kommt es an, den logisch-linearen Ablauf der Ereignisse: der Faktenbestand liegt vor – es geht darum, das Wie und Warum zu rekonstruieren… = so gutwillte der Herr Ermittlungsrichter----------
Sie, sie alle wollen Kausalketten, tempusversiegelte Raumzeit-Wurstgirlanden, gut abgehangen, aber so hören Sie doch, hören Sie

endlich: Livia – sie wurde mir weggemordet, mit Vorsatz: ihr Leben ins Aus geschlagen, einfach so, an einem unscheinbar alltäglichen Spätabend, schon lange her = Tage, Wochen, Monate jetzt: Normaluhr tragen und die Kalenderblätter abreißen } die stapeln sich schon: sehen Sie, Herr Attems, die Zeit vergeht, verweht doch...} schreiben Sie aus dem Nachhinein, mit der zeitlichen Distanz = da ergibt sich der Zusammenhang wie von selbst: aaaa und bbbb, also Nullnullnulll und Einseinseinsnachdemanderen, griffig linear-kausal: beschreiben Sie einfach, wie alles geschah und wie es dazu kam: aus Ihrer Sicht, gewiss, Ihre subjektive Version wollen wir lesen, unvoreingenommen nicht gänzlich ohne Wohlwollen, aber Sie müssen im Realistischen bleiben: Obsessionen und Suadaströme haben keinen Platz in einem Rechenschaftsbericht – Sie sind nicht ungebildet, offensichtlich sprachgrenzmächtig: Disziplin wird vonnöten sein und Aufrichtigkeit = es geht schließlich um einen Mordvorwurf......so leiert die Vernunftmaschine weiter: lauter Stanzformeln, krepppapierraschelnd = schützenfestliche Papierblumen: wasserlöslich farbig: treffen, die Wörter treffen = schreiben Sie, schreiben Sie um Ihr Leben: Milde, mildernde Umstände, in Erwägung ziehen, verständnisweichpastellig } aber das Gericht muss Einsicht gewinnen in die Einzelheiten, den genauen Ab- und Verlauf Ihrer Tat und was Sie dazu getrieben hat... Ihr Richt- und Rachemotiv erscheint uns, so Richter Folz/Foltz, nicht ausreichend überzeugend, wir gehen nach dem Stand der polizeilichen Ermittlungen davon aus, dass Sie verschweigen...

-> eingeräumt: ich schwieg und schweige immer noch: aber jedesmal, wenn mir das System gegenübersteht: die unangreifbar gleichgültige Amts- und Rechts- und Tagesordnung und ihre Dienstgesichter - alles Personenträger mit beschränkter MenschenHaftung – erkenne ich: taub sind die alle, die hören meine Sprache nicht und selbst wenn sie es könnten, riefen sie nach einem Dolmetscher } deshalb willigte ich ein: aufschreiben, in die Tasten schreien, inständig Digitalketten flechten: Kranzgebinde, Kranzgewinde = in unvergessliches Nulleneinserpapier einwickeln, der Wort-prozessor trauert silikonherzenstief mit, immerhin ließen sie mir die Löschtaste: ein

Klaviaturkünstler, der Attems, da kann er voll in die Tasten greifen und auf seine Weise nachspielen----

...was denn? ich halte mich doch ganz ernsthaft fest und taste folgsam line-linguistpfeilgerade = klare Linien der Logoszeilenschnur, linksdrehend, von scharf obendroben nach unterwärts abstürzend mit zunehmender Sinngeschwindigkeit: nur Tatsächliches = was Sache ist in der Tat: KetteundSchusslogik = zwangsjackendichtest gewebt und eingefleischt -> oder doch lieber Strick und Strang? } hoch auf dem Wahrheitsseil und ohne Balancierstange: unter mir nur Zungengebrodel, giftig dampfend: solch Toben, Gieren, Geifern: Sache! laberlos und sülzefrei Wahrsprech: TatSachundSächliches, jawohl } zu Befehl = illuminieren, auf- und damit erschließen den Sachverhalt ganz ohne rückzuhalten: jedes Wort richtet sich aus: streng zeilenlinear essenziell -> es geht, wie könnte ich's vergessen, ums warum-worum-wierum: in die PC-Tasten, also Aufschlüsselung, also Nullenundeinserketten: willig bin ich, geh zur Ruh, schließe keine Äuglein zu = aber Kinderland ist abgebrannt, genau wie das Vater-, ehemals Pater-Nosterland } bloß keine VaterKinder vor diese Irrweltsau werfen: die frisst, frisst sich ja selbst... -> ich höre Sie, sie alle: schon wieder: Thema! abkommen! = ja, schon gut: der Fährte nachgespürt, wochen-, langeWochenlang die Killerspur verfolgt: ich rieche, rieche Mörderschweiß } unerschütterlich führte mich alles auf ihn zu: das Reflektorbruchstück des Zusatzscheinwerfers: nur der Anfang -> und beachten Sie immerzu: Murschitz wusste Bescheid = er kannte ihre Route: Livia ging bei jedem Wetter hinaus, Nachtspaziergang, obwohl sie nie spazierenging: sie schritt aus, ging sich den Tag aus den Gliedern – und allein, sie bestand darauf! fast immer um dieselbe Zeit, stets genau denselben Weg: er wusste das, der Murschitz: weil er ihr nachgestellt hatte, seit Monaten ausgekundschaftet: hormonschwalliger Brunftbalzer -> vor lauter Testosteronnebel keine Wahr- und Wirklichkeitsperzeption mehr } in sein Privateigentum wollte er Livia überführen = alles Preisfrage: lifestyle-Dömmel, flachmurkelnd = grundlos tief: nur duduallein sollst die allermeinigste sein----

= Livia sollte zu ihm ziehen, in sein SchönerWohnen-Loft Penthouse Abziehbild, echtes imitaten und erst die unbezahlbare Aussicht: einmal sehen und erbensterben.... ja, und ihn, den GattenAn- und Umhänger = den lassen wir sitzen: maushaariger Stillsteher, dieser Unscheinbarkeits-Tapetenmann und Podiumpreisloser = wie geschaffen fürs Beiseiteschieben: geschieht ihm nur recht: so stillunauffälliger Partner wird marktenteignet = nicht mehr als der Hintergrund vor dem ich! Ich, Murschitz! so bestrickend schillern und brunstpavianen kann ->->-> ja, Mario Murschitz übte sich jahrelang im Übersehen: dieser Attems = vorübergehender Ersatzspieler, nur eingesprungen, Lückenbüßer, bis er selber die BesitzZügel ergriff: siegesfanfarenerprobt, Armani, Eau Sauvage und hohe Absätze = ein eitelbeschlagener Hengst im Perma-Selfie ------} naturgemäß interessierte sich Livia für testosteronkokelndes Balzverhalten = die Kerzenflamme ist schließlich auch fasziniert von der Venuspelzmotte – und wie sie alle antanzten: kaltes Feuer Livia, beunruhigend noch für Altsäcke = ich sah ja zu, sah es aus ihrer Nähe } mit klingenden Sporenschritten näherte er sich, Herrenreiter Murschitz ->->->...wenn er fällt, dann schreit er...und wie er schrie...! mit seinem gewinnenden, gerinnenden Schaufenstergrinsen, zielsicher auf sie zu: die muss ich haben, die ist für mich, bestimmt! und photoshoppte mich als Hintergrund-redundant aus seiner Jagdtrophäen-Datei } Livia aber: blieb sezierkühl bis ans Herz hinan: mit mir lebte sie zusammen: Tag für Tag = unser Zusammenleben: verschworen, einander zugehörig: wir tauschten und tauschten ------}
.... geht Sie nichts an! Voyeursglotzer, Intimschnüffler, Nekrophilikaster = sekundärgeil und impulserregbar: süchtig nach den ganz scharf pervgrenzigen Virtuellanmachern = weil doch Dienstwüsteneöde tagaus, tagein...so greinern tut...

} fand ich eben doch heraus, weil ich nicht locker ließ, auf der Fährte blieb, unbeirrbar: eigentlich fing alles mit dem Gehäuse-Bruchstück an = am Tatort gefunden: halb im Gullydeckel verborgen: Beweisstück = hier begann die Spur, die Fährte, die zum Killer führte ->->-> unter die Nase hielt ich es dem Sachbearbeiter auf dem Kommissariat: hier, hier! das gehört zum Killerauto -> ermitteln

Sie...! } der Mann hörte nicht einmal richtig zu, ein schiefes Halblächeln für mich Einzelvorsprecher und Amtskunde = den rastern wir doch schon im Vorübersehen aus!: ...sachdienliche Hinweise der Bevölkerung selbstverständlich dankend entgegen genommen, aber Amateur........ gehören in Container-Talentshows: Platz genug im U-Zirkuszelt -> aber lassen Sie die Hände von: das machen wir Profis... außerdem: dieses Ding lag sicher schon wochenlang im Rinnstein = Beweisstück, sagen Sie! also langsam, immer mit der Ruhe: die Nachforschungen liegen in bewährten Händen, Inspektor Schneider und sein Team... jeder Fall von Fahrerflucht wird von uns ernst genommen, wir gehen allen Spuren nach...routinemäßig...erfassen... nur nicht aufregen! Schreien nützt hier gar nichts...ich muss Sie aufmerksam machen: widerständiges, ja renitentes Verhalten: Folgen nachziehend = BeleidigungimAmtkonsequenzen... seien Sie vorsichtig...Zunge hüten und abregen, sonst droht noch Gewahrsam, Wutausnüchterungszelle... -> wir tun unser Dienst-Möglichstes...umständeerschwert und zeugenlos und Quotendruck zeigt abwärts: wir geben keine Aufklärungsraten bekannt...zeitunddetailintensiv = steht Mediengier nach saftigprallen Verbrechen entgegen... KostenmalMühemalAufwandmalUrteil: nur was heraus kommt, zählt... und dazu die Planstellenschnitte: herbhohe Überstundenhaufen = Zeitausgleich gut und schön, klingelt nur leer in der Kasse...hier, die Kollegin hilft Ihnen: verwertbare, polizeirelevante Fakten = Weizen, sehen Sie -> alles andere: Spreu = zeitverschwendend, ja –raubend -----------

} zugehört? Ich wiederhole zielschärfst: niemand wollte von meinen Nachforschungen wissen: Gelaber, nasenrümpfende SchallundRauchNichtachtung: lasst ihn reden und schickt ihn dann nachhause } Neugier? Privatsache! Lieber untot im Fingier(Akzent auf: gier)fiktivfickdichselbstnetz.....} so fräsend cool: voll-, ja extrembeschäftigt mit: ichundmichundnochicherundmicher---
jetzt müssen Sie ZurKenntnisnehmen, Wort für Wort: zwei halbangebissene Vormittage und BingoZack: die Welt der Autoerotischen Motor-Zubehörläden: retrogeladene DumpfAura des ranzig Pornoschmackigen, masturboklebrige Fetischwelt: fünf-

hundert Spezial- und Exklusivfelgen tanzen im Rundspiegelrundum, vorvorjährige ausgelutschte, wichsfleckige Pirelli-Pneumatikbusenkalender, der Ladenverkäufer, turbo- und kompressorfürchtig, aber nach Augenschein ohne Zögern: ja, klarer Fall von Xenonhochdruck-Zusatzscheinwerfer, serienmäßig nur bei QXXYS-Modellen, limitierte Auflage, davon gibt's hier nicht viele, die Dinger kosten nämlich...
} und damit hielt ich das Ende – genauer: den Anfang der Kette, die mich zu ihm führte, – der Zubehörschreinwalter war bereit, darauf zu schwören } Sondermodell: und nein! Herr Ermittlungsrichter: zu diesem Zeitpunkt wusste ich noch nicht, konnte nicht wissen! dass Murschitz auch so ein Gefährt besaß } obwohl: arttypisch für einen wie ihn = exc(sic)lusiv um jeden Preis: in edler Handarbeit zusammengeschweißt von platinklassigen FünfsterneRobotern, so gediegen angemessen für den PR- Neonglitzertrendsetter, immerstrahlender Zwergkomet = Eisstaub, gaswolkig, blendschwanzschillernd: ohne Fehl mit angesagtester Carrera-Gletscher-Sonnenbrille, McMurdo-Sund- oder wenigstens BaseCamp-gestempelt, und auf keiner Vernissage fehlen, keine Installation im kunstblasenintensiven Investmentraum auslassend... } auf so einen Selbstinszenierer wäre Livia doch nie hereingefallen: ausgeschlossen, falsches Leben, geschminktes Leichenfalschfalsch! ---------

} ja, den Faden, den roten: aufnehmen! nicht verlieren und den Kohärenzzopf flechten für und für = benutzerfreundlich: Ihre dankbaren Leser von der Justizbehörde wissen Linearscheitel zu schätzen -> aber: weiterspulen = dem ChronosBandundStrudelwurm schlingenachtsam = vor[genauer: nach, nach!]lagengetreu folgen, langsam und der Reihe nach: das nächste Windungsglied: lokale QXXYS-Besitzer ermitteln = Internet: der Terastaubsauger liefert = klick! [und Werbungsprofil weiter geschärft, ja individualleinigstzugespitzt und rasterfahndungsglasfasern]: die hatten, ganz zeitgenossen-gemäß komplizenschaftlich vereint und affirmativ antagonikannibalistisch, jawohl! ihre eigene Webseite = Mitgliedsliste ohne Gewähr, aber Neukonvertierte willkommen... -> so blieb nur Amts-, amtlicherseits auskünften: statistische Zentralhörde =

Bürgerrecht auf Informations- und Kunftgewaber -> überall sitzen dann richtige Originalmenschen an Stelle der Amtsnamenschildinhaber = die sind dann eben auch nur Menschen und lassen sich überreden und helfen einem unbeholfen-hülflosen Hobby-Rechercheur = meine schlicht-undtreuherzig gestrickte Ministory reichte allemal und schon hatte ich die vollständige Liste: alle QXXYS-Besitzer, gekennzeichnet = nicht mehr als zwei, drei Handvoll: dreiundzwanzig im gesamten Gemeindebereich, dreiundzwanzig Namen = will mal eine Ausnahme machen: fotokopieren nicht zulässig, aber in Ihrem Fall...

} ja, ich gebe zu: sein Name, Murschitz auf der Liste: das sprang mich an, das traf, traf ins Schwarze -> trotzdem muss ich festhalten: streng sachnüchtern ging ich vor = alphabetisch angesetzt: einer nach dem anderen, listentreu begann ich die Namensliste durchzuarbeiten = Adressenfischzug wie nebenbei, dank dem Netz! und dann die Gewöhnlichkeitsmühen, normalbreizäh: jedes Listenstück in Augenschein zu nehmen, abzutasten nach Aufschlagspuren...-> und das normahlte einfach, eine Tagestüre nach der anderen geöffnet, durchschritten, geschlossen zum Tinnitusgewäsch aus abgenutzt wiederkäuenden Alltagsmäulern, unterschiedlich lichtgefleckte Zeitabläufe = eben die abgestandene, abgebrauchte Normalzeit, defizitär recycelt = erschöpfte Aussicht auf die verwitterten Ruinen von Sankt Vergeblich = noch das Licht, tarnfarbig unkenntlich, partikelte so lustlos zwischen den Horizontkopien } Livia schien an manchen Tagen unerträglich verblasst, kaum noch zu erahnendes Fresko, vorvergangen...} wo ihr Pulsschlag? } massive innere Blutungen, hieß es im Bericht...Exitus augenblicklich eingetreten... die Schattenwiesen gehen mir nicht aus dem Sinn, die berühmten im Buch } und einer brachte sie zum Reden: mit Blut, hören Sie! mit frisch rauchendem Blut -> es gibt kein Vergessen: vergelten und entrichten---
->->-> aber zu den Akten, zu den Fakten: wochenlang, Wochen brauchte ich, zähflüssige Dunkelwochen: jeder Wagen musste genau gecheckt werden = schwierig, hindernissperrig, tausend widrigböswillige Klein- und Aberumstände, gegen mich gerichtet =

objekttückisch und hämisch hintertreibend, aber ich blieb dran: nichts, rein nichts konnte mich aus der Spur werfen….und schließlich war Murschitz' Gerät an der Reihe: -> ob ich ihn…? ja, flüchtig bekannt: hab' ich nie bestritten, eine ausweichende, gewollt nachlässige Bekanntschaft = ein Berufskollege Livias, Teamarbeit erforderlich, naturgemäß im PR-consulting Bereich: lange Stunden, unregelmäßige Zeiten, Workshops, auch in anderen Städten, der ganze PR-Wirbel } Livia wollte in ein, zwei Jahren damit aufhören, wollte mehr Echtzeit, selbst gelebte, ja, klar, dass die oft miteinander zu tun hatten, genau wie mit den anderen Leuten vom Team… dass er ihr nachstellte, pflichtbrunftete = nichts Neues, Livia zog sie alle an, vom Praktikanten bis zum Seniorendaddel, sie hielt mich ja stets auf dem Laufenden } mit dem MurschitzFasan tat sie sich etwas schwerer: der lässt und lässt nicht locker, so Livia, der verbeißt sich, obsessiv und arrogant-siegesgewiss, kalte Schulter zeig' ich dem, das facht ihn nur noch mehr an…

} nie wäre Livia auch nur auf die Idee … mit diesem AushilfsCasanova Murschitz etwas Techtelmechtelerisches….! einfach lächerlich! } wer Livia kannte…absurde Vorstellung: Livia und der Murschitz! -> deshalb plante er ja den Kill: immer wieder, immer neu abgewiesener Schwellkammgockel – das gärte, brodelte doch in ihm: so nah, so fast täglich nah und: unerreichbar! } ein abgewiesener Unwiderstenz, selbstzertifizierter Blechfünfstern-Liebhaber: was kann denn ich dafür, dass ich so alphamänniglich …-> der zeig' ichs aber: das soll sie noch bereuen und …
-> ja, schon gut: der Reihe nach, schön aufgefädelt für die Dienstleser = Aussagesatz-versimpelt: Subjekt, Verb, Objekt: Punkt! und gleich noch einmal, weil's so schön einleuchtet: Subjekt, Verb, Objekt und Punkt! } nun, auch nur an seinen Wagen heranzukommen: fast unmöglich = er hielt das Ding ja hinter Schloss und Riegel: so pitbullkonform, nicht wahr } da brauchte es schon scharf fokussierte Geduld plus Über-redungskunst: der Typ vom Wachdienst, glatzrasiert, handschellengeschmückt = passend zu den Tatoos, und mit den glaubensbekenntnisaffinen Doc Martens-Boots, aber der taute auf, da saß irgendwo ein Kind in der prekariatskrustigen

Adoleszenzschale: der ließ mit sich reden, weil ich ihn reden ließ, mühte sich tapfer, die Sprachpauperisierung zumindest lautmalerisch zu überwinden = zugehört werden: reine Emanzipationstropfen = wieviel menschenähnlicher man doch hätte sein können------

-> aber der Wächter lieferte, lieferte eisernfaktisch Schlüssiges, unumstößlich: Murschitz' robotergeschweißter Aug- und Dopaminfetisch stand seit zwei Wochen in der Werkstatt -> vorher abgestellt in Murschitz' Parkbox: Kühlerhaube eingedellt…ramponierte Schnauze…-> muss ganz schön gekracht haben, so der Wachdienstler (Hellfire Security giftgrünte das Logo auf seiner Kostümjacke = mit Sicherheit schlafen Hellfire-bewacht… durch alle Albträume hindurch…), na, das wird kosten: Kühlerhaube, Stoßstange, Zusatzscheinwerfer = voller Sportwagenaufschlag… aha, muss wohl eine spezialisierte Werkstatt sein für diesen Wagentyp? da gibt's wohl nicht viele in der Gegend hier…? -> und der Mann wusste Bescheid: wusste die Werkstattadresse -> selig die Schwatzhaften und Mindestlohnwachen--- } die machten auf stroppig in der Werkstatt, Zutritt nur für… aber in der Not wachsen der Phantasie Flügel: gerammt von so einem QXXYS an der Ampel…ausgestiegen und was machte der Typ: Gas gegeben, durch Rot und davon, bonusbesessen wahrscheinlich -> und ich blieb mit dem Schaden…nur ganz kurzer Augenschein…keine zehn Sekunden…ja: der könnte es gewesen sein, der da mit der ramponierten Front…ob ich sicher sei? Wildunfall sagte der Typ, gut zwei, drei Wochen her…} derweil das Mobiltelefon voll auf Kamera, ganz ohne Klicken…= fotofester Beweis: jetzt konnten sie zuschlagen auf der Kriminalpolizei!

Und ich legte ihnen meine Beweise auf den Tisch, im Landeskriminalamt, an einem enttäuschend zähnormalo und schlierig farblosen Dienstagmorgen und in ein Dienstgesicht hineinzusprechen versuchte ich: mit Zuständigkeitskrawatte und Namensschild, fälschungssicher und auch sonst unerreichbar und gelassen trostlos genau wie die Amtsgummibäume, aschenbechersiech bis -komatös -> der Sachbearbeiter trägt ein beamtenrechtsverschweißte, ungehaltene

Version des Tages der offenen Tür im Gesicht: raucherporentief-vernüchtert [gestern nacht, nach dem vierten Highball, war ich doch beinahe, also wirklich ganz ganz knapp ein Siegertyp: fast schon delirisch supercool und dann siebenUhrdreißig und Parteienverkehr und Träger, Amtsträger, dienstgraufleckig } nicht vergessen: die Poli-, die Polzistenpolizei = Ihr Freundchen und Helfershelfer -> auf die Sprünge! Wenn ich nur mal so richtig aufräumen könnte: aber unsereinen lassen die ja nie……..], Kollege kommt gleich =

} der Sachbearbeiter, parteienverkehrsgeschminkt: Ihre Polizei, partnerherrschundschaftlich, Ordnungsgewalt: knüppelkesselstark = na, euch werden wir helfen…!: bonhomieglänzend, nur Operetten-GesmbH-Fiakerkutscher und -Kaffeehausober können sich so eine Gütmutvisage leisten }} ach, Livia, weißt du noch: im Café Hawelka, als ob es gestern war, und der Ober, dieser naturalisierte Bosnien- und Herzegovina- Spätest-KuK-Untergangs-Ober: HabedieEhre, Herr Kommerzialrat, KüssdieHand, die Patscherlhand, gnäFrau, Kompliment an die Frau Gemahlin, ein großer Schwarzer, eine Melange – Nussbeugerln ganz frisch, …wohl geruht/gespeist zu haben…dank der Nachfrage, Herr Doktor – älter und blöder, und das Rheuma ist auch nur ein Mensch und dauert nicht ewig … -> die marmortischene Vormittagsewigkeit nur vom Le Monde-Geraschel und Wasserglastafetten unterbrochen = wie im Untergangs-Aquarium, mit Luftblasensträußen… ->->-> ja, ich weiß: narrative Kontinuität = Linien ziehen, saubere Linien schreiben: einfach die Tastatur bedienen, alphabetisch reihig, das Übrige macht der PC von alleine = also tippen, eintippen, wie sich alles ergeben und zugetragen hat -----

: ohne mich hätte die Polizei doch kein Bein auf die Erde gekriegt -> keinen Schritt wären die weiter gekommen: tretmühlroutinierte Apparatschikermittler -> dienst- und vorschrifts-unfassbar, es muss was Schönes sein um Dienstwegerich und Protokollefeugeschlinge = so nah und doch so unendlich knapp unerreichbar, wir haben unsere Vorschriften und Anweisungen, weisungsgebundengefundengesunden, das Amtswegswandern ist des Routinemüllers Lust, Hauptsache amtsmahlmühlen, da bewegt sich was, Luftzug, dem Staub und dem Vergessen Beine machen } Sache? ich zeig' euch Sache: nie und nimmer wären diese Kostüm- und Chargenpolizisten, bürokratgalvanisiert = ratz-, speichelsäurefest, emotionsmetallisiert, dem Killer auf die Spur gekommen, wer hat ihn ausfindig gemacht? nie und nimmer das Routineleerlauf-Riesenrad: ich, ICH allein fand Evidenz, beweisfestes Material, ich recherchierte, unbeirrnäckig -> und die Experten, einsam treibende Tarifsrechtsbojen im Meer der abzuwickelnden Beliebigkeit, die Spurensicherer und –bucherer der Polizei, routinierte Kleinmeister- und Beamtenstatus-Jahreskerbschnitzer, aber voll gestylt und smartphonig vernetzt [sekundenbruchteilig sozialisiert im digitalen Ozean: Milliardentropfen = was sind wir doch gemocht und befreunderlt]: die fanden noch nicht einmal das Bruchstück des Zusatzscheinwerfers: Rinnstein war denen wohl zu schmutzig, wer kriecht schon auf den Knien am Straßenrand herum ohne TV-Kameras [Klappe fällt, Klappe!] und Realismus-App Farbvertiefer? Denn als ich ihnen das Beweisstück auf den Tisch legte, Bezirksdienstelle Kriminalpolizei, Abteilung Verkehr Strich Fahrerflucht, da lungerte der Diensthabende hinter seinem Monitor, Typ schnittig verglatzt = also TV-souverän und quotencool, allerdings ließ ihn sein Profil schnöde im Stich: schwierig den zehn bis zwanzig Prozent Hinterhoferbgut genetisch zu entkommen = geradezu fahndungsfotogen stirnwülstig; immerhin freundlich verquetschte CurryundBier-Leutseligkeitsnase, der Mund? von Lippen konnte nicht die Rede sein: den küsst keine Prinzessin mehr: auf ewig unerlöst, unverwunschen…

= Formulare gab er mir mit talentshowabgepeepter Desinteresse-Geste: erstmal ausfüllen, erstmal Trockenfutter eingeben: die Computer können anleiern = und bald laufen die Ermittlungen: kein privatunautorisiertes SelbstEingreifen! überlassen Sie das den Profis, Herr Att.., ja, Attems mit zwei harten Ts [diese Zukurzundzulangweiliggekommenen, knapp die mittlere Reife verpasst und dann ziehen sie sich GTA ins obergärige Stummelhirn: immerhin Laufbahn, immerhin dienst- und amtshabend, besser als dauerhaft verhartzt mit StrohRumVerschnitt und diesen kleinschmutzigklebrigen Wichspornos] Ihr Fall: also der tödliche Verkehrsunfall [was liegt vor: zu allererst kategorisierend festnageln und abheftbar einordnen: Verkehr, Unfall, Todesopfer, Fahrer flüchtig] Ihrer Frau = ja, der Fahrer entfernte sich von Unfallsort, wahrscheinlich Fahrerflucht, schon der dritte diese Woche, unser neues System springt von selber an, wendet sich an die Öffentlichkeit = die Polizei appelliert an Augenzeugen und nächtliche Selfie-flasher, spurengesichert und videofest im Speicher, das geht seinen Gang, Herr Attmes, also Attems, schon klar, Autoschlosser und Reparaturwerkstätten informiert, halten Sie sich da raus, kann ich nur raten: wir machen das schon [steifrohrklöpperndes Schriftschmierdeutsch: Autorität kennt keinen mirsanmir-Dialekt, nein, eine Amtsperson ist kein Stammtischbruder, jawohl] -> dabei fanden die nicht einmal heraus, dass sie sich ja kannten, beruflich kannten, Livia und der Murschitz -

} und nun geifern, eifern, keifern die Ankläger, die Justizpalast-ObertanenundGangaufseher: auf den eisernen Hinterhöfen blüht hierarchiearmiert ein Namensschild-Parkplatz = geschafft! AmtundWürdengruft, zeitangemessen, versteht sich, = ja Sie, Sie, die das jetzt lesen: alle gegen mich, immer gegen mich: Liaison Livia und Murschitz! beweiskräftig, aktenkundig! = und ich hätte seit einiger Zeit von der Affaire gewusst, den beiden nachspioniert – ja, sie war ein wenig zugetan den dannundwann- Strohfeuerflirts, spielte mit den Testosteronhampelmännern, den Rieseneierschwellmachos: und? } Livia lächelte über die – ay de mi: wie sie lächeln konnte = ihr Gesicht, ihr – ja, lachen Sie nur, machen Sie sich nur lustig – Antlitz = ihr verhalten spätvenezianisch-untergangsbarockilluminiertes Lächeln, weither kommend: zugewandt mir: gemeint sein, ausgewählt: nur mir bestimmt – ja, sie lächelte mundwinkelschmal und nachsichtig über die evangelikalwirren, -irren Lordsiegelbewahrer: Unantastbarkeit, sakrosanctiss-tussimo von Eheundwehe [was Gallo recht, muss Gallina billig sein], niedergeschrieben und –gepredigt von Phantasiemachos und Ejakulationpräcox-Mümmelmännekens [die Spur des Mannes in der

Frau? – spurlos, achtlos spurlos]: als ob mich das bisschen Gekeuche, schwitzschwatzschwanzige solcher Rohr-krepierer-Brünstigkeit je berührt hätte: wir, Livia und ich, wir waren – wir sind! – unteilbar, ein Ganzes, doppelwendeltreppen-zugewandt einander, angehörig für und für -> aber das geht nur uns beide an: nein, keine Wäsche wird hier ausgebreitet, nichts zum Gierglotzen: keine Spermafleckenbekenntnisse, keine S+M-Fata Morgana-Beichten mit Phantasiepeitschenlüsterdüsterkitzel----------

KOMM: Attems, Selbstflügler und –mitreißer, in voller Fahrt, vergisst, einmal mehr, dass seine Kommissions- und Gremiumleser amtshandeln und dienstkognostizieren: wichtig nehmen tut sich vor allem der Laufbahnknoten im Rechtswesennetz: so füttert sich die Ordnungsspinne = immer der Reihe nach: Vorgänge: der Aktenzahlenreihe nach vorgehen -> an Attems Fingernägel denkt kein Mensch und Amtsinhaber und literaturinfizierte Ausdruckswunden (das blauviolette Reiterblut: expressis verbis = das bleibt den Steh- und Drinks-Vernissagerern, die schlürfen noch vom katzensilbrigen Edelwelsch, serviert auf Ideo-stelzen) -> und als anerkannter, als brandig-infizierender Unruhestifter kommt Attems kaum in Frage: nicht lesegerecht nach der herrschenden Brillenordnung = so lässt man ihn vor sich hin spinnen: elastisch federt das toleranzgestempelte Decksystem den ausdrucksschäumenden Tastatur Ritter => klapperdürr, klapperdürr kastagnetten die Rosi-, die Rosinantengebeine: klippklapp, klippklapp und der Kleine, Dicke, Schlaue? – sitzt im Schiedsrichtergremium von "Okzidentistan has got Talent" ->->-> solange nur individuelle Heimzahlungschaoten Nemesis ins konkret Blutige übertragen...

-> Attems erliegt zeitweise seiner kopfschweren Unbedingtheitssucht: hält die Zerebralekstase für essenzkonzentrierte Seinsverdichtung: "wo ich leidenschafte, ist

Leben, Eigentlichkeit, Identität" = er hält dementsprechend seine grellwortfarbenen Hirnfeuerwerke für Beweisexistenz schlechthin: darunter zweifellos Obsessions-gebräu: Die eiserne Göttin und ihr irdischer Wort-prozessierer... -> will Attems die geblendete Waagenwägerin im Wortfeuer einschmelzen und umgießen? = das Private ist Öffentlichtotem, meint er: auch Eigenblut süchtet nach Faustrache: Opferspende vergießen nach der Gebühr = einrenken die Welt, denkt Attems, auch ein Einzelner vermag sich zu überheben...aufspüren: man muss kein Hund sein um nachzuforschen......
Ansonsten bleibt er weiterhin hin- und hergerissen zwischen handlungsorientiertem Journalo (vulgo VulgärRealo)-Narrativ einerseits = den linear-logozentrischen Chiffrierpfeilen folgend, ja solche selber ab- und anschießend ins unerzählte Chaossuppendunkel und freirhythmischem Suada-Lamento andererseits = er weiß gerade genug um die Gier nach story, nach leseschmatzendem Schnellschlingverzehr und bedient den real nicht existierenden Hunger nach Fertighappen mit, wie er meint, ausreichend zuckerfettundsalzangereicherten plot-Happen...-> aber, aber! erliegt er nicht auf der Gegenüberseite dem Sog seiner Sprachwirbel, die nur noch um ihrer selbst kreisschleudern...?

Zu bedenken wäre ferner: Attems müht sich offensichtlich mit aller semantisch-expressiven Kraft, Wellen zu schlagen in der träge-gleichgültig schwappenden reality-Suppe (neunundneunzig Prozent der Weltoberfläche: landunter) -> kaum verwunderlich, dass er erliegt, nicht nur hin und wieder der Versuchung erliegt und sich bedenken- und rücksichtslos vorbeugt, um die Dämpfe aus dem musisch-poetisch überwürzten Bildungskessel einzuatmen = besonders Alliterationen haben es ihm angetan – vielleicht hofft er auf den einen oder anderen Literatur-junkie Leser (auch Juristen lesen dann und wann ein gutes Buch oder gediegen hingerapptes Post-Ostern-frühlig-wühliges, methrauchigverwirbelt = nach uns sind nur noch Fragmente lyrisch-kristallen: Seelenblog, Seins-geplätscher, augenauswisch-wascherisch): auch in Textildesignern gären Bildungsreste, musisch-grusisch: das süchtelt dann und wann – ja, Herz und limbisches System quartalseufzen und -sehnen nach Menschenart -> Attems weiß: dies ist SEIN Text, niemand fällt ihm in die Finger, solange er tastenrasend Zeichenketten in die speicherchippige Scheuer fährt und im rotgefahrigen Extrembereich bleibt = je schrillglühender die Satztorpedos desto valenter die Emotionstreffer: nur keinen Stillstand: Stillstand gleich petroglyphische Relativierungsnichtigkeit...

Dazwischen, in den scanner-und kameraabgewandten Nullstunden sucht Attems Zerstreuung: kaum begreiflich ungerührt fliegt er manchmal nachts hoch an die Zellendecke: der Streifencode der Fenstergitter ließe sich digital überwinden, denkt er und breitet schon die hieratischen Schwingen, gleitet über lichtzerfetztes Gewürfel = verlegen-verlogener suburbia-Kubislemus, bausparkassen-brut, nachts und dann offen zukurzgekommen im Licht trotz Dach-Photovoltäik = auf der strohpappzwergigen Höhe der Zeitstolze, über all das hinweg -> wohin, wenn nicht zum Tatort, zum Tot-ort!

->->-> kein Grund zur Aufregung, ich verliere mich nicht, kein Dickicht der Nebensächlichkeiten, auch jetzt nicht: sehen Sie, alles ist Sache, alles gehört zum Thema, der Faden, der Sinn- und Narrativfaden ist eben fransig, gespleißt, vielsträngig = alles im Griff, voll im Überblick: und lassen Sie mich wiederholen, kategorisch!: zu keinem Zeitpunkt gab es eine Affaire – er verfolgte sie, brunft-stierend und ausgesperrt und frustschäumend, – nein, Livia ist kein Unfallopfer, sie war Ziel: Abweisung konnte er nicht verwinden, ignoriert zu werden als regierender ProseccoDonJuan und Narzissblütler = der Pheromonprinz vom Dienst} gerade so einer reizte sie zum Spiel: Commedia dell' capitano: und mit Genuss = ein wenig kalte Schulter und noli me tangere für den Heimwerker-Scaramuccio } greifen Sie ruhig zum Groß- und Bürgerlexikon, Sie Nachleser und Auswurfbeschauer: da können Sie noch was lernen – und Fra Angelico ist vielleicht doch kein Klosterlikör und Chirico kein Designerlabel!

-> aber eines wusste er, der Murschitz, der Tückmörder und Testosteron-Desperado: Livia hielt sich fast pedantisch verlässlich an ihre Nachtgänge, zog ihre Gehschleifen, wind-und wetterwillig = unbeirrbar -> wie oft kehrte sie zurück: so verweht-hintergläsern lächelnd, nachtdurchpulst – ach, Livia, Livia: dass du heraustreten musstest, in die so nebensächliche und notgriesig mürrisch-stumpfe Fahrbahnbeleuchtung: kaltschwingende Peitschenlampen: trostlos gegen den sich immer weiter zurückziehenden Himmel und die Straße, diese Achterbahnringstraße Bergheimer Allee: so teilnahmslos betäubt [siebenundvierzigtausendundeins Fahrzeuge pro Wochen- und Werktag], darunter ruhen die zukunftssicheren Unkrautsamen: es wird ein Frühling sein, ohne Walzwummern – und das bisschen Streifentätowierung der Fußgängerfurt: ratlos zerfahrenes Industrie-makeup, das hielt ihn nicht auf, den Killer, nein: die stehen ihr gut, die Streifen zum Trenchcoat: stürmen, anstürmen und du wirst mich nie wieder zurückweisen, nein: ich nehme dich, nehme dich hin und danach bleibt Leere, die Leere des Siegers: vernichtet = nullundnichtig: Killer Murschitz atmete, Puls adrenalinbeschleunigt, schaltete einen Gang tiefer – es gab ja Tatzeugen, Ohrenzeugen zumindest, auf- und abschwellendes Heulen = Gas geben, Gas und volldrauf und: Schlag! Abschuss = und dopamingeflutet hochgeschaltet: Rausch, rauschend triumphmächtig, -gemächtig: ich hab's dir gegeben, gezeigt, wo der Hammer hängt: so einen Prallstoß hast du noch nie…

} wusste, dröhnglockerzen…nicht locker lassen, dranbleiben: wie sonst hätte ich ihn denn aufgespürt, den Killer - über jeden Verdacht

erhabene Stütze der mittelehrenwertesten Gesellschafterei: Jessasmariaundjosef-Kolumnist, Lobbyschreier und PR-Schleudertrommel….. - der Mann mit hundert SpiegleinanderWandSpiegeln in der Wohnung: und jeder schmeichelspeichelt jeden Tag aufs neue: du, du, nurduallein sollst die Fülle meines Bildes sein -> diese Selbstanbetertypen akzeptieren keine Abweisung = Unwiderstehlichkeit in Frage stellen? Abservieren und kaltstellen nach ein paar Wochen? einen Mario Murschitz? Ich sah den Hass in seinen Augen, irgendein Cocktail oder Briefing oder so – ich sah es genau: peitschen wollte er sie, Gewalt antun, notzüchtigen: dir zeig ich's, bitch ---
und er ließ nicht locker, begann ihr nachzuspüren, zwanghaftes Texten, Tittern, messagen = Livia zunehmend irritiert: ein Stalker, Auflaurer im Armanioutfit– sie tat es als infantiles Männchengehabe ab: Pavian-Rotarschglüher, sagte sie, das gibt sich wieder, das schwillt ab -> aber Don Murschitz biss sich fest, konnte nicht loslassen: mich lässt keine stehen, einfach so abservieren, mich! – ich bekam ja alles mit: keine Heimlichkeiten zwischen Livia und mir ->->-> ich warnte sie mehr als einmal, sie sollte ihre Augen öffnen: dieser Mann würde sich gewaltsam nehmen…..

– die Polizei? diese Ordnungsschergen und Zivilgesocksächter? = die wollten doch nicht einmal zuhören: abwimmeln, abschranzen = so läuft bei uns Parteienverkehr, jawohl! -> wenn Sie sich nicht behandelt fühlen, bleibt Ihnen ja der schriftliche Beschwerdeweg = Ihr gutes Recht = rechtsdrehende Apparatknüppeldiener, Vorschriftsroutineduckmäuseriche: da könnte ja jeder kommen = wir recherchieren, unsere Unfallexperten: im Einsatz und dienstwegverschworen, wenn Sie Beweise vorbringen können, so was Handfestes, faktenstark – haltlose Anschuldigungen werden geschreddert: was meinen Sie, wieviele Verrückte zu uns kommen: überall Verschwörungsnetze = lauter Spinner draußen, Drogenvisionäre, Alknebeltorkler: die Nachbarn! Herr und Frau Wachtmeister-kommissar und –inspektor… der neue Mieter! … die Großmutter oder der DonkelOnkel, schlangentückisch: vergiftet! vergiftet und dann vergraben – wo blieb denn das kleine Mädchen, die von nebenan... - und jetzt kommen Sie, Herr.., also Sie und drögeln von Mord und Fahrerflucht und vorsätzlich und Ihren Nachforschungen: Ihren privaten Schnüffeleien = was strafbar, was Verbrechen ist, bestimmen immer noch wir: Monopoly, verstehen Sie Defin-Definitiv-undfinitionsmonopolizei, verstehen Sie, Herr..!

Trotz allem und erstrecht: nicht nachlassen, nicht locker lassen, auf die Gewissensnerven gehen: nach dem fünften oder sechsten Anlauf: Sachbearbeiter im Inspektorsrang, Hubert Bendler: interessante Theorie, Herr Attems, wir brauchen Beweise brauchen wir – dieses Foto von dem beschädigten Wagen besagt noch wenig, könnte ein ganz normaler Auffahrunfall gewesen sein, den Autospengler haben sie ausgehorcht? – dieser, wie sagten Sie, Mario Murschitz: kannte Ihre Frau, intime Beziehung, Laufpass – woher wissen Sie das so genau? Ein Nebenbuhler also – nein, Sie sagen: NichtsundNull-Affaire, = Ihre Frau sprang auch seitwärts? ohne Relevanz, sagen Sie, genau wie OneNightStands, -> ja, aber eine Frau, eine verheiratete Ehefrau... -> und Sie sagen, dieser Mur-, dieser Murschitz habe [Bendler original: hat, hat, nicht habe = die Abgründe des ersten Konjunktivs waren ihm wohl unheimlich] am siebzehnten November in voller Absicht Ihre Frau auf der Bergheimer Allee überfahren, während ihres Spaziergangs, regelmäßigen Nachtspaziergangs, sei [ist: so Bendler] dann geflüchtet, also Fahrerflucht; motivmäßig, Original Bendlerton, motivmäßig schlagen Sie vor, gut, bestehen Sie auf: Eifersucht, verletzte Eitelkeit: abgewiesen, abserviert, so weiter Bendler, und aus diesem Grund lauerte er Ihrer Frau auf und fuhr sie nieder, nachts um Viertel vor elf, auf der Bergheimer Allee, als sie, Ihre Frau die Straße überqueren wollte, Zebrastreifen mit Warnschild: Fußgänger!
} Sachbearbeiter im Inspektorsrang: er hörte zu, ja, immerhin: in seinen Augen sah ich, wie er mich und meine Aussage abwedelte, so wie man Schwaden, Gestank, verscheucht = ja, Inspektor Bendler machte sich Notizen: Kennzeichen von Murschitz' Wagen, Adresse der Karosseriespenglerei, Daten -> checkte am Computer: ja, tödlicher Unfall, Bergheimer Allee – in jener Nacht noch zwei verkehrsunfallbedingte Todesopfer = Bendler – ja, das stimmt dann,

der Vorgang systemerfasst = nun mahlen die amtshördlichen Dienst-Mühlen: alles geht seinen amtsgewiesenen Gang, Herr Attems, wir werden natürlich da nachhaken – diesen Murschitz verhören? na, so weit würde ich nicht gehen: sagen wir befragen, einvernehmen, wenn Sie wollen = immerhin könnte Anfangsverdacht bestehen, also Alibiroutine } in kompetenten Händen... -> überlassen sie das uns, den Profis... -> abraten, von Privatinitiativen dringend abraten: Detektivarbeit ist keine Fernsehserie ->->-> Sie hören von uns, Herr Attems, hören von unsunsuns......... auch danach, draußen: ölig die Luft = trägschlierige Gleichgültigkeit – oben machten sie einen auf Himmel: gehen, Schritte = zwei glatt, zwei verkehrt---------

...Konkurrent Murschitz? mir Livia wegnehmen...? was für ein Fantasyclip... Stanniolfasan, testosterongetunt: Murschitz passte in diese Reihe: ein bisschen brut, so Livia, ein bisschen Seidenschal [Sonderangebot, H&M] und Chevreauleder, das er für Juchtenleder halten wollte -> amüsant in ausgewählten Lokalitäten, der beinahurbane, sekundäroneliner-sprühende Murschitz = Livia nahm so einen wie den nicht für voll: nur sehr bedingt menschenähnlich, sagte sie---
-> wie sich der Ermittlungsrichter beim letzten Verhör sattwisserisch zurücklehnte, seifigstreifige Gewissstimme, männchenstelzig und verständnisglitschig: ja, Herr Attems...nach unseren Erkenntnissen...Ihre Frau wollte Sie möglicherweise verlassen, vielleicht eine neue Beziehung eingehen – er sagte tatsächlich: eingehen – urteilen, vorurteilen, vorverurteilen: sie war ja notorisch attraktiv = und der betrogene, der chchürnerne Partnermann passt so gut ins karitative Schadenfreudbild -> nun singen wir alle gemeinsam im solidarischen Männerchor: es ist ein Krampf, ein Kampf, ein Dampf mit den Frauen, den Weibern, den Unterleibern---------------
– aber das geht auch gehobener: die Spur des Mannes in der Frau... sprichwörtelt es aus den goldlackgeleckten Laminatsphilosophen im Kolumnentakt } Voyeurfliegen, prada- oder luisvuittongegürtelt, schmeißschwärmend um den männerphantasiegärenden Honigtopf: die feigensüße vagina immaculata virgata erigiert noch den hosentotesten Hirnpriapus: diese Traumsekunden befleckter

Empfängnis, nicht wahr: das innere Auge glotzeichelt, riesenhafter Prallstößer = ja, Livia hatte diese Wirkung auf Mannomannmännermännchen, auf NebenBerufs-Feschaks, Selbstverliebt- und Welkcasanovas: all die viagragestützten Schrumpelsäcke = die Zweiminuten-Ekstase als erotisch glühende Alexanderschlacht postkoitusbemalt und –geträumt ->->-> aber an ihrer feuerfesten Verlock- und -führglasur prallten sie ab: Honigtopf, Honigtopf: süßer die Säfte nie locken = so nah und doch so lendenweh knapp unerreichbar------

-> warum sollte ausgerechnet Mario Murschitz, farcebook-Nanoprinz, den Märchenfrosch abgeben? Ja, sie hatten beruflich Kontakte, seit längerem schon: eine Seichtwassersprotte auf Hecht geräuchert und gestreckt frei nach den Photoshop-Originalen in immer aufs Neue letztjährigen Hochglanzmagazinen: Livia sah, sah genau und hindurch… wie gesagt, wie ich betonen muss: den kannte ich: flüchtig, nur aus Zuschauer-Interesse, verstehen Sie! Einer wie der: auserwählt? von meiner Livia? dieser schwachglimmende Mediokratikus, hervorragendes Mittelmaß, so Livia, Mittelmaß mit Quasten und Bordüren [das Schüttellied, der unsterbliche Gassenhauer: was kann der MurschitzMario denn dafür, dass er so fesch……… - besser: dass er so murschitzig ist = wie wir lachten, lachten: lichthell, hell und klingend… -> und jetzt konstruieren sie die ganz großen Scheinkulisse: staatsanwaltschaftlich begründeter Tatverdacht = Harald Attems war eifersüchtig, eifersüchtigrasend, wie nur ein Haupt- gegen den Nebenbuhler sein kann: mörderisch bereit zum Äußersten ->->-> und der Tod seiner Frau, ihr Unfalltod! keineswegs vorsätzlich herbeigeführter Autokill -> wahnhafte Projektion: der angeblich abgewiesene, verschmähte Konkurrent muss es gewesen sein = Wasser auf die Selbstjustizmühlen-----

Gewalt, Gewalt: wer schreit? wer hört noch hin - die Hüter, die GesetzundJustizblockwarte? = sie alle wichteln ab, schwichtelschwörlich: Frieden im Land: Totenstille! hier wird nicht aufgerührt, sagen wir Waltundknallzisten: Ruhe und Ordnung herrscht hier: für private Einzelaktionen von unzurechnungsfähigen Gerechtigkeits-

Desperados kein Platz außer in dafür zuständigen Wach-und EinschlussAnstalten... nehmen Sie das zur Kenntnis und gewissensbissen Sie nach der Gebühr = Erleichterung: so ein reiner Tisch lädt doch ein: gastlich, gastlich... -> hinweisen wir außerdem mit gebotenem Nachdruck: wir Justizbehörden sind chronisch überlastet, und unterbesetzt, alle verfügbaren Kräfte pausenlos im Einsatz: Herr Attems, wir tun was wir pflichtschulden ohne Ansehen: Person oder Nichtperson = Jacke wie Hose! denn: vorurteilsfern furchen und pflügen und säen und spruchreifen wir -> chaotisieren ist privat, ist Systemattacke, ist sub! = subjektisches Subversiv-querwühlen und – stören: weil RuhemachtOrdnungmachtSauberbürger =   was aber bleibet, stiften die Richter!

Zu mir aber sagt man: Harald Attems, Sie sind einer von jenen, die der statistikpanzerglatten Routinemühle zersetzerisch Sand, Querulantensand ins Getriebe schaufeln: Aufruhr, unruhestiften = Friedensbrecher zu Wasser und zu Lande, brandsatzgefährlich im vorauseilenden Verdachtskessel -> Herr Attems, wir machen das schon, wir haben schließlich Erfahrung: Profis! also ruhig, in aller gebotenen Bürgerruhe: den BefugBehörden überlassen alles weitere...} Aufklärungsquote bei Fahrerflucht? also bei Fußgängern und dann noch mitten in der Nacht, wenig Chancen für Augenzeugen – Bergheimer Allee nachts unterfrequentiert, straßenseitig kaum Wohngebäude, ja, wir wissen: Todesopfer, wir bedauern, Herr Attems, die Polizeidienststellen wurden.. unser gesamter Apparat in Gang gesetzt.. – natürlich checken wir alle Karosseriespengler = erhebliche Schäden am Unfallwagen...
   } Unfall! immer wieder: Beschwichtwort, Falschmünze, Lügenmaske: Mord, ausgetückter Autokill: da ist sie, da geht sie, erstarrt, als sie sieht: das Projektil heranrasen sieht: drauf! drauf und drüberweg: volles Rohr: zerschellen, zertoben: zerbrochen und mit Lust: Livia, allein in der Leere, Menschenleere ringsum und das Unheil rast auf sie, scheinwerfergrellgierig auf sie zu und rammt! rammt in sie, durch sie hindurch: so ein Menschenkörper: zerbrechlich, verwund...bricht! bricht: anderthalb Tonnen Maschine mal sechsunddreißig MeterproSekunde: beiseite geschmettert = das

Bündel am Straßenrand kann nicht Livia sein, hat keinen Namen -> das identifizieren nur die Flurbereiniger, die Berichtschreiber, Totenschein-Ausfertiger: fertig, Ablage------

Wachstube, Amtsstube, Dezernats-, Referentenzimmer = noch die Korridore blaffen dich an: neontrübschlierige Trostlosigkeit der Wiederholungsschleifen = Vor-Zwischen-Un- und Zufälle, Strafsachen chronologisch bis zum Schredderstaub } und ich wollte hier ---? ja: was = schreien? von Blut und Gewalt und Todes-, nein: Lebensqualen...? -> sachdienliche Hinweise, zu Protokoll geben, erstatten, Anzeige erstatten: Autokill! Meine Livia hat er ausgelöscht } Vergeltung, ausgleichen, der gerechten Strafe zuführen! ->->-> der habende, dienstundamtshabende Beamte: ein schwach pastellgetönter Normalitäts- und Routinezombie = grauschleierärmliche Dienstsprache, blutleer noch die Dialektspuren [höhere Laufbahn, gehobener Dienst: ausharren, Kugel schieben, nie kann man wissen] -> also Sie haben ein Beweisstück gefunden? am Unfallort? -> Tatort! Tatort! Mordschauplatz, aber gegen diese Ordnungshütermasken kommt einer nicht an: routinezerfressene, saure Misstrauensvisagen: amtsstunden- und parteienverkehrsimmunisiert: Störer, nichts als Störenfriede, Ruhestörer, Aufrührverdächtige und Infragesteller: da könnte jeder kommen! -> das Scheinwerfer-Gehäusereflektorbruch-stück = entscheidendes Beweisstück: der Durchbruch! krümmte sich in meiner Hand zu einem kleinmütig-verlegenen Stück Industrieabfall: der Polizeimensch sah Schrott, sah Zufälligkeitsobjekt, sah mich: ein Spinner, einer von diesen Psychoten [bei hochgradig erregten Personen vorschriftlich und anweisungsdienstlich: mit fester Geduld und professioneller Ruhe beggenen: das legt sich in der Regel] – wo genau? und was veranlasst Sie – vom Unfallwagen, sagen Sie? ein Spezial-Zusatzscheinwerfer, nur bei QXXYS-Sondermodellen verwendet? Wie stellen Sie sich das denn vor... - alle überprüfen? auf Ihren Verdacht hin? Unsere Ermittlungen laufen – ja, Auto- und Karosserieschlosser = Unfallwagen: typische Blechschäden bei Fußgänger-rammKarambo- also -aufschlägen -> zur Kenntnis: ein ganz normaler Frontalzusammenstoß: Verkehrswesen: unfallbedingtes Autozivilisationsrisiko... -> das braucht seine Zeit, detailmühsamarbeitsintensiv: Todesopfer nehmen wir immer ernst, Herr Att..? Attems! dazu sind wir ja da: überlassen Sie das den zuständigen Spurenexperten und –nachforschern = nichts für AmateurHinterbliebene und –angehörige, auch engst-umschlingen- umschlungende...

} wo war ich? -> ja, Scheinwerfer-Bruchstück: und damit kam alles in Bewegung: Kern- und Königsindiz: nach zwei Tagen Herumfragerei = Wagentyp identifiziert: einer der Zubehör-Läden wusste Bescheid: QXXYS, FantasyRallyescheinwerfer, Spezialanfertigung, nur ein oder zwei Händler und höchstens zwei, drei Dutzend dieser Marke in der Stadt -> Besitzer-Register einsehbar, aber nur amtswegbefugt ... so erfand ich Geschichten: überundschönreden, plausibelsolideundehrlich rüberkommen: findig in der Not! } schließlich in meinen Händen: die Liste, die Namensliste der Besitzer = dreiundzwanzig exakt! und ich checkte jeden einzelnen Wagen = wochenlange Arbeit, meistens in Schließ-Schloss-ZutrittverbotenGaragen versteckt: mühevoll, gewiss, aber die Welle trug mich: kein Aufhalten! Dass auch Murschitz auf der Liste stand = konnte Zufall sein = Argwohn? oder etwa Eifersucht, wie der Ermittlungsrichter vielsag- ja triefschwer unterstellte [filmreif, filmreif, dachte er, ich sah es genau: immerhin MikroHauptdarsteller] -> der Name fiel mir auf, weil Livia mit ihm beruflich zu tun hatte = es ging um den Killer, den Autokiller: unerkannt ins Dunkel abgetaucht = kein Schrei hielt ihn auf: Livia, blutgewaschen, zerschlagen es Stummbündel--- der Mörder fuhr weiter, atmete weiter, fraß und trank und wusch sich rein und ging zur Ruh'-----

} ich soll gewusst haben, dass Livia den Killer, den Murschitz intim..kannte! Affaire mit LeidundSchaft! -> meine Livia und ihr Totmacher: Fleisch auf Fleisch: ihre Lippen, ihre Haut und seine Hände, sein Giermaul: absurde Idee, AltpapierFiktion! } Schlag, sein Killerwerkzeug schlug auf sie, in sie hinein, über sie hinweg = der Protzphallus tobte: Abgang! -> Beweise, was für Beweise meinen

Sie denn? = Berufskontakte, mehr nicht = groteske Vorstellung: Livia mit diesem Grinsbock, dem Eau Sauvage-Charmeur mit Sonnenstudio-Lasur------ } aber genau in diese Richtung wollte mich der eine Gerichtspsychologiker drängen: Eifersucht, Neid auf den erfolgreichen Nebenbuhler – sagte er wirklich Nebenbuhler? oder doch Konkurrent, Rivale } wem schenkte sie ihr Lächeln, ihr glanzerfülltes: mir! = nur mich meinendes Lächeln, so untergründig strahlend: in diesem Lächeln wollte man eingeschlossen bleiben: da gab es keinen Platz für Hirsche und andere Brünstler, wer gewann Hausrecht, Schlüsselverwaltung zu ihrem Leib? denn allen Männchenpavianen gingen die Augen und Testosteronwerte über, da schwollen noch die schrumpeldürstendsten Hodensäcke: tolle Figur, erotische Ausstrahlung, mega-sinnlich: Brunft, Brunft: meine Hand auf ihrem Bauch: Besitz, Beschlag genommen: Alphatrieb mit Zähnefletschen und Augenrollen----------------

} Unwissende! Gallneider und Miesmuschler! sage ich: weil sie den Glanz, unser buntglanzbesticktes Miteinanderklingen nicht aushielten, diese Grau- und Kabel-TV-häuter, mit ihren blutleeren Strichlippen, ihren Laugenaugen und Borkenschwartnasen – lauter Solo-Höhlenbewohner, missgunstschrumpfige Itube-Runterlader in ihren Argwohnungen, tapeziert mit Digitalpornoflecken: keinen blassen Schimmer hatten die alle: der Glanz, der Glanz! um sie und unser verhalten leuchtendes Kleinseligkeitsglück } ja, trotz aller Bedenken: Glück, atemlos, sirrendschneidend: glücklich: Livia und ich = wir! gelebt, täglich-----
-> sie, die Falsch-und SchiefZeugen, Sie, ja Sie! sagen, schadfreudätzend: unser Zusammenleben sei zunehmend fleckig, routinemürber geworden = entzaubert, die Farbschleier ausgewaschen: Triumph der Wochentagsverdrossenheit = endlich wie wir alle: ausgezehrte Industriediamanten [auch wir hatten feuerwerkstrahlende Eintagsfliegenträume = auch wir wollten schön sein, reichberühmt wenigstens die eine unvergessliche Nanosekunde im Internet-All] = ich weiß ja, höre sie immer noch, die Tuschelleumder, KollegenBekannteNach-und Vorbarn: wie sie zischeln: diese Livia, Affairen muss die haben, so wie die aussieht:

und er trägt ihr Krone und Schleppe hinterdrein, Fußsoldat, kaum des Ignorierens wert, der stets verschollen geglaubte Meister der Unscheinbarkeit -> was so eine Premium-Frau bloß an dem finden konnte............

-> Livia hatte eben so eine kühl-gottesanbeterische Neugierde auf One-night-stand-Ritter, gerade die Kostümtarzan-Virilitäter reizten sie, diese Spreizschritt-Rieseneierbullshitter: was ein Prallmacho= ich! kein Wunder, dass ich so brausend verleibtverliebt in mich bin: so etwas von angesagt hormonlockerem HugoDross-Provinz-Kleinsouverän – aus jedem Schaufenster komme ich mir entgegen -> ja, solche Amateurnarzisster und photoshop-Casanovas zogen sie an: da war auch etwas Femmefatales [= Domina vobiscum!] in ihr: leere Hüllen hinterlassend, eierschalendünn -> und die machotes drängten weiter heran: begattungswütig, versagerängstlich, leistungszwanggezwängt = die wiederkehrenden Träume vom Riesenphallus in der Phantasie- nein: fantasy-Hose – schwellhämmernder Rohrkrepierer---} eifersüchtig? ich? auf einen wie Mario Murschitz eifersüchtig! -> den ich doch praktisch kaum kannte: ein fremder Mensch: ging mich nichts an, hören Sie: ging mich nichts an! -> vorher, bevor er mir die Welt zerbrach: gemordet hat er, gemordet mein Leben: so einer wie der interessierte mich doch nicht: ChinaPorsche-Sonnenbriller, ins vollockige Haar hochgeschoben = ich bin so unwiderstehlich megalässig-locker-cool, Kaschmir- und Merino-Blender -> Hochglanz-Magazine: modisch-mondäner Stil für den Mann aus Sankt Provinzistan; ein Selbststreichler und Hybrid-Charmeur, unter hochgetuntem Kabrio geht nicht, mit Wurzelholz-Schaltknüppel, und eines nachts wird auf Ernst geschaltet: hochgedreht bis in den roten, den tiefroten Terminalbereich: da geht sie, quert die Straße: fellmattstreifige Zebraunterlage: Ziel im Visier, doppel-scheinwerferscharf: ein Gesicht, Augen, Augen aufgerissen = draufhalten, drauf! und Schlag!

} Puls: regelmäßig, tief atmen und: immer schön eins nach dem anderen = was hätte Livia an dem schon finden können! nicht einmal genug Substanz für Strohfeuervorüberglimmen, auch keine einzel-

oder kurznächtige Aberration, nullmagnetisch, rauch-und hitzelos: = von Anfang an! schaute sie durch, durch ihn: der machte auf Mann von Welt, erfolgssonnengebräunt von Solarium und self-love Gurubibeln, gorillatriumphvolles Dichthaar als Beweis: ich bin ein winner, ihr loser! – wie könnte ich so einen angestrengt herausgeputzten Papiermaché-Gockel [= intensiv eigenwerbungspopulär: der öffnete wahrscheinlich Dutzende von farcecrook-accounts, nur um möglichst oft "ich like mich" klicken zu können] als Konkurrenten wahrnehmen: abstrus -> aber ich weiß doch, warum die Ermittlungen immer wieder den MartyrioMurschitz ins Spiel bringen: ablenken, sie alle, ihr! wollt täuschmanövern, abschwichtigen mit euren fuchtelnden Jurisprudenz-Händen: wo doch Unfall-Murschitz das Mordopfer -> nur zerfressende Eifersucht des zu kurz Gekommenen: ein unauffälliger Typ, der Attems, sagt jeder, sagt mir ja auch mein Spiegelbild und ich nicke dazu: eher unscheinbar, ein wenig schütter irgendwie vom Scheitel bis zur Sohle –> aber lieber ein Hintergrund-Steher, Zwischenraumfüller als bildrahmenbeherrschend und koksglühend aufgedreht = der Murschitz konnte noch nicht mal Schach spielen, Botox im Hirn und Calvin Klein in der Hose: ich hab's ja sowas von drauf......

} Livia ließ sich nicht blenden, niemals, schon gar nicht auf längere Sicht und von einem egomanen Schwunkelmunkler = zitatheidiheidoheida-grundeltrüb-eggerisch, Schwurbelseichtfischer: auf diesen PR-Schwindelevents kann jeder, der ein paar Seiten Schwarzwesiges gelesen hat: Murschitz: T-shirt aufgebügelt: ich bin vermögend: reich an Geist und Sein! Zugegeben: vernissagenfähig und kulturphrasenfest und ein penetranter Gutausseher } Sie denken auf der Stelle: also doch eifersüchtig! Neid und Konkurrenz und loser und Schwanzeinzieher = also einer, der hinterfotzig – ja, genau: hinter-fotzig! dem Nebenbuhler nachtückt } ich! eifersüchtig auf den Pausen-Casanova! mit dem spielte Livia doch Lochbilliard: versenkt, versenkt! Und ich soll ihm nachgestellt haben, monatelang, Zeugen, sagte der Richter, mehrfach bezeugt, unabhängige Aussagen } ja, das würde Ihnen so passen: der Attems handelte aus nachtragender

Eifersucht, benutzte den Unfalltod seiner Frau als Vorwand: nackte Eifersucht auf den Rivalen...

-> Fakt: am Ende blieb nicht mehr viel übrig vom Fassadencharmeur und DonJuan-Statisten, Schluss mit WaskannderMurschitzdenndafürdassersofeschist: da fiel die Schminke ab, der Scheinfassadenputz: ums Leben winselte er = das verzerrt die Züge, das lotionsgehätschelte-getätschelte Piz Solarium-Gesicht -> Industriestahl gegen gut abgehangenes Rippenstück, der Kopfbereich merkwürdig widerstandsfähig = da musste ich schon nachbessern = mit Druck! mit allem Nachdruck und TiefenKraft Gerechtigkeit hineingeschlagen = am eigenen Leib erfuhr er: Licht, Rache = Vergeltung

KOMM: Attems wehrt sich auch schlussundletztwortbiographisch gegen die offizielle Sprachregelung seiner Tat: mit unvorstellbarer Grausamkeit und Brutalität habe er auf sein Opfer eingeschlagen = so das Polizeiprotokoll, so der Ermittlungsrichter -> die überreichen Blutspuren und -spritzer am Tatort, sogar Gehirnmassepartikel..., äußerste Wucht..., geradezu berserkerhaft.., am Tatinstrument, dem eigens modifizierten Wagenheber, Verformungen sichtbar: Attems schweigt: dazu schweigt er, hat sich luft-, gewebe- und blutdicht abgeschottet: vielleicht wird er sich viel später Computeräußern und verworten: die schwarzweißen Chiffren abstrahieren ja geruch-, geschmack-, fleischundblutlos = Zerebrallamento in eigener Sache schraubt sich ins höher und höher-Lichtvolle -> denkt er gar an ein sternhoh lichtstrahlendes *Miserere*?
Was ihm wohl gewissenseingeweidig zu schaffen macht und von ihm konsequent mittels kohlhaasig glosendem Weltgrimm über- und niedergeschäumt wird: die vorverurteilenden, nicht mehr zu revidierenden Niet- und Nagelworte: planvoll, niedrige Motive, unbarmherzig, Blutrausch, eifersuchts-

grundiger Konkurrenzneidundhass... -> vielleicht aus diesem Grund mehren sich seine tiradenkreiselnden Wiederholungen = ein Sprachamokläufer wie er muss weiterrasen: seht das authentische Wortgeschäume vor meinem Munde...

Zu fragen wäre auch: spiegelt Attems den Racheengel nur vor (= hochwertige va banque Verbalmimik: siedendwellige Emotionseruptionen und geschlagen mit diesem furchtbar unbestechlich radikalabsolutistischen Rechts- und Racheempfinden = die Welt, die Fugen, der Riss...) und hofft auf Totmache im Unzurechnungsnebel der Tatzeit also tragweitenschätzunfähig? Wer blickt schon durch die Synapsengewitter eines mehrschichtig kreiselnden Einsam-Einmann-Kometenviduums? -> gegen Schlagtotrausch und Tatzeitunzurechnungszustand spricht allerdings die "Sorgfalt, mit der Harald Attems den Wagenheber auseinandernahm und als Schlagwaffe modifizierte, was auf sorgfältige (ja, gut vorstellbar: Harald Attems als verborgenglühender Sorgfalter) Planung hinweist": vorläufige Anklageschrift = die Staatsanwaltschaft geht davon aus, dass die Tat langfristig und mit erheblicher, ja geradezu ausgefeilt-krimineller Energie vorbereitet wurde......
Offen bleibt weiter: will er sich klein machen? verbergen, verzwergen? oder einfach die Segel setzen: paranoiaprachtgeschwellt, mit Schizospinnaker (blutrotes Spirallogo) } oder doch lieber tastentanzen = tanzen mit den Sprachstelzen auf dem Seil...... und sich die Hände, die Seelenund-Bekümmernisstreichler die, wärmen am Rach- und Rächfeuerchen -> nachlegen, nachlegen und schüren: solange das Verbalfeuer lodert, gibt es noch Hoffnung auf Zeit

....und mit der Nacht im Hinterhalt: hinterhältig nachts: keine Augenzeugen, sagen die Profineller, die Ermittelbüttler = Routinefall: mühwierig und langselig – in guten Händen -> erfahrungsschwielig und diensthornhäuten: was meinen Sie, wie viele..., uns kann nichts mehr überraschen..., wenn Sie wüssten, was wir...: ja, Spuren, Beweisstücke: schwierig, schwierig: Heuhaufen ohne Nadel.. wenn wir Glück haben meldet sich ein Zeuge... aber Vorsicht: notorisch unzuverlässig, besonders ältere Menschen = Seniorenrabatt, sagen wir – also beruhigen Sie sich, Herr Attems, gehen Sie nach Hause: Ihr Fall liegt in guten Händen = aufgehoben, gut aufgehoben bei uns: das ist Arbeit für Spezialisten, Fachleute ...geht alles seinen Gang, Gang, Gang...gehen Sie nach zuhause...überlassen Sie...polizeiautori-tat- wo nicht -tätigste Amts- und -kriminaluntersuch-, ja –ausforschung...eine Behördensache: wir machen Sache, wir eruieren und dirigieren und harmonikoordinieren...Privatpersonen haben keinen Zutritt außer in den amtlichen Sprechstunden...siehe unsere Webseite = offen und bürgernah...} ließ nicht locker, wie denn! hakte, bohrte, provozerrte nach, täglich und täglich----

} = ach, Sie sind's: der Herr Attems: Sie schon wieder = die Polizeiermittlungen: gründlich wie in jedem Fall von Fahrerflucht, langwierig, aufwendig, blahblahblah: aufklärungs-quotenaussichtslos -> aber nein, Herr Attems, wir tun unser Möglichstes, bemühen uns mit allen zur Verfügung stehenden..., Sie müssen Geduld haben, so ein Fall zieht sich hin, wir raten dringend ab von jeder privaten Initiative: das ist Sache für Experten: dahinter steht der Polizeiapparat mit allen Ressourcen... ->->Apparat! ja, genau: die Amts- und Ordnungsmaschine: Trägheitsgesetzmalsubsystem immerhin webseitenöffentlichbürgernah! und offiziell laut-, vernehmlich lautbar: keine neuen Erkenntnisse im Fall Fahrerflucht-mitablebensfolge... die Ermitt-Ermattlungen gehen weiterundweiter: so mahlen und mümmeln die software-Kiefer der Dauerkomazeit: am Tropf hängen, am Tropf und am Ende wird alles wieder gut oder mündet in den schimmlig schwappenden Gleichstrom, der das Hamsterrad gerade noch am Laufen hält } ja, ja, die Liebe, der Tod: glücklich ist, wer vergisst, was in der Großhirnrinde eingeschnitten ist...-> so warfen sie mir die abgenagten Knochen der Beschwichtigungsroutine hin: hier, da hast du was zum Spielen, das langt für zahnlose ...

VI

LACRIMOSA DIES ILLA

...so poche ich mich die Tastatur entlang: achtfingriger Einzeller —> kommen Sie endlich zur Sache! sagen sie, immer wieder, aber relevant! und in Folge: einsnachdemanderen... -> warum ich nur bis drei zählen will, immer nur bis drei? Livia, Livia, Autokiller Murschitz = der, der zählt, der Ich, der Ichling, zählt nicht mit = der will nicht mehr zählen: ausgezählt--- -> also was wollen Sie fest gehalten haben? = sie starb: ermordet: auf der Straße -> den Killer ausgespürt: die ausgleichende Schwerkraft machte sich geltend = ver-geltend mittels meiner eigenen Hände = also heimgezahlt und zurechtgefügt: aber Livia stirbt immer noch, stirbt ohne Trost: novemberkalt war es, Hohe Ermittler und ferngerobte Richter: auslöschkalt, verlischverloschverkaltet: ein Körper, Menschenkörper, schnell auskühlend: der Asphalt hatte ein Einsehen: bleib du nur ruhig liegen, wir ertragen das schon, das bisschen Gewicht } vom Lebend- zum Schlachtgewicht: humane Tötungssekunden = so muss der Tod barmherzigerweise – ja, das Barmherz, Armherz: wie es schlägt! wie es flatterbebt und stehstillsteht - fast augenblicklich eingetreten sein: davon ist auszugehen = ja, Livia ging aus, Spätabendgang: bis später, sagte sie auch diesmal: jetzt ist es später: endgültig und tod-, nein: totsicher später: wo bleibt sie? wo bleibt sie, meine lebendige, meine lebenswarme Livia?
Ich schlug ihn tot, es ist wahr: zum Behelfsausgleich = weiter atmen, atmen: Gegengewicht: aber sie lebt ja! sie lebt, Livia lebt, aber ich kann sie nicht erreichen, verstehen Sie: so nahe, so zum Greifen, zum Schreien nahe: sie hört mich nicht = wund wund---------

} und mir bleibt? = mir bleibt Livia, Livia: entleibt, totenscheintot, mein Totmensch = trösten Sie sich: auch Leichen metamorphisieren, selbst eine Transsubstantiation kann nicht ausgeschlossen werden: wer glaubt, wird langfristig selig! } darf ich Harald sagen, mein Sohn, so der Dienstgeistliche, = wir sind alle Kinder vor Gottseibeiuns, in all meinen seelsorgerischen Jahren als Gefängnis-Sanktus-Spiritusersatz… - Er liebt die Reusünder, die Bitterzähren-Thomase und die – schwerkraftfreie - Kraft und die Jenseits-Herrlichkeit und das Salz des Glaubens, das Glaubersalz = wenn Sie geistigen Hilf- und Zuspruch-Trostes bedürfen, bin ich immer für Sie da: die Wärter wissen selbstverständlich Bescheid…-> so trist-tröstlich der Zusprech und nach Tarif abgerechnet: die Sancta Iglesia muss schließlich auch er-wirtschaften = nur vom Überschuss lassen sich die gottgefälligen Werke tun und sponserzelebrieren…..

} alle Uhren zerschlagen: lebendig in mir, unauslöschbar: das zerbrochene Bündel Mensch am noch nicht einmal teilnahmslos sich abwendenden Straßenrand: beiseite geschlagen, aus dem Leben geschmettert: Aufschlag Killer: Satz und Match! - und mir trauerrahmenschmerzschlummernd die Erinnerung: aber alle Fotos und Videoclips verdunkeln, verschießen jetzt: das Loch zeigen sie nicht, das menschenlebentiefe Schlundloch: letztes Geleit nach Sankt RauchundAscheheim ------

und all die Fratzen, die Laienmenschen, sie schreien und trommeln: fertig werdendamit! michdichsich abfinden, ver-schmerzen, ver-winden, darüber hinwegkommen, den Verlust verarbeiten – ja, damit müssen Sie fertig werden, Herr Attems = Schicksalsschlag und Menschenlos, denken Sie an Ihre Arbeit, ans Angedenken seligtraulichtrautergriffenfein = denn einmal muss geschieden sein, und das Mal, das Grab-mal bleibt Ihnen ja: epitaphnachrufgraviertergreifende Grabsteinschrift: sie war mein Leben, und dann im ruhig wiederkehrenden Novemberdämmer eine Gedenk-, Gedank-, Gedunkelkerze: stille Andacht und kupfermünzige Metalltrauer: sie ruht, so ruhe sie doch sanft, sanft raschel- aschelruht sie in der Urne -> süßer die Trauerlaminate nicht klingen, adagioschluchz- und tränträpfelnd -> ABER ich sage euch, euch allen: Ihnen! Livia, meine Livia, ist nicht sterblich überrestig begraben, verurnt, verascht: sie ist nicht tot: hier, hier in mir lebt sie: schneidet mich auf, längs und quer: Livia, Frau, Gefährtin, Amante, weggemordet, aus ihrer Zeit geschmettert, ihrer Lebenszeit: vom Killer, der gesetzeswilligend und –billigend weiter in der Sonne stehen konnte, locker weggrinsend die Höchststrafe: ausgesetzt auf Bewährung, mit Bußgeld [elektronische Überweisung statthaft] = ein bislang unbescholtener Bürger ->->-> Friede ihrer Asche? und mir soll bleiben: ein Memory Stick, mit Farbbildern, gemischten Gefühlen, Textspuren, monochrom verschleift: Kranzgewinde, -gebinde, schubladenfähig } ja, ja: seiner- nein: ihrerzeit: seligen Angedenkens, unvergessene Lücke: eingedenk nicht nur am Totensonntag, nein: auch am Donners-Tag mitten im Mai, im Maienmai: so erblühen die Wunden aufs mnemetisch-gefühlkringeligste------

… abhanden? nein: zerscherbt die Welt, nein, genauer: Riss, reißen: ein Mittendurchsleben-Riss: und dertatundtätersätzliche Killer Murschitz tötete, mut- und heimtückwillig, blutwillens: das Blatt, auf dem wir beide standen, Livia und ich: zerrissen von oben nach unten und mir bleiben nun die zerfetzten Hälften, schon fransig eingerollt an den Rändern, schon vergangenheitsgilbig = ich will sie wiederhaben, wiederhaben, meine lebendige Livia } von ihm, vom Killer = der tot ist, werden Sie sagen, aber Sie nebelkerzen: scheintot der Killer Murschitz, scheintot solange er nicht für seinen Mord Restitution leistet: der schuldet mir mein Leben: meine Livia ---------
Sie wollen, amts und kraftswegen: Kausalketten, rational-lineare Vernunftfarbblöcke, maschinenlesbar: abseh-, abgrenzbarer Fall, eine juristische Causa, nicht mehr = wir sind das Licht und die Ordnung und die KategorienSiegelbewahrer: alles andere ist als obskurantistisches Einzelkämpfertum zu behandeln: es droht, ja dräut: Finster-Chaotentum, Anarcho-Heimgerechtigkeitsbastler (Bomben-alarm!)…
-> aber auch mit der Löschtaste kann ich mich wehren: dahinter blickt keiner so einfach: Mitlesers Albtraum! -> während ich die Finsterrosen zum Erblühen bringe: sie bleibt, Livia bleibt verborgen, auch ihre Wunden, ihr zerstörter Leib: im seziermesserkalten Licht schrieb sich der Obduktionsbericht von selbst: auf ausdrücklichen Wunsch dürfen die engsten, ja, genau: die nahen, die

allernächstestnahen Angehörigen auf Antrag mitlesen, nachlesen -> und Livia? gehört wem an? verstorben, weggestorben ohne Nachsendadresse für die Leerlaufpost = ich weißwusch den Trauerrand und schrieb: nach unbekannt verzogen, meine Livia, lebendig wie je = wir sahen, du weißt ja, die Hand, die an die Wange gelegte Hand: Trauerstele, im Museumskorridor, und wussten: das gilt auch für uns, das trifft bis auf den Grund } und Livia sah, SAH was auf sie zubrüllte = Turbomotor: auf sie, mitten auf sie gezielt! das anschießende Maschinenheulen, scheinwerfergrell terror-geblendet, zweiter Gang, drehzahlirrjaulend und das industrielle Monsterding springt, wirft sich auf sie, schmettert durch sie hindurch und rast weiter: kompakt gepanzerte Mordwut am Steuer, anschießend, abschießend – die Rückleuchten grinsen noch ein paar Sekunden, dann Stille, nachtgeschminkt, straßenleuchten-löcherig --------

} ein Bündel liegt im Rinnstein, ein Menschentotenbündel: namenlos = denn Livia - Livia lebt!
sielebt/sieschweigt/sieblutet/sieverlischt: zu den Akten, zu den Fakten, zu den Nackten } Totenhemd, Totenhemd: im Krematoriums-Leihsarg musste sie ein Kleid tragen [tragen?!], die gesetzlichen Bestimmungen, Sie müssen verstehen – waschen, ankleiden: man ließ mich nicht einmal Zeuge sein: Hygiene: Achtung! totes Fleisch: Leichengift und keine Geier, keine Hyänen weit und breit, aber Feuer ist gut, Feuer reinigt, sagen sie, bis auf die Schwermetalle und das Zyankali und Dioxin light:
Asche zu Asche bis die Sonnenstürme sie wachküssen: heimwärts in den Andromeda-Nebel = auf den Lichtjahrwiesen wandeln, fort und fort: ringsum trillionen die gasschleudergeborenen Sternenkälber, auch sie wissen, was ihnen blüht: weißzwergige Mütter, die singend den Schwarzen Löchern in den Urquantenschlund folgen: dichter lässt sich Sein nicht synapsieren } ich will sie wiederhaben, lebend---

Soviel dummundstummbrüllende Teilnahmslosigkeit, Nichtachten = als wäre nichts gewesen außer einem punktuellen Unglücksfall: Streifenwagen, Leichenwagen, Leichenschauhaus, Sektion, Totenschein…und die Routinemühlen drehen sich gänzlich unbeeindruckbar, zur Bestattung freigegeben dem nächsten Angehörigen: Ihre Frau ist leider tot.. überfahren, ja... augenblicklich eingetreten... nach dem Fahrer: antworten muss der, verantworten, wird gefahndet, zweckdienliche Hinweise -> Blumenspenden oder gemein-nützige Überweisung möglich, gewünscht je nach--- die Einäscherung findet statt am und um, Parkmöglichkeit vorhanden } so wurde ich abgefertigt: glatt und flutschig: passiert alle Tage, reibungslos abgewickelt: gelebt und gestorben wird schließlich jeden Tag! Bedienen Sie sich des passenden Vordruckformular: bitte ankreuzen: Todesursache: Unglück, ein Unglücksunfallfall } als hätte Livia nur etwas Glück haben müssen = und wenn sie nicht gestorben worden wäre, so lebte sie noch heute... man fertigte uns beide ab: Livia und mich = abgespult und erledigt die Norm= die Formitäten... und dann sollte ich gefügig draußen stehen und ihr Angedenken bewahren und die Arbeit leisten: Trauerarbeit, Sauerarbeit = damit man hinwegkommt: darüber, danach und davon } hier, Livia Lamont-Attems: gesessen, gewesen, gedenken am Jahrestag, besinnlich, stille Einkehr und wen das Schicksal schlägt, den liebt es = geprüft, gereift und nun weiter in der Tagesordnung, schließlich geht das Leben ja auch-------

->->-> ja, mahlt alles einfach so weiter, so ungeheuerlich namenlos lichtfern = im Kopf, auch im Kopf immer wieder dieses dunkle Rauschen, als wäre die mir verbleibende Zukunft nur noch Hintergrundgeräusch: leck, alles leck und wund } der Zeit lichtschnell nachsetzen, einholen = die Kurve, die Kurve zurück: es wird ein Wiedersehen ----
Stille, Stille quillt überall, mein Atmen: schwache Energie, winzige Luftverwirbel: da hilft auch ein aufgerissener Mund nicht weiter = wer hört noch hin? wer vernimmt ihren Todesschrei? Sie verlischt, verzischt: nichts flackert, kein Seelenrauch steigt auf = immer weiter, immerfort -> hören Sie doch: aus dem Leben geschmettert, nur die Schatten blieben, lagerten sich feist und träge überm Asphalt; ihr letztes Stöhnen, der Sterbeseufzer gut versiegelt – höhnischrot tanzt die Platt-, die Plättrealitas eine tempusrollendetollende Mazurka ->

wie kann das einfach weitergehen: hört denn keiner die Schreie? die Schreie und das Blut und spürt den Riss, den Mittendurchriss = Abrieb, Industriegummiabrieb auf einem Straßenabschnitt, ausdruckslos: Tag- und Nachtwummern } was rollt, rollt mit der Zeit, rollt weiter = also weiter und darüber, drüber hinweg: kommen, leben über- und drüberleben: und ich soll mit, mitdrehen, mitleben = vor allem hinwegkommen, nämlich darüber ->->-> Sie sind nicht befugt, Herr Attems: sich aufspielen zum SelbstRichtund-Rachewerkzeug -> heimzahlen und vergelten: Verschlusssache, streng justizvorbehalten = es gibt keine andere Gerechtigkeitsgöttin neben, ja außerhalb unserer wägend-blinden Augenaufsicht: Berufsverbot für Laien und Gesetzes-, GesatzAnalphabeten -> mit aller unnachsichtigen, also nachtsichtigen Schwere zu ahnden und zu sühnen: Einschluss! Vollzug!

} wiederholen, immer wiederundwieder: es geht um Leben und Tod: nicht ruhen, kein Frieden, kein Frieden! Livia, Livia Lamont-Attems: Livia ruht nicht hier, kein Frieden ihrer Asche, geboren amundvonbis... und stirbt! stirbt jetzt und jetzt, sie stirbt!: das Datum gilt nicht, das haben die Zeit- und Relativierungsumschaufler angebracht: nein, nicht gestorben: das würde euch so passen: Vergangenheitspartizip, Datum einfügen, der/die Nächste: Fall erledigt, begraben, gegessen – der Nächste, bitte! Ja, sagen die Duckmäuser-Realisten, die Schicksals-Wiederkäuer: wir müssen alle einmal ins Gras beißen: denn es wird ein Wein sein, und wir werden Gebein sein...: Salud! auf Ihr, auf unser ganz spezielles Wohl! sind wir doch erblich sterblich [ihr Gesicht, im Gefrierhaus, auf der Schubladenbahre: von einer Blässe, die auch mich meinte: nie, nichts wieder wie bis vorher, bis nachher: die Farben, die Klänge, die Menschen --- ihre Wangen: wie denn, wie könnte ich--------
LÖSCHEN!
.... kein Nekrophilsentiment für beamtensoldige Voyeurmaden: denkt euch die Leerstellen giftigschillerndschmutzig -> ein Tropfen Benzin auf der Seelenpfütze: was für Regenbogen-Herrlichkeiten: das Leben ist groß und wunderfarben... aber ich schiebe euch nichts in den Pornographen ---

} fügen, sich, sich-fügen: akzeptieren das Unabänderliche: es geht doch weiter, das Leben, drehorgelt rundundgesundweiter und morgen ist ein neuer Tag: wir bedauern, wir bedauern tief, von ganzem Wörterherzen: den Verlust, den schweren Verlust: schriftlich, mündlich, zwitterundtittergewitter --- und die kommende Woche hat sieben Tage und nicht weniger Abende, Nächte: der Lebensknäuel rollt auch ohne uns ab: im Strom bleiben, in der Zone: mein Kopf ist der Mond und ich bin der einzige Bewohner: feuergehärtet und dann schockgefrostet, denn die Welt hat abgedreht: ein ferner, fremder Planet, der sich nur noch aus der Erinnerung um eine unerklärliche Achse dreht [Schwerkraft: wir loben dich, wir hallelujen dich, wir buckeltragen dich!]: 'unschuldig Blut wurde vergossen': so steht's doch in den Antiquariatsbüchern: aber alles treibt und dröhnstummt weiter, immerzu, immerzu } warum soviel Aufhebens?: ein Mensch, ein einzelner: totgemacht -> tausende sterben doch in jeder Minute: unschuldig? ist keine Zeile wert im machenschaftlichen Digitalgetöse [Heraklits Fluss, zeitgemäß: Datendarmschmutzbrühe, durchgefischt und ab in die Kläranlage] = also EIN Todesseufzer? mikrosekundenkurz: was erwarteten Sie denn, Herr Attems? – soll die Welt still stehen und alle Uhren, alle Kameras und Bildschirme ->->-> denken Sie an unsere EndlosSinnketten, an die Linearbrücken, die unser aller Zusammenhang gewähren, ja recht eigentlich erst ermöglichen } und ich soll mich komplizenwillig einreihen = aufschreiben, ein Wort gibt das andere und schon wird es vernunfthell und geordnet: verständlich! am besten kurz der Sinn und großgnädig lang die Rede, wenn es denn sein muss -> Hauptsache, die Richtung stimmt: scannerfreundlich und erklärungsgestillt – und dann Ruhe, Schicht für Schicht [gestern, vorgestern, vorvorüberskreuzgesterigesmorgen] säuberlich gebettet und abgelegt: so kann der gute Zeithumus abtropfen, lockerkrümeln und nach der Ordnung reifen } und alle winken den sanft entschwindenden Vergangenheitsschiffen vergessreuig und nebenbeimütig nach = auch die berühmten Schwarzsegel entflimmern bildschirmwärts ins diffus Vorvergangene---------

} aber nicht mit mir, nicht solange ich über Tastatur und Bildschirmanzeiger verfüge: flachgepresste Sinnmuster wollen sie, Textgestrick = und den Faden nicht verlieren, den AnfangundEnde-Faden: wörterbuchzermergelter Bericht über was sich zugetragen hat in der klinisch toten und protokollarisch wiederaufgebrühten Zeit: Datumsüberschrift, sauber abgesetzt, und dann das Kleine Zusammengefasste, Zusammengehaltene = stricken, zweiglattzweiverkehrt stricken: lesbar, nach A kommt B, aber ich sage: abreißen den Strang: Klemmknoten! die Kontinuitätsspule anhalten und den lügnerischen Sinnzusammenhang klaftern, spalten = nichts ist wie früher: das könnte den Abheftern, den Chronologasthmatikern und Tempus-Monopolisierern so passen, den Kronos-Erbschleichern = aber er liegt im Koma und Blut läuft aus seinem Mund: sein Eigenblut, das die Kindeskinderkinder aufsaugen, Filialparasiten der Gigabytes-Generation, unserer: wie schnell holt sich eine Sekunde im Lichtpartikelquantensurf selber ein? = nichts, nichts ist vergangen!

} wie kann sie tot sein, tot, wie nie gewesen: verschieden, ein Ableben wird das genannt: Lügner! LaufderWeltinderZeit-Lobbyisten: für die Einbahn-Pipeline der linearen Zeit = also Lebenszeit, ab- und zugemessen: das wars dann } läuft, läuft ohne Stocken ins Chronographiemaul und den Sabber fängt der Kalenderlatz auf ->->-> früher? was früher! früher ist jetzt und jetzt und allimmerjetzt, auch wenn das Licht, das LiviaMenschenlicht, ausrinnt, spätes Leuchten = gilt, gilt mehr denn je und die Ablaufzeit soll sich selber fressen } wie kann sie vergangen sein, solange ich noch lebe und atme und wörterflammenwerfe --- bleibt mir also nur Weder-noch- Leben: erwarten Sie nicht, dass ich mich freiwillig selbstdereguliere: ab der Fall! ab in die Kartei und entsorgt = Diagnose Getriebeschaden im Endstadium = wo geht's, bitte, zum Hospiz? zum Palliativ-Kaffeehaus: Herr! Ober! eine Trauer-Melange oder, noch besser, ein Bittermandel-Mokka…? Das Leben geht ans Eingemachte: noch einen Löffel! noch ein kleines Löffelchen für unsern RiesengroßOpa Sankt Vitus und dann noch ein niedlichfriedlich klitzekleines Löffelchen für die analogsolidarische Omama Sankta Vita!

Einfach weiter, sagen alle = immer so weiter, bis die Unwucht in die Rotation greift: was für ein Abgang! aber nein, ich mache mich sperrgutschwer: schließt mich nur weg: geschlossene Abteilung, wo der Kuckuck sein Nest hat: macht mich ruhig ungeschehen: ich wohne in der Dunkelfaust: das Trümmer-Ich geht zurück an den Heiligen Absurdus: soll der dann weiter die Sinnwolken an den Welthimmel malen! Und Euch Justiz-Zeugwarten schreibe ich noch ein paar Spiral-Endlosschleifen, doppelwendeltreppig = damit Ihr wisst, wo's langgeht. Lasst weiter die Gutachter los: honorarfette psychotrisch und patho-logisch triefende Expertisen, lasergedruckt und für die Präsentation gerne auch powerpoint-abgetakelt: von mir könnt Ihr lernen: ein TodisteinTodisteinTod und ich bin nicht mehr euer Leben } die Seinsdecke hat ein Loch, ihr Warumfischer, freud- und andersvoll, deshalb allen Motivgrundlern ins Stammhirn: Vergeltung heißt das Zauberwort, leertastengeschrieben:
Rache? das klingt nach Steinzeitaxt, nach rauchendem Blut und geblecktem Gebiss: vergelten meint ausgleichen, meint einrenken: die Waage, die berühmte, berüchtigte, die Blindwaage, Ihr wisst schon, ja, die Göttin der Finsternis mit dem Fuchtelschwert: Paläste allerortens, Justizpaläste = wer spricht? Euer Recht: taubstumm! autistisch-narzisstisch -> aus den blinden Augen wachsen nur mehr Nachtschattenlose: Herbstzeitgift, denn das schönhälftige Lebensapfelrund blieb in der Kehle stecken und...

KOMM.: Nicht auszuschließen, dass Attems sich heimisch fühlt, einzelgängerisch im fluchtbergenden Dunkelwald, den er mit mehr und mehr Kopfgestrüpp immer unzugänglicher zu machen nicht müde wird -> eine Art freiwilliger Lichtentzug? süchtig kreisend im bittersalztränenreichen Sonnenunter- gangsrondell? Oder wartet er bloß auf die klaffende, klafternde Blitzstrahlerleuchtung seiner Finsternis, um sich dann eine leidenspurpurviolette Memorialkerze auf dem Livia-Altar anzuzünden...? Hochgradig ausdrucksfarbensüchtig, hat es den Anschein, als wollte er nicht nur keine neue Seite aufschlagen (=das ehedem berühmte speckfleckehrwürdige und zweifelgefranste Buch des datierbaren Lebens = geboren... und ge- dann entlebt, entleibt von bis in Klammern), sondern schon die Möglichkeit eines Weiterblätterns ausschließen: Winterherz = tieffühl-, tiefkühlrosenzart, mit Tränentauperlen garniert: geradezu posterreif (runterladen, weitertittern und – farceln: wischundklick, wischundklick...)

Festzuhalten: labiles Gleichgewicht des Geisterfahrers und Heimzellen-Sprachfeuerwerkers: Attems konnte innerhalb der gegebenen Verhältnisse { die Rechteck-Ordnung, rechteckig ohne auch nur gedachte Abweichungskurve = schlechte Chancen für Solokämpfer: die Hüter, Normblock und Ordodurchgreifzwinger, würden, wenn sie denn Kenntnis hätten, weder Kohlhaas noch Quijote buchstabieren wollen } nicht damit rechnen, Gehör zu finden: allzu seriell drehbuchmäßig und: nicht mehr als eine Dreiminutenstory = schon megafach dagewesen, alles schon abgenagt: aber er wehrt sich, tippt seine Requiem-Notationen (= appassionato furioso) ein, als wär's eine Uraufführung... -> ein Leben, ein Restleben für einen Wellenschlagstein: in die Indifferenzsuppe geworfen = die Hoffnung stirbt zuletzt: Neutronenaufruhr, quantenquergesprungen. –geborsten = um alles in der Welt und jeden Preis: Bewegung! herz- und seelenschlagrasend, wenn es denn sein muss = Stillstand ist Sticktod ist NormaloLeichentuch ist Vergesssenssand, so Attems: er wäre, im blindfleckigen Innenspiegel, nicht ungern Wirbelsturm, ja Windsbräutigam: entfesselt und fortgerissen...

-> der Attems ist ein Mörder, sagen sie, sagen Sie: heimzahlen wollte er es dem Fahrerflüchter, dem Autokiller: Murschitz: Rachemotiv, Eifersucht sei im Spiel gewesen, aber ich spiele nicht: nicht mit euch: das Los, das Todeslos – der Gewinner verliert -> und ein Mann geht hin, planvoll und vorsätzlich! und steigt ins Geschoß: entsichert die Tatwaffe und weiß: sie wird um diese Zeit an diesem Ort sein müssen = sauber geordnete, übersichtlich berechenbare Bergheimer Allee: späte Stunde, kaum Verkehr = alles verdichtet sich auf den Tatort, Todort! hin: er sieht sie schon von weitem: Livia, ausgesetzt, verletzbar: ein schmaler Körper, der helle Trenchcoat eine Zielscheibe -> Murschitz kannte ihre Route genau, er wusste, wo und wann sie zu treffen war, Geduld, ein wenig Geduld brauchte es, sonst gar nichts: und er lauerte, lauerte auf, bis sie ihm in ins Fadenkreuz geriet: drehzahlgrinsend, zweiter Gang, dritter: schaltknüppelgeil: halt drauf! halt drauf und schmettere sie aus dem Leben, besorg es ihr: Dumpfschlagschlag: ein Bündel Mensch beiseite geschleudert, roadkill

...das weht alles so unaufhaltsam fort und fort: Sandstrahlgebläse, schießt an, schießt binäre Partikelmassen immer weiter, bis auch Livia aufgelöst ist in Einser und Nullen: Auferstehung möglich: warten auf den Hackerheiland: weit, weit im Osten = so weit ost, dass schon wieder west geworden ist: diese lautlos brüllende Gleichgültigkeit: als ob nichts geschehen wäre } und das Riesenmaul Immerkehr-Wiedergleich gähnt sterbehilfegnädig und die straf- und verdammnisdummen Uhren wissen auch nichts Besseres: rundum, komazuckend, immer eine Kerbe, einen Impuls weiter umundum und gesternisteinneuerTag = das Immerkreisen, streng alphabetisch [griechisch, was sonst: von alpha bis omega] im Indifferenzmeer, da brucht es sich sanft auch ohne Schiff, und die Horizonte wurden aus Sicherheitsgründen [tiefsüchtig-vexierende Ununterscheidbarkeit] einkassiert: Thanatos, hilf!

} weil ja überall Betroffenheits-Laienspieler tätig sind: bussibussi und ichdrückdichganzfest, mitgefühlstindenArmgenommen, rührungs- wallend: im Selfie-Itubenebel werden alle Menschen Klonbrüder, Kronbügler, -lügler -> der Glanz, das diamantsplitter-Gefunkel: ach, was bin ich doch unwiderstehlich verliebt in dieses Mich, dieses Ichselber-Feuerwerk: sogar mein i-phone wird da neidisch: weil ich so schön bin, so einzigartig Netzmilliardenmikrobe: daumen- bewehrte Solopartien, megaumtost von elektronischen Nullen-und Einser-Tempel = seid umschlungen, Billionen! und die Toten räumt man mit der Löschtaste ab: einfach herrlich, so am Leben zu sein, bussibussidrückmichfest -> aber keine Säfte, bitte, Körpersäfte, oder gar sofortverderblichstockendes, leichengiftiges Herzblut!

} Livia wurde ausgelöscht, kein Wiederauferstehen (-RECOVERY MODE tröstet der PC = California dreaming) = nicht einmal ein nanosekundenkurzes Zucken ging über die Bildschirme: und alle surfen weiter, voll link-gestromt: die Sonne ist zu langsam, die scheint analog: braucht Jahrtausende, um es an den Tag zu bringen........->
scharfsurrenratschenrasen: sequenzenrückspultaste im Kopf: jaulend zunehmende Denkbeschleunigung = aus den Gleisen, aus der Bahn geworfen } kann das Großhirn umkippen? wenn siedochichdochim-Rücklaufverheddderte undsieheda: das leblose Bündel beginnt zu fliegen = fliegt auf die Motorhaube zurück richtet sich auf heil und ganz: sie steht aufrecht da undgehtdanngehtzügigihrenWegzurück -> das Killerauto stürzt rückwärts in die diffuse Möglichkeitsnacht mit abnehmend verzischendem Motorengeheul und Livia bewegt sich entschlossen, geht, geht unaufhaltsam den Weg zurück = sie lebt, sie lebt! ich darf nur nicht aufhören, die Rücklauftaste zu drücken } sie geht nachhause, sie ist auf dem Heimweg: sie kehrt wieder, kehrt zu unserer Wohnung zurück --- aber die Tür öffnete sich nicht = niemand zuhause! und ich, der Niemand, saß wie gemalt, wie angenagelt im Zeitteppich im Normal-vakuum, bei hellem Licht und achtlos tickendem Sekundenzeiger, selbstvergessen am Chronologosrand } wie weit denn und mit welchen Worten formulierbar: undenkbar? aller Tage Abend noch...?

So ging sie eben weiter der ablaufenden Zeit nach: kein ErleuchtBlitz, kein Zeichen und nur das abgerieben-fadenscheinige nächtliche Tinnitus-Sausen, großstadtadäquat, sie ging den ganzen Weg, ihren Weg aufs Ende zu = auf den Zebrastreifen zu und hörte das rasendschwellende Heulen der Killermaschine und grellgeblendet von den Suchscheinwerfern: Zielscheibe im Fadenkreuz und er gab Gas, schoss an schoss an -> schreien, schreien: zu spät = Schlag, Todesschlag, prallend, zerprallt, Schmetterhammer, dagegen steht kein Menschenkörper an: Gewebe, Sehnen, Fleisch und Muskeln und stützendes Skelett } Livia, Livia! warte, warte doch ----------

Warmluftgebläse der Außenstimmen = das schlaflose Wärter-, Marter-, das Wörtergezische: du sollst, du musst, du darfst: abfinden, reflexiv vor allem = ich mich nicht finde ab --- nicht! du und dich und schon gar nicht wir! wir uns ab-, abnabeln, abkabeln, abknappen: die Toten, es ist wahr, die Toten sind ja nun so starrsinnig tot und alle alle nicken einverstanden: bloß nicht rütteln = bloß kein Auferstehungsgeläute, nicht schon wieder [denkt doch an die Osterlämmer, offenbart und abendgemahlt, nicht wahr] = also, Harald Attems, sagen sie, die geschäftsführenden Realitätenmakler: akzeptiere die Abfindung, blättere um im Buch des Lebens, du wirst eine neue Seite finden und deinen Verlust verschmerzt haben, nun mach schon, reiß dich zusammen und setz dich hin und beginne deine Strafarbeit: schreibe dreißigtausendmal: der Tod ist ein rechtmäßig geschütztes Markenzeichen mit Exklusivstatus, keine CDS-Optionen oder Derivate ->->-> und merke, Harald A: das Racheprinzip ist unvereinbar mit rechtsstaatlichen Grundsätzen [= ein Grundsatz ist ein Satz, der dem Grunde zugrunde liegt und jedes subversive Tunneln: grundlosverkehrt] -> ein Leben für ein Leben gilt nur für atavistische Stein- und Monstergott-Dreh- und Nachlassbücher [Blockbuster, blockbuster!] – wie sie alle kreischen und besserwissern und rechthabern: Livia Lamont-Attems, ja: Doppelname, doch nur einer überlebte...

} tot, tot?: Unfall! Unfallopfer! statistisch belegt, leicht abnehmend, siehe Graphik = gehen Sie zur Ruhe, Herr Attems, Sie stören, Sie lehnen auf und ab, Sie halten Abläufe auf, Sie kosten Zeit, Sie Systemfehler Sie, mit einem Virus machen wir kurzen Prozess = flache Verschlankungen, Stromlinienjustiz: mit Ihren Verschwörungsfantasien kommen Sie nicht durch, nicht mit uns ->->-> an den Haaren herbeigezogene Mordtheorie, unhaltbar... wir haben genau das Richtige für Sie: Verwahrsicherheit, unbefristet ~~~~~~~ -> vorsätzlich ausgelöscht! nein, Falschwort auslöschen = die Zernichtung erscheint als fast Sanftes: schmerzloser Übergang in ein

bergendes Dunkel – nein: zertrümmert hat er sie, zerschlagen, zermalmt, ja zermalmt von der Automasse: anderthalb Tonnen dumm-williges Stahlblech-Geschoß, der Tourenzähler kreischt ins Rote und er gibt weiter Gas, hält drauf auf sie: Abschuss, Volltreffer – aber sie sagen: Verkehrsunfall mit Todesfolge, Fahrer geflüchtet: nein, Livia war kein Unfallopfer: geschätzte 130 Stundenkilometer, mindestens, die Polizei musste zugeben: gute Sichtverhältnisse und ausreichende Straßenbeleuchtung: er sah sie schon von weitem: hämmerte sein Projektil in sie hinein: hochgeschleudert: weg mit ihr! Serienbrüche, der ganze Körper zerschlagen, bluterguss-verfärbt, Impressionsfraktur des Schädels: ja, der Obduktionsbericht sachlichte ungerührt: Schädel, Cranium, Diaphragma, Wundtrauma, Ruptur -> Schädel? Livia hatte keinen Schädel! - das ist medizinische Fachterminologie, Herr Attems, neutral, ganz neutral und nüchtern, beruhigen Sie sich, Pathologensprache, der übliche Fachjargon – in mir schäumte etwas hoch, so irrpurpurreißendgleißend: Livia, Livia!
} zum Autopsiebericht reduziert: tote Wörter, Livia weg-, totgeschrieben, aus der Zeit genommen, ausgestrichen und ersetzt durch zwei Seiten Obduktionsbericht: nur noch Vergangenheit: leere Augenhöhlen-----------

Der Moment des Aufpralls: ins…, in ihr lebendiges Leben gehämmerter Sekundenbruchteil = platt, Totzeit nun: nichts tickt weiter, Licht aus! für die vorstellend Nacherinnernden nicht mehr als ein dumpfer, vorübergehender Schlag auszubuchstabieren: also doch in der Zeit, im Fließen, im Endlosgeriesel -> nebenbei und untergehend, untergegangen in all dem Placebolärmgetöse -> die Achse, die Achse, die Todesachse, um die ich mich drehen muss: der Maschinenschlag, der sie aus dem Leben schmetterte: wie? abfinden? und dann abgefunden, abgefertigt! }   tot, sagen sie alle, ihre tote Livia, Frau, Lebensgefährtin [gemeinsam gehen, den Weg gemeinsam gehen, eine Lebenszeit lang: diese ahnungslose, traumunterfütterte Sicherheit] = soviel Nacht greift nun um sich, breitet sich aus: finden Sie nicht? soviel Unzureichendes: kein Grund in Sicht = zugrunde gegangen -> Endlosschleife des finalen

Augenblicks: hochgeschleudert fliegt sie durch die Luft – schon tot? verlöscht oder noch mit einem Stöhnen im zerbrochenen Mund? ihr Körper, sachlich-dürrbuchstaben das Polizeiprotokoll: durch die Wucht des Aufpralls mehr als dreißig Meter durch die Luft – geflogen? Katapultiert! = ein lebloses Bündel schlägt auf: der Asphalt - teilnahmslos, wie denn nicht? – fängt nicht auf, wie könnte er auch: ein Bündel bleibt liegen, das nichts mehr mit Livia zu tun hat – vielleicht ein erstickter Todesschrei, verweht und fortgerissen vom Mordauto, durch sie hindurch- und weiterrasend und der Mann am Steuer, der Killerprolz, kaum mehr als eine zwergig-unscheinbare[?] Totmacher-Silhouette, unberührbar eingeschlossen in den Maschinenpanzer ---------
: und! aber! : Livia: ein Mensch doch, zerbrechlich und schutzlos dagegen: stahlarmierte und explosionsmotorbeschleunigte Masse annulliert gleichgültig jeden Widerstand: ihre Menschen-Haut, - knochen, - Blutgefäße, warm und lebensdurchpulst: ein vielfältiges Körperganzes} all die Berührungen, das Zugewandtsein, aufflammend: einander begehren mit Haut und Haar...
LÖSCHTASTE!
– das Autogeschoß trifft, trifft! und zertrümmert, zernichtet: die Adern reißen, Brustkorb, Becken, Unterschenkel: zerstampft, blutüberschwemmt die Bauchhöhle, Thorax – noch aus dem Autopsiebericht sickert ein Stöhnen: ein Leben, ausgelöscht, zerbrochen – wer ihr wohl die Augen geschlossen hat oder gibt es das nur noch auf DVD? im Leichenschauhaus [was für ein Schädelspaltwort!] : Livia = ObjektLeiche, Kadaver, muss zwischengelagert und schließlich entsorgt werden: Rauch im Spätherbsthimmel...sie zermahlen die Restknochen = nichts zu beerdigen, kein Plätzchen fürs Schätzchen...

Als ich sie berührte – berührte ich sie? mit diesen Händen? die mir sagten: nein, das ist nicht Livia, nein, diese erloschene, zerschlagene Form kann nicht meine einzig..., meine Frau sein: Livia ist hell, ist ein Leuchten, ist Lebendiges, vielfarbiges Lächeln und tiefgerändertes, verhalten Strahlendes: ich kann dieses ganz Leblose

nicht identifizieren, sehen Sie: Livia ist lebendig, lebendiger Mensch ganz und gar ...
-> annehmen: wie denn? wie könnte ich mich fügen? fertig werden? verwinden und verkraften und vergeben....-> ich soll begründen, denn im Grunde, im allergrundigsten Tief- und Endgrund: Tote sind eben...und können nicht mehr... } das ganze Wie- und Wo- und Warumgegrundel: so kommen Sie doch mit, Sie alle! = Einladung zum Lokalaugenschein: Todesschauplatz Tatort, Totort: Asphalt, schrundig-schorfig, der braucht nicht einmal so zu tun, als wollte er sich abwenden, unzuständig -> auch die Straßenmarkierung nur zweispurig ahnungslos = nebensächlich-schäbig-abgenutzter verismo, stumpfsinnig betäubte Fahrbahn: abwiegelnde, gegenfarbene Fraglosigkeit und dieses gefeimte Oberflächengähnen: wie sie sich noch jeder Augenscheinzentimeter wegduckt: bloß nicht Sterbezeuge!
-> schamlos der Weißvonnichts-Zebrastreifen = schlissigschlierig verwaschene Sicherheitssimulation: hier, auf diesem Zeichen traf es sie: erfasst, erfasst schmettergierig und vollgasorgiastisch: Freischuss -> das Objekt der ungestillten Begierde, Livia: eineinhalb Tonnen schwerer Phallus: dir zeig ich's----und der Killer beschleunigte, Gas geben, Gas geben! und: Abschuss---

} hier wurde ihr das Leben geraubt und alle, alle liegen in den digitalen Wolken, titterig, lesen sich im Farcebruch = so viele Freunde, so gemocht, gedocht, verocht, vericherlichst milliardenvereinzelt -> und ich stand an dieser grauenhaft autistischen Allee, der sogenannten, stand da, nachts meistens, schweigenächtens, und jedes Mal mattete die Straße nur abgeschminkt und illusionsfrei vor sich hin, vierspurig, verkehrsflussbereinigt, und hier knotzte ihr Fußgängerübergang, als sei nichts geschehen: schmutzigweiß zerfahrener Zebrastreifen: weiß von nichts: nichts gesehen, nichts gehört – Todesschrei? knochensplittern, adernreißen? alles still, nachts, nie entlockte ich ein Zeichen, eine Regung } immer wieder ging ich die Todesbahn, die zwanzig oder dreißig Meter Totort nach: die Stelle, an der sie aufschlug und liegen blieb, bündelleblos, markierten die Polizisten, die Verkehrspolizei: "Unfallstelle, ein Unfall, Verkehrsunfall mit Todesopfer, der Fahrer, der

PkW-Fahrer entfernte sich, ohne anzuhalten = flüchtig, fahrerflüchtig", wir ermitteln, die Ermittlungen laufen: ausfindig machen, den nicht anhaltenden Unfallfluchtfahrer ausfindig machen und dann Schritte einleiten, amtswegige Schritte: den Fall der Justizbehörde übergeben: Fahrerflucht mit Todesfolge, höchstundmaximal fünf Jahre, auf Bewährung aussetzbar, befristeter Führerscheinverlust... = damit vor-bestraft, Leumundszeugnis mit Vorstrafe, amnestiefähig, gleiches Recht für alle: Genügegesetz = getan, genügt, gegessen und Schwamm drüber...................

} die Umrisse ihres Körpers, ihres lebenden, sterbenden Leibes: mit den Händen greifen wollte ich, etwas von ihrem Ende ertasten, erfahren durch die Haut, die lebendigen Hände, aber nur stumpfschrundiger Asphalt, schmutzig-abgerieben, unerreichbar teilnahmslos: glauben Sie mir, Hohes Gericht! tasten, mit leeren Händen tasten, braillewillige Fingerkuppen: nichts, keine Chiffre, kein Zeichen: unfassbar --- selbst als ich meine Wange an die Fahrbahndecke legte: keine Spur, nicht die leiseste Ahnung: hier, hier lag sie, vergehend, hier starb Livia, mein Mensch, mein Leben = spurlos, noch nicht einmal der Wind, der Wind, den sie liebte, erinnerte sich: so sehr ich die Dinge beschwor, die Bordsteinkante, den nahen Gullydeckel, die Asphaltstreifen und –risse: wie kann das sein, wir sind doch alle von dieser Welt, [unaufhörlich toben die Kernteilchen: Zerfall, Zerfall, Metamorphose und nichts, nichts ist verloren, keine Materie vergeht: Energiesatz! Energiesatz!] } und ich blieb, ich bleibe, jetzt, jetzt! und immer weiter zurück ---------
Da, wo sie starb nein: krepierte! wo die VorsatzGewalt gegen ihren lebendigen Körper antobte, in dieser nichtssagenden Bergheimer Allee [neoeffizient verkehrsbereinigt und -begradigt, die stadtverwaltungsverfügten Jungalleesetzlinge, kleinlaut und verschämt, dahinter, beidseitig Schöner-nicht!-Wohnen, gerne mit Holzimitat-Rustikusspalier = was geht uns die öffentliche Straße an: beim Hobeln fallen eben Späne -> wisperweisheitskreischend: so hohn- und totlacht sich die allgemeinbreite Ersatzöffentlichkeit = der Tod und andere Unvermeidlichkeiten müssen eintopfbrav tellerleer-

gegessen werden]: im Kopf sägt es zum Abschied tiefe Gedenklöcher: fortnurfortvonhier-----------

...weil ich doch manchmal, nur um der Zwischenzeitmühle zu entkommen loslief: gehen, einfach nur gehen -> getrieben? alles zerrieselte so, Grus, Grus, und die Endlosschleife des Normalitätsgedröhns, der schwerkraftgetriebenen Gleichgültigkeitsmaschine: Stunde um Stunde, Tag und wieder Tag – hinaus! hinausstürzen unter gähnende Doppel-, Dreifachhimmel: dieses Wehen in mir: so verzweiflungsfarben, violettdunkel, so trepanationssüchtig: Schädelschau, Schädelstatt -> draußen kochte die Sonne, die Nachtsonne = mir blieb die Nichtssuppe, zum Auslöffeln aus der Finsterschüssel } Livia! und dieser Durst, dieses Dürsten nach deiner -----
LÖSCHEN! LÖSCHTASTE
-> und dann vielleicht noch nachts, die ersten Wochen nach ihrem Tod: wie oft ich ihren letzten Gang wiederholte, immer wieder, und am Tatort, Todesort, im Fadenkreuz der Straßenleuchten: etwas blieb so knapp verborgen, nur ums Haar unauffindbar: sie selber nahm mich aber trostdunkelsanft in den Arm, hakte sich unter -> unsere gemeinsamen Nachtgänge: so schwerelos, so tiefgrundig hell, hell = ein Glanz von Zugehörigkeit, einander Zulächeln: Gefährten, geliebt, Geliebte, vom Jetzt-, vom Hier-Leben gemeint: aber das Herz, das Herz! – Vorsicht, Obacht geben: = die voyeurlesen das ja mit, die Gefühlsentsorger, die Wertstoffsauger: schließen mit dem schnellen Psychoschlüssel auf meinen Geisteszustand = die Anal-Lytiker schmatzen honorarsattblubbernd mit den Freudgetränkten Ersatzlippen: den müssen wir wegschließen, der ist aus den Fugen ->->-> ja, para- und poro- und noidisch monomanst – also der, der ist ein Monofanatiker, ein Manobesessener = gemein-gefährlich, öffentlich ansteckend: überträgt den Recht-, den Rachebazillus: Therapie raten wir dringend, anstaltsgeschlossen desinfizierend – merzen, ohne Rücksicht merzen: aus, aus, sagen die Experten und Glut- wenn nicht Blutwachter: selbstjustiz-metastasenvirulent = das frisst und frisst bis an die Wurzeln des allerhöchsten Gnade-und Rechtsbaumes: also

Verwahrung = zum Schutze des belangöffentlichen Wohles: wegschließen = aus dem Verkehr zu ziehen ---

Tot, sagen Sie, tot wie: verschieden, verstorben, verweht? -> tot sind die anderen, die von gestern, und tot sollen sein, weil tot eben kalter Schnee von spurlosgestern: gewesen, gegangen, gehangen, verstorben: noch einen Abschiedstango, wenn's denn unbedingt sein muss, einen allerletzten Schmelz- und Zährentango, aber damit hat sich's auch: die chipgespeicherten Nummernkadaver wiegen ja nicht viel und nach zehn Jahren wird gelöscht: Platz! Kapazitäten freisaugen = Lebenundsterben gehen weiter, auch wenn der Untersuchungs- und Sicherheitsverwahrte Harald Attems nicht mitschwimmen will im Strom, im Datenfluss [: und in dieselben Flüsse steigen wir und steigen wir nicht, sagte der Dunkle...]: wirklichkeitsresistent eben ich: der bekennende Nichtmitschwimmer Attems = ihr sagt: ein Widerständler, Chrono-AnarchoChaot: das wollen wir doch sehen: her mit den Gut-achtern: Achtung!: wie sie Hut- und Hüter-wachtern, lytisch-lustrep-Sentantensentenzen = sie weben und wirken und diapsychnosen dich ein: Heilanstalt, Heil- und Pflegefestung – langfristig nähen wir selbst einen unheilbar Zerrissenen zusammen: gebannt, gebannt die Öffentlichkeitsgefahr [früher, ja früher kam die Lobotomie noch vor dem Frühstück = das waren noch Zeiten, das] = Störfälle sind eben störanfällig, systeminkompatibel: dann eben Patient Attems, im suizidflauschigen Flanellkittel, keine besonderen Vorkommnisse = weich und medikomatös gebettet, gerettet, geplättet ->->-> und weichwolkig abstrakten wir: ein Fall, ein Fall eben, präzedenzgestützt = die notwendigen Schritte wurden ergriffen und der extrem mutmaßliche Täter in gewahrsamste Haft genommen: schließlich handelt es sich um Mord oder wenigstens Totschlag: gewaltblutig, -tätig, Bluttatwalten: Todesopfer zu beklagen ->->-> ja, da haben Sie recht, Sie Damen und Herren-Justizmaschinisten = Todesopfer stimmt genau, aber Sie müssen genauer hinhorchen, viel genauer, damit Sie das Klagen besser verstehen: die lange Nacht, die Mordnacht, mündet ins Wederlebennochsterben-Morgengrauen-Schlaglicht: mir, mir! gelten die Schläge: meine Gefährtin, Hälfte meines Lebens,

Livia: verloren, aus allen Sinnen, aus dem ganzen Leben und nun zerlöchern mich die Traumsplitter, die doppelchangierend surreali- undsurdigen Erinnerungs- und Vorzukunftssprengsel, grell, grell und jedesmal ende ich am Tatort, am Schauplatz ihres Todes: Bergheimer Allee: nach unbekannt verzogen---------------------}

Immer wieder, immer weiter: verschlossen, verschlüsselt wie nur je = wenn ich nur den Code zurückträumen könnte, die Dechiffrier-Kombination – aber der schrundig-schlissige Asphalt blieb auch diesmal im taktilen Industriesteinzeitlichen, stumpfmahlte unzugänglich unter den sinnlos gekrümmten Peitschenlampen: nachts und wiedernachts stand ich da, lauschend, immer zu ihrer Todesstunde, das Werkslicht fädete so schütter, so pauperisiert griesig-suppendünn: fransig zerschlissene Nacht, fadenscheiniges Notdunkel = und all die Evidenz, all das meistbeschworene Empirie- triumphieren tat so, als wüsste es von nichts -> ich versuchte Handauflegen, genau an der Stelle, wo Livia aufgeschlagen war: schmutzig-schmierige Oberfläche, voller verheimlichter Risse und Löcher, mit den Händen ertastet: der störrisch neinfarbene Asphalt gab nichts her -> Blutdampf riechen? = keine Schattenseelen stiegen hoch -> oder wenigstens ihr Todesseufzer: wohin, wohinein? – wie kann das sein: nichts! spurlos? nur Erinnerungsgewebe von mir gesponnen? – sie lebt, sie lebt, sage ich: sie wird nicht ausgeliefert, nicht anheimgegeben! nicht solange ich sie ausspreche: sprich! damit ich dich sehe, Livia, damit du mich siehst----- niemals auch nur vorstellbar: ab-finden, mich abbinden

KOMM: Attems sitzt vor dem Bildschirm, Hände über der Tastatur, hin- und hergerissen = kämpft mit eruptivem Ausdrucksdrang einerseits -> schreien, herausschleudern ihnen allen ins Gesicht - hat der Justizapparat ein Gesicht? – j'accuse, aber das wäre Archäologisieren, Zeitgrusmahlen... zuviel leidenswuchtiger Ich-Expressionismus führt im Halbdunkel des Auditoriums auch nur zu halbseitiger

Gefühllosigkeit -> wenn auch mit unruhigen Tag-und Nachträumen: als die Soloneutrinos noch seinsdicht und kuschelwarm monadenganz waren...-> standen wir nicht abglanzilluminiert unter dem schattenblutleeren Nostalgiebaum? und hofften auf Spätfruchtkapseln, wehmutsreif und sehnsaftig......
dann beginnt er sich in der Tastatur zu verheddern, tippt abbinden statt abfinden, darauf abfnidne, sein Blutdruck beschleunigt sich ins Delirische = also auch dies kopfwärtige Schwindelgefühl, das als authentisches Ins-Seelen-Mark-getroffen-Sein anerkannt und beglaubigt werden möchte = Attems berechtigt als Extremnaheangehöriger sich einzutragen ins speicherchippige-Gedenktafelbuch: ein zutiefst trauerzerfressen, leidunermesslich QualoderSchmerzrasender...-> ob gerichtsfest und –fähig, muss erst gut-, wenn nicht besserachterlich erwiesen und attestiert sein = ansonsten könnte ja jeder Desperado kommen und sich weg- und unzurechenbefähigen...

So rüttelt er verzweiflungssüchtig an den neurochemischen Gitterstäben seines Vorstellungskäfigs und lässt seinen Fingern freien Lauf = die schreiben sich ins Kleindelirische manisch intensiv als ginge es ums Leben (der Text zum Schicksal: abheften, ablegen zu all den anderen ManuskriptHalden, soweit die Kunstaugen reichen und ganz ferne, kaum noch erkennbar, meint man, eine menschenähnliche Gestalt sehen zu können, die Arme in die Höhe gestreckt, ganz wie im Museum für angewandte Narrativvisionen } unbestreitbar jedoch: Attems' Puls hat sich beschleunigt ins Turbokreiselnde, aber niemanden interessiert es, niemand, der seine Blutdruckböen misst = so bleibt ihm nur die Tastatur: in die Tasten greift er, con fuoco, auf dem Bildschirm will er sehen: sich sehen als Zeichenfolge, digitalrunigraunig -> vielleicht zeigt die hochreine Silikonunschuld MitundFürleid

.......denk doch, denk mit den Augen: hier starb sie, hier, genau hier: da verbirgt sich etwas! man vorenthält mir: immer gegen mich -> warum diese schäbig-ungerührte Wirklichkeitsfassade? -> um mich desto besser hinters Licht der doppelbödig gespleißten Leermalität zu führen!

Hören Sie: nichts, nichts ist vergangen -> immer weiter Tatort: hier war es, hier starb, hier stirbt! sie und ich gebe nicht auf: eines Tages werde ich die Asphaltdecke überraschen und werde erzwingen: gib mir Livia, als ihre Augen brachen: ich muss doch bei ihr sein, sie blutet ja noch, Schatten, Schatten, Ihr Schatten blutet: sieht das denn keiner? ein Leid wurde ihr angetan: Blut, Blut in der Herzgrube blutet -> er aber, der Todbringer, er entkam, flüchtete langschleifig und alle Menschen gingen ihrer Wege: einer muss wachen, hieß es in dem Buch, einer muss da sein: am Schauplatz, immer wieder = auch wenn der, längst erblindet, von nichts wissen will: und war doch Mithelfer, sich stumm und stumpf stellender Komplize: wenn man nur diese lügnerische, leugnerische Asphaltdecke aufschrunden könnte, mit bloßen Händen, mit den Fingernägeln: ihr Sterbeseufzer, Blutschatten, stöhnwundes Erlöschen: da müssen doch Spuren geblieben sein: Licht- und Dunkelverwerfungen, winzige Narben, ein Menschen- ein Leben- ein Todesrauch – wie kann das sein: hier dumpft die Straße, die wichtigtuerischen Markierungen = Mittelstreifen, Fußgängerübergang: abgewetzt und menschenfern verwahrlost: halb erloschene Zivil-zivili-zeitzivilisationshieroglyphen, genössisch = Blindenschrift, Blindenschrift! und ich grimmwürgte, rabia! rabia! schlug mit den Fäusten auf den Asphalt, wieder und wieder, als wär es immer noch die eine, die letzte, die Jetztnacht!
} rühr' dich! antworte! aber ins unerreichbar Abseitige untergegangen: wo, wo ihre Spur, Lebens-Todesspur? Ihr Atem, ihr Pulsschlag: wie kann das sein? Asphalt, den ich abtastete, schmutziggerauht, eine Kruste aus zweckgepresster Tat-sächlichkeit: ich wurde erneut widerlegt, immer wieder: mit den Händen, mit meinen bloßen Menschenhänden kratze ich diesen Grind nicht auf – wie es WIRKLICH war, sagen sie: schreiben Sie auf, wie es wirklich

gewesen ist, wie Livia wirklich ...? Schatten? dampft etwa Rauch, Blutrauch hoch, das letzte, das erlöschende Stöhnen einer Sterbenden? – nichts ist zu hören außer dem auto-orbi und urbi-Tinnitus in meinen Ohren – aber immer wieder ein morgen wieder, eine neue Nacht, kaum angebissen: einmal, einmal kommt die Stunde, wenn ich den Schauplatz überrasche und packe: bekenne! pack aus! und rücke mit der Sprache heraus: ein lebendiger Mensch: sie, Livia, bei lebendigem Leibe-------

Die Ordnungshüterblockwarte, unantastbar survivalmonturen [Lederfront, einsatzundkampfzertifiziert: weil wir es wert sind] -> erkannten mich erkennungsdienstlich als den nächsten oder engsten Angehörigen: bereits Hinterbliebener: mitten in der gesichtslosen NormalNacht, so beiläufig altsachlichgähnmäulern, kamen die Polizeibeamten in unsere – nein: jetzt nicht mehr unsere: meine! meine zerklafterte, unbehausende Wohnadresse: Herr Attems? wir müssen Ihnen leider..., schlechte Nachricht..., Unglücksfall, Fall, Fall: Verkehrsunfall! Ihre Frau..., sofort eingetretener Tod..., jede Hilfe wäre zu spät... -> wenn Sie zwecks Identifizierung mit uns.. -> so sah ich meine Livia wieder: in der Pathologie, im Leichenschauhaus und sie lag da, schon unwiderlegbar nicht mehr erreichbar, schon der Auflösungsmetamorphose nachgrübelnd: zurückgestoßen: ich = im falschen Aggregatszustand! Ist das Ihre Frau, Herr Attems? erkennen Sie...? nein! nein! wie könnte das meine Frau Livia = ich verließ sie, vor zwei oder drei Stunden: lebendig, meine Lebens- meine Menschengefährtin Livia: sie war nur ausgegangen, ihr üblicher Abendspaziergang } wie denn! tot, sagen sie und Unfall und ohne Chance und augenblicklich und Leichenschauhaus und Tiefkühlbahre: ein verhülltes Bündel, leblos, leblos! } Ruhe? Todesruhe?

Zuletzt blieb nur Rauch, kaum wahrnehmbar, und Knochensand: feingemahlen, reingemahlen – Livia: Asche mal Knochengrus beigesetzt - und: in tiefer Trauer im Namen aller Hinterbliebenen: von Tränenspenden wird nicht abzusehen gebeten – keine Totenklagemusik, kein Erbarmen – wer weint, wer weint um sie, um uns: um mich? die Zivilisationsmaschinerie klickrubriziert trauerlos: verschieden, ja, abgelebt!: Opfer eines Verkehrsunfalles mit Todesfolge, Todesfolge = es folgt: der Tod, unmittelbar eingetreten aufgrund – ja, genau auf DEN Grund wollte ich gehen, ging ich: Schlag und Gegenschlag! – der Wucht des Aufpralls = Masse, vorwärts getrieben, explosionsbeschleunigt, da lässt sich die Energie, die Vernichtungsenergie nicht lumpen: Vollrohr ins Leben hinein und sekundensplittrig wieder hinaus: aus dem Leben } …sie musst ihr Leben lassen, es ward um sie geschehn… volkstümelten sie als es noch Linden gab und Reigen und Leichenfeiern -> Fahrerflucht warundbleibt strafbar, versteht sich von selbst, die Ermittlungen dauern an, ziehen sich hin, wir tun, was wir können, Aufklärungsrate naturgemäß nicht vielversprechend = der Beamtler, bald verstärkt durch die QuotenLine: unangreifbar amtsumschlossen: kein Zugang hier, die Menschenbrücke versiegelt = die offene Eingangstür für den leut- und PR-seligen Parteienverkehr nur gemalt: Geduld vonnöten, schwerer Schock, erholen Sie sich erstmal, Personalkürzungen = überlastet, seinen Gang, alles geht seinen ordentlichen Gang: wir haben das im Griff, wir Profis, bloß kein Sand, keine Betriebsschäden im Getriebe: Amtsweg ist golden und Zivilkundschaft bleibt Silber, Katzensilber------

…vordruckdeutlich: die sterblichen Überreste sind abzuwickeln nach Routine und Aufwandspotential = am nächsten Morgen ging es ums Technische, um Abläufe und Verfahrensprozesse…-> nach Abschluss des Autopsieberichts werden Sie benachrichtigt: innerhalb von vierundzwanzig Stunden kann die BetreffLeiche abgeholt werden: autorisierte Bestattungsfirma -> nein: keine Privatsache, der Leichnam Ihrer Frau braucht einen Totenschein [Leichenpass: in gewissen Gegenden sagen sie: Leichenpass…] sonst Begräbnis nicht autorisiert: zu gestatten ist die letzte Ruhe: Vorschrift ist Vorschrift auch im Nachhinein -> Bestattungsunternehmen kennen sich da aus, das sind eben auch Unternehmer-Profis, Hilfe auch telefonseelsorgerisch oder auf Krankenkasse – kinderlos? Glück gehabt----hätte schlimmer sein können -> denken Sie an den Verlust, den MuttersorgundliebeKleinenVerlust.….

} dasDröhnen, schmetternddumpf: ein Körper, schutzlos offen dem Turbomonster entgegen -> Gas gibt er! drauf! durch sie hindurch und weg mit ihr: Livia: eher schmal, eher fragil: ein zerbrechlicher Mensch eben: wie, womit dagegen anstehen? Zertrümmert = ihre Beine, Hüften, Brustkorb...} Livia: nie wieder kann ich sagen: Halsgrube, Schläfenbuchtung, Wangenflaum -> LÖSCHEN!
LÖSCHTASTE
-> keinen Leichenschmaus für die Amtsglotzer, Sekundärspanner, Nekrophiliennascher...} Blutschatten, dunkelflutend: sie findet keine Ruhe, wie könnte ich vergessen -> den Killer, es ist wahr, schickte ich nach: ins Nichts gerichtet, aber der wiegt nichts auf: zu flüchtig, fällt nicht ins Gewicht = und die Waage pendelt weiter ungleichgewichtig: mit der Hand, mit den Händen, mit meinen Händen wollte ich dich ===
} wie konnte ich ihn gegen deinen Tod weiterleben lassen -> sollte lebenslaufgemach die Sonne spüren oder Regentropfen im Gesicht, Musik, Lebensglanz und SpeisundTrank kregelschmatzmütlich genießen--- Killermaul, Zerfleischer, Zernichter...-> wer gibt mir nun den Schlüssel und das Licht, das Lebenslicht und Spätabendglanz und Gemeintsein, von dir und dir und--------

} so schlägt sie auf, schlägt ihr Körper auf den Asphalt: immerzu immer weiter und die Kerzen flackern nicht einmal = verrußen, ersticken: die Nacht, ihre Todesnacht ist nicht zu Ende, niemals -> so hautlos fühle ich mich, so scheintotstarr: Schweigen, ruhelos, während das Kreisen, das lautlose Toben in meinem Kopf immer noch zunimmt: besessen sei ich, ein RachundRechtswüterich, justitiaverblendet -> und hier, auch hier in dieser geschlossenen Lageranstalt, läuft alles auf Autopilot: alle Instrumente übermalt = der Weltlauf als naive Hinterglasmalerei, mit dem Mund gemalt, dem gefolterten: nur lügen bleibt leben--------

VII

IUSTE IUDEX ULTIONIS

Überschaubar und geordnet, Herr Attems, sagte der AmtsundKraftunddienstwegwurzlerich, gedämpft macht-näselnd, schreiben Sie in leicht fasslicher Knapp- und Fakt-Sprache: das können Sie doch: schnörkellos, treppenläufig scannergerecht aufschreiben: das Wie und Warum und nachvollziehbar chronologauthentisch [man kann nicht zweimal in denselben Zeitfluss steigen, zitiert der Amtskalender den Geburtsunglücksvaterallerväter: Wandschmuck = wer hat, der hat auf dem Bildungskonto] ablaufend das Geschehen: nehmen Sie sich Zeit, geben Sie sich Mühe: dies könnte auch einen möglichen Befund verminderter Zurechnungsfähigkeit zur Tatzeit nicht unerheblich beeinflussen - ja, rechnen: zu- und ver- aber auch ab-! Besonders abrechnen: der muss das berechnet haben = ein berechnender Täter: Rechenschaft ablegen! es gibt keine rechtsfreien Raumnischen im öffentlich-bürgerlichen Bereich = nur befugte Wächter und Wahrer betreten gefährdungsabwehrend nach fest gegossenen [Bleisatz, Bleisatz = kontaminiert, daher Schutzkleidung, Denkklappen!] Maßgaben ->->->

…halten Sie fest, niemand drängt Sie, rekonstruieren Sie den Hergang aus Ihrer Sicht, erklären Sie, was Sie dazu trieb, Richter und Henker spielen zu wollen -> spielen! spielen sagte Foltz oder Folz, Ermittlungsrichter, Herr -> meinte er: jetzt wird's ernst oder: wer spielt den Kasperl? hau drauf! hau den bösen Teufel mit Krokodilstränenblut und Drachenzähnen! die Kinder werden's danken: johlendes Jubelgeschrei: hau ihn, Kasperl! schlag ihm den Schädel ein, bis die Fetzen nur so fliegen und die Augen aus dem Böskopf fallen: hau zu, Kasper, bis das Ungeheuer sich nicht mehr rührt! – wie konnten Sie, so Foltz/Folz, ausgebildeter Textildesigner, kreditwürdig und –fähig, amts- und siegel- heteroverheiratet, Eigentumsappartment, keine bekannten Vorstrafen, Lehrauftrag an der Fachhochschule, Erkenntnisstand: derzeit nicht nachweisbar:

Mitglied anarcho-autonomer oder radikalnationaler Verbindungen, gesichtserkennungsmäßig unerfasster Potentialdemonstrant für und gegen Bahn- und Mahnhöfe, Folterluftstützpunkte, hochvirulente Asylaussätzige, sumpfblasenschön schillernde Kapitalismus-Metastasen, Regenbogen-Hochzeitsringtauschundmausch oder auch glückliches-Fleisch-von-glücklichen-Tieren-Ausstoß, mündige, mundige, maulvolle Billigdemokrat-demokratzie [Obacht: kratzen = Krallen! Sepsis! Wundbrand!] - ein Mann ohne internetstichige Sympathisantenneigungen: die Wohnungsnachbarn bezeugen Gewissenhaftigkeit bei Kehr-dienst, Recyclingpflicht, Parken –> Lärm- und Ruhestörungs-exzesse nicht bekannt: wie konnte ein Mann wie Sie...: Kopf und Rumpf [ein Wahrwort das: Rumpf = ein orgelschweres Fleischundknochenwort] des Mordopfers: blutige Masse, selbst die Fotos vermitteln noch ein Bild von geradezu unvorstellbarer Brutalität: blutige Raserei = Blutrausch –> die Medien waren sich einig: legen Sie dar, Herr Attems, schildern Sie Ihre Seite, Ihre Sicht... = noch einmal, aber mit Gefühl---- und in diesem Zusammenhang aufgefallen auffallend: beim Begräbnis Ihrer Frau, dem tragischen Opfer eines zweifellos strafbaren, schuldhaften Autounfalls, der Fahrer flüchtete ja anschließend unerkannt, entfernte sich vom Ort des Geschehens, strafbares Nichthilfeleisten unter anderem, fiel auf: Sie rührten keine Miene, steinern und tränenlos: so die Augenzeugen, ohne erkennbare Gemütsbewegung: erklären Sie, erzählen Sie in aller möglichen Klarheit und Deutlichkeit, was Sie dazu bewog/wie alles kam... ->->->->

Nun, Hohes Gericht, kaum niedrigere Unter- und Zwischenrichter und -ermittler, Be- und Degoutachter und Justizmanager: die unwiderstehliche Anziehungskraft der logozentrifugalen Gravitationsnarrativik = beschriftend beschildern: re- nicht de-! Auf keinen Fall de-! somit re-konstruktionistisch rapportieren: Erzählflussgelee = also Fließen mit Rezeptionsgeschwindigkeit = Erdkrümmung mal Endgletschergeduld: immerhin entlang, also richtungsgebunden: ein Storyhappen mehr = schling und aus! - so ist eben das, was ist: zugenagelt der Sarg mit der abgenutzten, der

Brauchbrühen-Zeit: machen Sie Platz! Das Leben kriecht schlammäandernd weiter und Sie, Herr Attems, Sie stehen im Weg! -> Aber ich gurgle da nicht mit, Damen und Herren mein = Recht- und Ordnungsmenschen [Mit-? nein: das kann nur für Livia gelten: sie = Mensch, Mitmensch, Lebensgefährtin, Lebenshälfte, die mich erst zu =-> aber das geht nur uns beide an: das bleibt unter uns, Livia... } Sie wollen ein aktenfähiges, öffentlich-rechtlich zugäng- liches, maschinenlesbares und wortgetreues Postmortemskriptum, flüssige Zeitabläufe, kausal synapsenkonform : ihr Tod, Mord, Mord! hören Sie! hat alle Sinnzusammenhänge ausgelöscht, gestrichen, ins Absurde zergrinst und der vorsätzlich tückende Killer wollte umblättern, einfach weitermachen – zwei, drei Jahre droht der erhobene Gerichtsfinger: im Wiederholungsfalle: Gefängnis [wegen vorsätzlich guter Führung vorzeitig zu entlassen]: Autokiller Murschitz zahlt Strafe und greint kuttenreusünderisch: Entzug, Entzug! ein volles Jahr ohne Fahrerlaubnis, was bin ich geschlagen vom Schicksal, dem rechthaberischen-diskrimi-notorischen Sekunden- zufall--- ja: wer nicht fühlen will, muss hören!

}........taub, stocktaub, Guantánamo-taub: das Rechtswesen -> ja, Wesen, sein Wesen treiben, genau – aber bitte ohne un und ver: so west und west es fort wie das Gesetz es befahl: die furchtbaren, die fahrlässigen, die ehrenwert-Elite-light Justiz-Verweser bleiben stützgesellschaftliche Bildungsbuffet-Spießgesellen: Recht so! denn am Ende geschieht immer recht [wo bleibt der Großbuchstabe? ja, wo denn?] Niemand ist größer als das Recht...und die Ordnung und die Nachtruhe und das Anzugundkrawatte-Halleluja, säkular/sackulär/sackschwer -> da trifft es sich gut: tote Kehlen bleiben stumm: kein Dol-, Tollmetscher weit und breit = und wo denn die Furien, wo? der Justizeisenpopanz rülpst buchstabsatt: Druckergranulatblut, da bleiben die leeren Augenhöhlen rieselig trocken: hier richten und rechten nur die Richter – wem das zu herz- und kehlenwürgend geworden, wer nicht mehr atmen kann unter der Megatonnen Kunstjustitia-Installation [GER ECHT IGGIGG KEITENTEITEN: das Preisgericht verleiht den kleinkohlig- hasenschartigen Trost- und Augenpreis] dem bleibt der Kurvollzug

in geschlossenen Anstalten = also halten wir fest, amtsfaustig steifundfest: dieser Harald Attems hat nicht nur unbefugt und gesetzwidrig, ja auto-nomst und anarchostraf-ge-und-entsetzlich sein Recht auf Gerechtigkeit in die eigenen Hände genommen, ganz eigeninitiativ selber Hand angelegt –> aber Sie, die Anzugsträgerjuristen sagen nein, aus Rachegründen = niedriges, geradezu klärschlammstinkiges Motiv: wer rennt heute noch mit dem Richtschwert herum: ein LebenfüreinLeben und BlutwillBlut: das ist doch Privat-TV, Vormittags-Fantasy-Serien, aus purer VergeltungsSucht [und für Süchtige haben wir Zwangsentzug, cold turkey: Mahlzeit!: wir handhaben die Vollzugsmaßnahmen, angemessen maßregelnd, vollziehverzug-verzög-verzagelnd ---
...und dann sitzt mir der ermittelnde Richter, der sehr ehrenwerte, fleisch- und amtsbauchbeschwerte Herr Folz [evtl. Foltz] gegenüber } er sieht es weichgezeichnet spiegelverkehrt: jedes Haar auf seinem Haupte dem korrekten Follikel zugeordnet und wehe den aufrührerischen, den kreuz- und querwirbligen: niedergeklatscht mit schwerer Wasserhand: das wäre ja noch schöner! -> sitzt da, sitzt mir entgegen: unbeweglich schreibtischummantelt [ein feste Burg ist unser Strafgesetzbuch: Wort für Wort: im Anfang, war und wahr und ewiglich] und will eine Amtsschneise in mein Schweigen fräsen: "wenn Sie sich schon nicht mündlich äußern wollen: aufschreiben, festhalten: so, wie es wirklich war" –

KOMM.: Zu sehen: Attems beim Verhör = Attems im Original: amtsschriftlich: einvernehmliche Einvernahmung durch den hörenden, schwörenden Amtsrichter: dieses Vieraugengespräch wird elektronisch aufgezeichnet: Attems duckt sich weg, lässt sich fallen unter die dürren Wortseile des Ermittlers, schließt die Knöpfe seiner Schweigejacke fester und lässt die Augen los auf sein Gegenüber, im Gesamtblick etwa so erscheinend: ammonitisch unwiderlegbarer Amt- und Rechtswalter, eben doch kunststeinern unberührbarer Mikro-Machtinhaber (getausendstelt und nach Beamtentarif),

127

dienststunden-umglockt: Autorität verleiht diese ungreifbare, sehnsuchtsgefärbte Vertreter-Schönheit, aber Attems lässt nicht locker, verbeisst sich augenkrallig, zoomt sich ein, verliert sich gar - aber seine Livia ist nach wie vor und weiterhin buchstäblich tot und der Murschitz sowieso: deswegen sitzt der Attems ja hier und wird verhört – bloß: er schweigt, da gibt es nichts zu hören außer der diensthabenden Ermittlungsperson, die Digitalkassetten können immer wieder gelöscht oder überspielt werden: so spricht, so schweigt die Justiz mit sich selbst. Attems kann sich nicht satt sehen am vis-à-vis Gesicht: findet später in der Zelle die Sprache wieder: tastend, tastaturfingrig und horcht in sich hinein, für die Reinschrift, die AlphaFassung (nicht seine Sache: die AlphaOmega-Funktion = er weist die AnfangundEnde-Logik wortaufbäumend von sich...) -> vielleicht am meisten erstaunt ihn die Menschenähnlichkeit, dies allem Anschein nach störrisch unabwaschbare Humanitätswetterleuchten in den Amts- und Vollzugsgesichtern: ja, denkt es wahrscheinlich in ihm, ja: durchaus glaubwürdige Menschendarsteller auch innerhalb des geschlossenen Systemkreislaufs, geradezu leibhaftig-inkarnierte Vertreter des Rechtswesenkombinats (= schafft Wandel durch RechtsHandel: wer zahlt, schafft an...

Herr Richter, Herr RechtRichter [hell, hell! -> da muss doch ein Licht, ein gleißender Strahl Gerechtigkeit herausbrechen]: Sie wollen scharfschattige rechtsnachlinks-Linien, linearlogozentrifugal, verlässliches EinSprechschrittnachdemanderen immer schön der Reihe nach: alles hat seinen festen Platz, auch in katatonischer Verwerfung -> aber: regel-, ja planmäßige Schizogrellschreie sind einzuweisen: geschlossen die Anstalt und offen der Vollzug!: Sentenzen, Sequenzen = scannerfreundlich, prozess- und urteilsfest, ja Chronos und Logos, die gingen in den Wald und als sie wieder herauskamen, bluteten sie aus zahlreichen Unschärfewunden: das

kommt davon, wenn man hineinruft in die UmNachtwälder = delirium ecstatis halluzinogens----------
Sie, Sie aber wollen linientreue Lesbarkeit, Sachlichkeit auch und gerade wenn es um die Tat geht: sächeln, tatsächeln – computerartgerecht und –billig: scannen, speichern, ablegen: Mirakelkarteien, mindestens megabytig, aber zunehmend giga-, giga-gaga = Gigantomachie: zurück zu den Ursprüngen ->->-> schreiben Sie auf, halten Sie fest, jawohl Herr Richter! aber verlieren Sie sich nicht in unwesentlichen Details, bleiben Sie bei der Sache, halten Sie sich auf der Spur = spuren, spuren und ersparen Sie uns das menschelmenschel-Gemönschel, die affektiven und eruptiven und implosiven Privatschnörkelgefühle, den ganzen Emotionsschutt: uns interessiert, von Amts und Fug wegen: was geschah? in welcher Reihenfolge? Einer der Polizeiuniformen sagte, großartig ausholend-abschließend: am falschen Ort zur falschen Zeit: ja, das wäre Ihnen am liebsten = Friede den Justizpalästen: und Krieg nur auf Itube~

-> zur Sache, zur Sache, zur Tat: Klartext reden, ganz wie Sie es wünschen: wenn wir, ja wenn wir nur wüssten, meine HerrenundDamen Amtsrichtler und- gewichtler [wo bleibt der schuldige, der quer- aber doch knapp unter!tänige Respekt, werden Sie sagen – ja, wo eigentlich?], wo denn exakt Recht sich versteckt, damit Sie es auch spruchsprechend auferstehen lassen können: berufungsfest und bringend = lichtleuchtbringend und erhellend, nicht wahr: denn es soll Licht sein im allgemein bürgerlichen Straf- und Zivilrechtsbuchtempel [Basilika? Gnadenhaus, Martyria oder doch nur Höhlenkapelle?], wenn wir also wüssten, wie sich was garantiert [Echtheitszertifikat! Gütesiegel!] wirklich zugetragen hat: Vollworte im Massivsatz, ohne diese Halb- und Viertelschatten, ohne das verwirrende Prasselgeklapper fallender Mikadosilbenstäbchen, täuschend echt geschnitzt und bemalt: ja dann, dann könnte einer anfangen zu sprechen – aber nicht im Wortsinn, Hohes Gericht, und auch nicht einsträngig = das Elend der endlosen Perspektivzeilen, die sich verlieren, perspektivisch im Zeitfall verlieren: ineinander muss gesprochen werden, Fusion, Verschmelzung: im Zeichendickicht lallsicheln: die Schneise Silberdröhn = unlesbar das Wahrheitszischen, gleißend lichtschnell --------

} an Sie, Sie alle gerichtet: Sie Wortabfallsammler und Restsprachhalter: Sie lassen nur gelten: sauber apportierte ausdruckfähige DIN A4-Knochen: festhalten! haltet den mehr-, den vieldeutigen Linearflüchtling! Das verlischt so schön am Bildschirm: glüht auf und verlöscht: Quantenmagie, aber relativ unscharf ->->->->-kein Anschluss, kein Netz: Sie haben mich ausgesperrt, auf Neonkalkmilch- und Wortprozessorkieselerde-Diät gesetzt – und zellengekühlte Internet-Entzugshaft bis zum Schauprozess: dieser Attems, denken Sie, denkt ihr! schwankt im Emotionensturm, turmspitzenausgesetzt: Einsturzgefahr und Suizidflucht nicht auszuschließen: Dank sei ihr, der schlaflosen Deckenkamera: lidloses Auge, sorglich-sorgend = nur keine Unregel-, Außergewöhnlich-Vorfallsmäßigkeiten und –heiten: Dienstaufsichtsbeschwerden über den Amtsweg -> und der führt durch die Abhubhalden und Schottertrassen rund um den Erlebnispark Spiritus Sanctus Publicus, abwetzsteinig: Vorsicht! Obacht! normzwangeng und abschüssig---

-> richtschwertspektakeldramatisch hat er, der Harald Attems, dieser Ich, den - offiziös mutmaßlichen! Autokiller exekutiert: Vorsatz! Mord! -> weit jenseits aller Verhältnismäßigkeit und: davon wird sie, Ihre Frau, auch nicht wieder lebendig, sagten und sagen sie, die Relativierer, die Proportionalitätsprofis und Pragmabolzenschützenkönige [ja, auch Sie sind gemeint! und Sie und Sie: die Mit- und Nachleser]: leicht reden haben sie, Sie! das schreit, schreit und frisst und glüht } Livia ausgestrichen, gelöscht im Buch der Lebenden: Nichts, ein Nichtsloch, dunkelrotierend, umundumundum = schleudert mich in die Zwischenleere, ins Nichtlebenundnichtsterbenkönnen: ich will sie zurückhaben, immer noch, immer weiter: lege Revision ein, widerspreche: gilt nicht! zurückspulen! die Falschversion vernichten, schreddern und neu, ganz neu und lebendig weiterschreiben ---
} denn bestraft werden die Lebenden: eine Schneise schlagen, mit den Händen, mit den sprechenden Fingern gegen das Ersticken,

Erstummen, Ersterben = nun erst weiß ich, was Wachkoma bedeutet
– Livia: lebendig wie nur je in jeder Faser: tot und wegbestattet und
aus der Zeit gestrichen sagen alle, die Zeitwundenschließ-
pflasterapologeten, die Ergebenmurm- und munkler ~~~~

Keiner, kein Einziger, der da schreit: aber einer muss doch da sein,
einer, der wenigstens momenthaft, wie flüchtig auch immer [ihre
Augen, ihre Augen: brechend und niemand, keine Hand, keine
Menschenhand...] den unerträglichen Riss zusammenschweißt:
Sinnfrage! Sinnfrage! Wo bleibt die Musik, die zumsterben-
süßschleifende, ergreifende, seelenschweifende viola d'amore?
nichts tönt, nichts jubiliert, keine Weisen von Liebe und Tod erröten
im Zwischenhirn und dem Blass-Helden der Gerechtigkeit blühen
Staub und die raschelnden Papierblumen vom Schießbuden-Kehraus,
spätabends achtlos in den Lehm und das Erbrochene des
Wienichtgewesen getreten.........
} ja, zur Sache: wie einen Menschen, einen geliebten [= sie erst
machte mich ganz] aus seinem lebendigen Leib herausgerissen sehen
und dann so dahin-, so weiterleben, weil ja die Zeit so rücksichtslos
unbeeindruckbar vergeht: ein neuer Tag, auf die Nacht folgt der
Morgen und irgend etwas trübe Unnennbares, gebrauchtwattedumpf,
soll alle Wunden heilen, denn weil wir nicht gestorben sind, leben
wir noch heute... } nicht auszuhalten, was sonst = das Nichtaus-
haltenkönnen aushalten: Kunst des Lebens, falls man noch lebt-----

Ja, ja, ich höre Sie und sie alle sagen -> ach, dieser Attems:
rachsüchtig, ein Trauerarbeitsweigerer, der regressiv auf
Paranoikertrommel haut } der altbildungskokett einen auf Reality-
Show MiniMike-Kohlhass macht und der ganzen Welt
Analogieblindheit vorwirft } der Mann muss als selbst-ursächlich
gestört begriffen werden, so in der Richtung freiwillige Partiell-
umnachtung: die quantenchaotische Ersatz-Gesellschaft muss
geschützt werden vor einem wie mir: das grenzt ja ans
Sittlichkeitsdelinquente = greift der da unserer Justitia unter den
Rock, einer Schwerbehinderten mit Blindenwaage: so einer will nur
friedstören, mutwillig kurzenProzessmachen, das ist ein fanatischer

Rechtsbrecher: einer wie der bringt doch unsere Affirmationsburgen und –zwingertürme zum Einsturz – wenn sich das Selbstjustizvirus erst ausbreitet! -> den ziehen wir aus dem Verkehr, dem zogen wir selbstredend auch den Internetzahn: da wird nichts mehr serviert, tote Breitbandhose ... aber ich lebe, ich spreche noch, Unwissende! = speicher- aber auch löschfähig! ->-> Sie wollen einen Rechenschaftsbericht von mir, wortprozessorgebettet, aussage-, also beweiskräftundfähig = ich soll mich verraten, denken sie - besser: denken Sie! denn mein Bildschirmgewebe.. } könnte ich nur ausbrechen, entkommen dem Linearzwang, der vorhernachher-Diktatur -> und von oben nach unten nicht vergessen: immer schön ordentlich der Reihe nach = nach aaaundAAA kommt, kommt...s, S auf meiner Tastatur ->->-> lesbar, lesbar: Livia, unser Leben, unser gemeinsam... = nein, sage ich, nein zu den Scannern: abgetastet und ausgedruckt, kontrastfreundlich } glückliche Tage, glückliche Tage: nun vorbei? ganz und gar und Schutt, vergangen-verschüttet------

: der Angeklagte erinnert sich: emotionskonvulsivisch zuweilen oder nostalgierauhreifverbrämt, bitterblumenwehmütig und spätreifversilbert [Nachtfrost, Nachtfrost] -> das Gericht berücksichtigt auch geistig-seelische Umstände, auch Hintergrundrauschen, durchaus: ein Einzelmensch und seine Einzeltat im Kontextpuzzle -> strafrechtlich relevant steht auf einem anderen Blatt: Sie stehen unter Beobachtung, Herr Attems: zur Tatzeit dreht es sich – immer dreht sich alles bei denen, bei denen da draußen, den Schieds- und Scheids- und Schlud-, also Schuldsrichtern, aber meine Welt dreht sich nicht mehr: Hohlkugel, schön kalt ausgebrannt: treten Sie näher, kommen Sie herein, denn einmal muss geschieden sein... -> und mir sagt man: um Ihren Zustand, Geisteszustand, geht es, Herr Attems: wie nacktschwarz war die Nacht, als Sie den Murschitz totschlugen? Sie lockten ihn ja unter einem Vorwand } alles belegt, lückenlos die Beweiskette und aktenfest, in die unmittelbare Nähe des Unfallortes Ihrer Frau ---- um Rache zu üben = üben? aus- nein: verübt hat der Ich, der Attems, die Tat: Eigenjustiz-Praktikant = ums Vergelten ging es ihm und brüstet sich als Gerechtigkeitsvollzieher, aber die Staatsanwaltschaft geht davon aus, dass andere, niedrigere Motive im

Spiel... -> so spielt man sich um Kopf und Kragen, meinen Sie? => kriselnd, fast schon zerrüttet? Livia und ich? und dann der – zugegebenermaßen, räumte der Ermittler, RichterFol(t?)z ein – tragische Unfalltod Ihrer Frau ->->-> in meiner wachsenden Paranoia soll ich massiv projiziert haben } Murschitz seit längerem Liebhaber, Affairenhalterundinhaber -> und ich soll mich zerfressen haben vor Eifersucht: lauter Bescheidwisser und Gespinsttheoretiker = sie konnte ihn nicht ausstehen, den Fanz, den Selbstanbeter, sie machte sich lustig, hören Sie! Livia mokierte sich: so anstrengend, pausenlos unwiderstehlicher Feschak sein -> einen Macchiato-Casanova nannte sie ihn, Geheimchauvi mit Toleranzglasur = niemals hätte der seine sprühdosengepflegten Hände auf Livia --- deshalb löschte er sie doch aus! weil er sie nicht haben konnte, das hielt er nicht aus – verschmäht, abgewiesen } das schminkt mehr als nur porentief ab, das greift, das greift ans Selbstbild: siegervergoldet = NarzissPrinzregent } mich zurückweisen! Eine Abfuhr -> der zeig' ich's, die büsst dafür, bitch ->->->

= Wiederundwiedersagen bis zum = also noch einmal mit ruhigem Tastennachdruck: Livia wurde mit Bedacht und planvoll von Murschitz ausgelöscht: Mord, definitionsblutig bis ins Buchstäbliche und wollte davonkommen aufgrund der Rechtslage } Lage! -> höhnischpervtaumelnd = Freikarte, Jagdschein: kill und laufenlassen, nach dem Gesetz: ausgesetzte, also virtuelle Strafe grinst der Killer} aber das Blut und das Fleisch und die Knochen: geradezu fratzrissig verismo-real = Mord: Auslöschen = lebendiges Menschenleben ~~~~~~~~~

} sei du nur ruhig, sagen sie, du lebst, das Rad dreht sich weiter, vonmorgenborgen und die Zeit wird schon sorgen ->->-> nein, ihr Richtler und Rechtler: mir bleibt nur das Untrag-, Unlebbare = der Killer steht rechtsgrundig tänzerisch: ein Vergehen hat er begangen, vergangen hat er sich, schuldhaft: aber auf freien Füßen: tanz den Bewährungsfristfandango – höhnischhymundzynisch ein 'schwer' angefügt und im Untertitel: 'mit Todesfolge'... und das Gesetz sieht vor, rechtspflegegemäß und rechtswesenhaftest, Rahmenstrafmaß..., auszusetzen auf..., Geldstrafe und –buße: Tagessätze, Tagessätze -> für Livias Leben! und über zulässigen Antrag auf Raten, um unnötige Härte für den Beschuldigten zu vermeiden: so donnert der Rechtssprecher, so heulen sie, die Wahrer und Hüter: alles was recht und ordo ist! Rechtsguthüter und –staatshalter = lauter Instandhalter: niemand darf in unserem geschlossenen juste milieu-Zentrifugalsystem, zivil- als auch straf-entsetzlich, Legitimität beanspruchen außer uns: ökumenisch-ökonomisch gesegnetes und staatsabsoluttestamentenes Gottseibeiuns-Recht, niemand, sagen wir, und erst recht kein Privatsubjekt sich zum Richter, Berichtiger [Scharfrichter, meinen Sie doch! Richter- und Henkerdoppel!] sich aufspielen...} mit aller Schwere des Gesetzes ahnden, maßregeln ohne Gnade: Härte! merzen! und fürs Weiche, Affektfühlige, den Empfindungsschutt gibt es schließlich den Gefängnisgeistlichen: die Brotund-WasserTränensuppe salblöffeln, auslöffeln, weil eingebrockt und in die lehrreich harte Kruste des Zährenbrotes beißen...

->-> aber hören Sie: und ich nahm es mir doch: ich fugte! ich richtete rechtens: der Killer -> keinen Schatten wirft der mehr, gibt nicht mehr Gas, der nicht – vor Gericht davongekommen wäre er, der Unfallrittertodundteufel: direkt vor den Wagen gelaufen, nicht vorherzusehen plötzlich: erhöhte Geschwindigkeit, zugegeben = späte Stunde, kaum Verkehr, im Schock weitergefahren ---- jede Einzelheit, der ganze Szenenablauf konturenscharf in meinen Kopf gemeißelt } den durchschaute ich doch von Anfang an, den Erotomaniac, so gockelschwanzfedernfesch und mit seinem porzellanblendgekrönten Gewinnergrinsen -> haargenau sah ich alles vorher = die Gerichtsverhandlung: hörte jedes Wort, sah, sah in farbiger Zeitlupe, wie Murschitz' Verteidiger aufspielte, gewinnend souverän vom Drehbuch-Skript: der unbescholtene Mann, der vor Ihnen steht, angeklagt: Blackout, SchockundTrauma, von nun an furiengejagt für den Rest seines Lebens: die Nächte, meine Damen- und Herrenrichter, die schlaflosen Nächte, mein Klient leidet unter Albträumen..., hat seinen Wagen, ein teures Powermodell, verkauft, gestiftet, verschrottet = mein Klient, der unbescholtene und beruflich erfolgreiche Mann, der hier vor Ihnen steht und praktisch alles dafür geben würde, wenn er das Geschehene, diese tragische Verkettung von Umständen, ungeschehen... -> so dröhnwallern die vorgestanzten Fertigteilschleimphrasen, endloswurmfortsatzig, affirmationssüßsauersoßen} deshalb, so plädiert der honorargesalzene Miet-Rechtsbeistand, aufgrund und in Anbetracht der außergewöhnliche Verkettungsumstände, HohesGericht, verdient und erfordert dieser tragische Unglücksfall -> nicht locker lassen: Tragik = das ist eben schicksalhaft, antik-tragisch: selbst die Götter verhüllen ihr Angesicht..., so ein verhängnisschwer-zufälliges Geschehen Verständnis, Einfühlung und Milde, Milde und Empathie mit dem Beschuldigten, dessen seelische Narben...in meinen langen Jahren als nicht gerade erfolgloser Strafverteidiger habe ich kaum jemals einen Fall erlebt, in dem sich eine Kette unglücklicher Umstände dermaßen... -> ich dring-, ja drangplädiere mit allem Nachdruck und auch aus vollem Herzen als Mensch wie Sie ... befristete Bewährungsstrafe für meinen Mandanten [= rechnungsgesalzener Seitenblick- = das kostet extra, Herr Murschitz] ~~~~~

Und der spielt seinen Part: knirschgeknickt, gibt andeuterisch feuchtäugig den Bereuer und schwerschuldtätowierten Gewissensplagmenschler: symbolisch reugewissensgebissen und verantwortlichkeitsgebeugt: niemals wieder! RestdesLebensleidend, Einsicht, Milde, Menschlichkeit...-> absurd von Vorsatz, von privaten, begiersexuellen Motiven zu reden = weil er es nicht verwinden konnte, Machogockel, abgeblitzt bei Livia: schwanzfedergerupfter Hahn ohne Korb mit seinem ichbinjasowasvon unwiderstehlich Sprühdosen-Charme} der Frauen siegertigerherzenszufliegerheld Mario Murschitz: Livia spielte doch mit ihm, hielt ihn noch nicht einmal am Kurzseil: nützlicher Kontakt, heimspielglänzend auf den Vernissagen und Cocktailstehpartien, prosciutto und prosecco-schlundiger Sprechblasenkonversant: er wollte mitspielen, zugreifen: unmöglich, nicht zu erliegen dem Goldfasan-Image: ich: bin ja auch verliebt: in mich } der Geist, die Schnäppchen-Seidenhemden, das neuweißbezahnte Kreditgewinnerlächeln: reich, reich oder mindestens wohlhabend, sanft rippenstoßendes Understatement noch im Schlüsselring = zu wissen, es ist

Platin } Vollundganz-Männchenmannomann Murschitz = die begehren mich alle, auch wenn sie's nicht zugeben: mein Spiegel weiß es besser = wir verführen noch die asylverhärmteste Putzfrau so im Vorüberkometenglühen…

-> und solchermaßen wäre die reality-Show im Gerichtssaal weiter gelaufen: Auftritt Preisträgerdarsteller Mario Murschitz: die Reuknirsch-Rolle wie auf den Leib geschnitten: ja, den Charakterdarsteller geben, betroffenheitsumwittert: dem Mann muss geholfen werden = die anteilnehmende Trauerbelagstimme = tragischelegisch: dass er das Unfallopfer persönlich kannte, der Dreisterne-Verteidiger senkt die Stimme effekthascherisch: Kollegen, ja mehr noch: befreundet – niedergeschmettert, appetit- und schlafverlustig wochenlang = ein Traumaopfer, dem die Gnade des Vergessens nicht gegönnt ist… schließlich, Hohes Gericht, schließundschlussendlich muss festgehalten werden: die so unglückselig beim Unfall getötete Livia Lamont-Attems ruht nun als unvergessen unwiderruflich Tote im Abgeschiedenen, nicht wahr, möge die Erde oder auch Urne ihr leicht sein } mein Mandant aber, schuldig-unschuldig wie der Held in der klassischklatschenden Tragödie, muss sich nun mit dem Lebenslänglich seiner Gewissenslast, wegen einiger Sekunden Fehlhandlung, abfinden und mit dieser ungeheuren Bürde leben, Tag für Tag bis ihm irgendwann die Gnade des Alzheimernebels zuteil wird…und er endlich vergessen kann… ->->->

…so, genau so hätte er sich aus der Schlinge gezogen, verlässlich beigestanden vomundzu Recht: die Anklage, nein: der Vorwurf, lautet auf unfallursächliches Totfahren, zusatzparagraphenerschwert durch flüchtendes Entfernen vom Schauplatz = somit das Unfallopfer, fußgängerausgesetzt, am Unfallort in Bündelform hinterlassend, umstandsgewichtig auch, dass jede Hilfe ohnehin zu spät gekommen wäre: wir danken dem Sachverständigenurteil.. – der Schock, Hohes Gericht, dieser massiv-traumatische Schock für den Unglücksfahrer = Verständnis! dieser unbescholtene Unglücksmitbürger hier vor Ihnen, er muss als das wahre Opfer gesehen werden = ist er doch seither verurteilt, ganz wie Sisyphos, den Stein, den Schuldstein immer von neuem vor sich herzuwälzen: und jeden Morgen liegt er wieder auf seiner Brust, lastende Qual...

->->-> kein Wort aber über den im Dunkeln, den Schattenmann: mich, Harald Attems, den Zurückgebliebenen, dem das Lebensbuch zerrissen wurde: mittendurch entzwei: ich } für mich bleiben Erinnerungsverbände, Zeitpflaster, Abfindungssalbe und Trostbilderserien = immerhin, immerhin andenkenreich = im Gedächtnis bewahren, Photoshop-liebevoll überhöht = und dann noch die Nostalgiekerze vors Hochzeitsfoto auf dem hochauflösenden Flachbildschirm: die Crux selber tritt ins Wohn-, ins Hohnzimmer---

KOMM: Ein glaubhafter Verzweiflungswellenschläger? Oder doch bewusst teilumnachteter Illusionsartist? } siehe seine plakative Lichtmetaphorik...-> Attems verflüssigt manisch die Wörterfolge: hofft willensgläubig auf Wirkung, auf die mit- und fortreißende Wirkung seines Sprachstroms -> und was einmal ins narrative Fließen gerät, so hofft Attems, lässt sich nicht wieder zurückpressen ins blockstarre Vergangenheitsgeschehen. Kein Zweifel aber kann bestehen, dass seine postilluminierende Antizipation nicht eingetretener Sach- und Denkverhalte versucht, vergangene Wirklichkeit gleichsam zu ersetzen oder umzuschreiben (ob er von der Relativitätstheorie gekostet hat? Und wenn ja: welcher – der generell- oder der quantenresisten...? Von Masse kann nicht die Rede sein, also: Geschwindigkeit, also: Licht) } verstärkt er aber damit nur den Eindruck, vollinhaltlich als gestört, als Ver-rückter befunden zu werden? und wäre auch dies nur Teil einer Strategie, mittels doppelschleifiger Eschertreppe sich nicht mehr selbst, als identifizierbar handelnde Identität wahrnehmen zu müssen...? Wer zitiert denn noch, dass der Mensch ein Abgrund sei? = doch vor allem die, die sich nicht weit genug vorzubeugen wagen, um in die sinnlos-leere Tiefe zu schauen........

Stark anzunehmen, dass Attems schon früh vom philoliterahumano-vergifteten Apfel kostete -> und im Ekstasezuber wallt und siedet und schwabert die Zauberwortbrühe: nur einmal, nur ein einziges Mal eintauchen: unverwundbar sprachschwertgewappnet -> zu früh zu viel KrautundRübenrauniges gelesen = nie wieder gut zu machen...} Expressissimus Verbis oder mit Sprachschaum vor dem Mund...
-> aber zurückgezoomt aufs Individualmaß: auch wenn Attems jede Aussage verweigert, sich vor kommensurabler Lesbarkeit, also aussagekräftiger Verzehr-, und Verdaubarkeit sträubt = das Geschehen wird intelligibel, fassbar = sinnvoll! und damit, so Attems, fressbar, verdaulich und ausscheidbar: was zusammenhängend beschrieben werden kann, ordnet sich ein in den nie abreißenden Strom der Ereignispartikel und Mikrogeschichten = Attems will sich der Zeitmühle, der linearen Unaufhaltsamkeit widersetzen und postuliert: mein Wille geschehe: Leben geht NICHT weiter!
-> doch ewig lockt das Selbstgespräch: Mono-Logisieren am PC = hochintensive Ring- und Endloskommunikation ohne Rücksicht auf Empfänger: all die wuchernde Sinnproduktion, geradezu schäumend ex- und hopp-pressiv -> schlimmstenfalls bleibt immer noch die Lösch-taste, denkt er: nach mir das Überschreibenschweigen...

} wie sie alle heulten und jaulten, die Kollegen, die ganze BussibussidrückmichSchar: aus dem blühenden Leben gerissen...tragisch vor ihrer Zeit...beliebt, bewundert, leuchtfarbig...Lücke, unersetzbare...unvergesslich } von mir war nicht die Rede: so ein blasser Witwer, verdächtig unjung, geradezu provokativ normalopapieren = an den Rändern leicht welkgekräuselt, stets irgendwo am Rande des Bildes, unscheinbar dünnhaarig und hundetreulangweilig: immer anwesend, nie präsent... -> wie sie, Klassefrau, bildbeherrschend: Präsenz! aber mit understatement, cool, richtig cool... , wie so eine Frau ausgerechnet auf den verfallen konnte...-> ein paar Anrufe, einige industriell gefertigte Anlasskarten und das war's dann auch – oder so dachten alle, die wellness-KnappaberIntensivvorbeileber, die Glitterreichen und Wunderkerzensprüher: herrlich, so im Licht zu stehen, im Schöngleißlicht und bei voll klickender Selfiekamera: im Mantel aus Diamantenstaub funkelnd: wir Phantom-moussegenießer wir – ichundichundweildasLebensokurzundschnurzist: noch ein ich = na also: WIR, majestatis............

> zur Sache, kommen Sie zur Sache: beim Thema bleiben, MittlererKarriereknickfürchter Richter Folz (Foltz?) vertrat diesmal ein Nachwuchssprossenturner: wir erwarten von Ihnen eine möglichst lückenlose Aufzeichnung, einen detaillierten Bericht des Geschehen in chromatischer, will sagen: chronologischer Reihenfolge, Herr Attems, mit Sorgfalt, Genauigkeit, möglichster Objektivität = nicht zuletzt wird das Aufschluss gewähren = Ihren geistigen Zustand freilegen = mögliche Zukunft: Prozess mit Schlusswortgelegenheit = mildernd, strafmildernd! oder eben die einweisende Verbringung: geschlossene Anstalten sind ja auch nicht mehr so lebenszeitgeschlossen wie früher = große Fortschritte in der angemessenen Behandlung von, sagen wir: psychopathisch angekokelten Fällen – ich schwirr- und schweifabulierte zuviel, so auch wiederholt Richter Folz, ich schriebe wie ein Ertrinkender, der sich an phantasiefarbige Sprachblasen klammert -> beruhigen Sie sich! relax! konzentrieren Sie sich auf das Faktenkonzentrat = Strich, Strich, Pfeil, Punkt: die Schönheit linearströmiger Aussagen... } ich spielte auf Zeit, auf Tausendundeinernachtzeit – Vorwurf! Tadel! } Untersuchungshaft, Herr Attems: nicht Literaturwerkstattpraktikum! Der Juniorrichter wirschte ganz offen voller Ungeduld: zusammenhängende Texte = für ihn nur als streng diszipliniertes SacheundFakt-NachhineinProtokoll akzeptabel – alles andere ist labern, schwurbelwurbeln: weiterklicken, weiterwischen ~~~~~

->->-> ja, in die eigene Hand nehmen = das nervt die Justizprofis = das geht ans Eingemachte: der Rechtspositivismus frisst } und Fahrerflucht mit Folgen: na ja, hm, also verhältnismäßigmalangemessenmalunfallmenschlich = weil halt ein Unfall eben genau das ist: ein Unfall und der wiederum: Verkettung, um- und querstandshalber, Sekundenriss, Mentalaussetzer = wer weiß, wer weiß: kann doch jedem passieren = und dann: der dumpfe Schlag: die Nachtstille splittert, dann Aufschlag, sackdumpf } und wieder Stille, Stille = nichts wird wie vorher sein ->->-> aber die Rechtsprechung hat ein Einsehen, garantiert vorauseilendes Verständnis: relativieren! Auch bei Todesfolge, bedauerlichst, aber unvorhersehbar = höhere Gewalt der Automaschine, tonnenschwer ……………………………..

Mir können Sie nichts vormachen: ich habe gründlich recherchiert, Fall um Fall = fahrerflüchtige Killer bekommen die ganze Milde des Gesetzes zu spüren: Tagessätze, gerne auch auf Raten = so jung, so vielversprechend, so karriereschädigend, so bereuend: nie wiederschwörerisch, stimmbebend und tiefernstchargierend, so lebensüberschattend erinnerungsgeschlagen = DüsterundAbgrundträume -> Milde! Verständnis! }das Gericht sieht sich verpflichtet: lebens- und laufbahnabwaschbares Quer-Urteil, massiv einsichtig: blind! Ein oder wenn's ganz streng wird: drei Jahre auf der Bewährungsbank = so droht das Pappmaché Damokliteschwert } schließlich und vor allem endlich: die Toten sind ja sowas von ver- und weggestorben = Schnee von gähnkrampfgestern und: wer immer redlich lebend sich bereut, den können wir rechts- und urteilskräftig nicht verdammen: Spruch! Aber her mit dem Geld, dem Straf- und Buße-Blutgeld: da kennen wir keinen Pardon, da wird zwangsgepfändet mit der ganzen Schwere des… Berufung zulässig = man wird ja noch verhandeln dürfen } und die Killerfahrer: totgefahren, Pech gehabt oder, bildungsrülpsend: ach, laokoonverschnürt in die Zufallskette = man wird doch noch Selbstmitleid empfinden dürfen: dieser Schock: Trauma! Trauma! jahrelang therapieabhängig } die Toten haben's leicht: überstanden, FriedeRuheLöschung = sich einfach so weggemacht…

Nicht mit mir! } hier wird nicht abgefunden und eingesichtet und rechtsverwässert: die eiserne Waage gilt oder nichts = für Handlungen verantwortlich: der Mensch: zu Tode gebracht eine lebende, blühende... - meine Livia: ausgelöscht } Zahltag! ich rechnete ab, streng nach der Gebühr ->->-> obsessiv, sagen Sie: pathologisch fixiert: rüchelt so nach Blutrache, nach atavistischer Regression: Exekutionsphantasien: hoch- und scharfrichtende Paranoia, fixiert auf meinen Wunschtäter: Murschitz, also subjektive Eiferracheundgeltungssucht = Rivalenhass, krankhaft gesteigert: doppelter Verlust der geliebten Lebensgefährtin = an den Rivalen und, scheinbar schicksalshaft zusammenhängend, an den Tod: meine Frau ->->->ja, da speicheln die Psycho- und Psychiatgnome/minnen, da rattern die Drucker und rascheln die Honorarnoten: Patient, Angeklagter Harald Attems = ein Schulbeispielfall, geradezu lehr-, ja leerbuchmäßig, gutachterliche Stimmigkeit: Anstaltsglocken sollen läuten und die Therapiemaschinen springen an = langfristige Behandlung, Rehabilitation, Analysegoldwäsche im Feinsieb: jede Gesellschaft hat die Gestörten, die sie verdient = Weismacherei, Weißhascherei ->->->die Polizei polizeit und die Gerichte gerechteln und alle Menschen trinken das entgiftete, gefilterte Vergessensquellwasser, weil ein schlissiges Ruhegewissen immer noch besser als ein dornenkissiges...die Aufruhr im Herzen sucht selig nach Schmerzen----aber man will ja Rechenschaft von mir: hier und jetzt, zellenkonzentriert und gesellschaftsisoliert } zur Sache, zur Aktenzahl, rechts- und linkslagig und ohne Hinterhand-------

.. Ich sitze hier, auf dem Zellenstuhl, noch unverkabelt = was für ein Abgang! Geheul und Auf- und Abschrei: hierzulande doch nicht = der Mensch und sein Recht: auch menschenschlecht ist menschenrecht: wäre ja noch schöner! = hier lastet Anstalt, hier sitzen Gefangene! und schreibe ins Jetzt hinein: Asche blieb mir = so leicht! so raumsparend = die gedenkgediegene Dezenzurne lässt sich unaufwendig lagern, gerne auch bankeinzugsgeregelt = so ein Dauerauftrag erleichtert ja das Leben nach dem Verlust, dem unersetzlichen, Trauerrand im Tiefdruck = macht einfach mehr her... Besuchszeiten auch im Internet = stilles Gedenken und die Lichter, die Windlichter weitweit in der Ferne = unvergessen, vor allem am Totensonntag, montags wird immer instandgehalten, wir legen Wert auf den äußeren Eindruck: unsere Besucher wissen das zu schätzen...den Urnenfriedhof ließen wir seelengartenarchitektonisch neu gestalten = Besinnlichkeit, stille Einkehrharmonie...sehr positives Echo, benutzerfreundlich } von nun an bleibt mir: Angehöriger, der, der hinterblieben ist, der Überlebende, der Witt-, der Zitt-, der Knittermann = das wird schon wieder gut, das wächst wieder nach: nur nicht verzagen = Leben, sehen Sie, Herr Attems, Leben ist, wenn man lebendig... } und jede Sekunde wissen: gleichzeitig, immerzu, steht der Killer im Licht, geht durch Straßen, geht mit dem ganzen Körper, spürt den Wind auf der Haut, im Haar, lebt und trinkt den Tag bis zur Neige und weiß: morgen lebe ich neu...

} er löschte sie aus, schlug sie mit seiner Killermaschine aus dem Lebendigen ins aschen Vergangene = fort! gewesen! = und für mich zur Sättigung: die Papierstrenge des Gesetzes: im Rechtsstaat wird das Unrecht geahndet nach der Rechtsordnung: schwer vergangen hat er sich, der Unfallfahrer: Killer Murschitz, also Strafmaß, also angemessen } sieht denn keiner den Riss, dieses Klaffen, hört niemand die unerträglichen Stummschreie..!
->->-> Sie wiederholen sich zu oft, Herr Attems: aber darauf antworte ich genau so wenig wie auf alle anderen Fragen: dies ist meine Sprechzeit! und danach blühen die Bitter- , die Schattensteinrosen –> daheim im Leer- im Nullhaus des Schweigens und der Dunkelheit = sollen sie sich schließen, die Türen: wie könnte ich ohne sie: leben? lebendig sein? einfach so: dahinlebend...?
} aber der Killer, der Automörder, hat gebüßt mit seinem Leben nach der Notwendigkeit = der schluckt nicht mehr: iss und trink! sage ich zu ihm } schwer soll ihm die Erde sein, hoffentlich Pestizidbrei im verwesenden Mund, nur die Blendkronen grinsen jahrhundertelang: Porzellan vom feinsten --- und bald wird auch sein Name verwittern: unlesbar = hier liegen die Knochen des Unbekannten Killers: betreten erwünscht ------- }

Wie sie drängen und dringen und druckschinden...-> lasst mich doch in Ruhe: verhört euch selber: von mir bekommt ihr kein Wort, kein Sterbenswort aus meinem Mund = so müsst ihr euch an die Bitterzeil-, die Lesefrüchte halten, bis die Tonerpatrone sich ausgedruckt hat, ausgespuckt --- } die Nacht, die Nacht, das Schweigen: Finstergrus zwischen den Zähnen } bleibt mir vom Leibe: ich will nicht in euer neongeschminktes Justizanstaltslicht gezerrt werden = angeglotzt von Dienststundenschergen: Treibjagd auf den Hautlosen, Wundstarren = Blut hat er vergossen, die Augen soll er öffnen müssen: ein Täter, ein Gewalt-, ein Kapitalverbrecher... -> und das System wird ihn nach Gebühr durch den Strafwolf drehen --- wie sie mich belauern: täuscht er vor? will er sich davonstehlen über kritisch verminderte Schuldfähigkeit zur Tatzeit? wozu ist Unzurechnungsfähigkeit fähig -> aber Rechenschaft, zur Rechenschaft gezogen ...? aber die Umstände, die Gemütslage [sanft polwärts geneigt, mit Ausblick auf Eiskappen] und der Seelen-zustandslage, vom Affektstau ganz zu schweigen (den behandeln die Psychos und Psychias gutachterlich... Einsicht in die TriebundTreibkräfte = schizogetrieben oder arglistig ---

-> ja, das könnte euch so passen: entweder: der Untersuchungshäftling ist einzuweisen in die Heil- und Pflegeanstalt... zum Schutz der gesellschaftlichen Gesellschaftshaberundvertreter mit beschränkter Haftung, wo er mit Sicherheit zu verwahren ist bis zu ein- und übereinstimmigen Gegen- oder Andersgutachten } jedes Wiederaufnehmen muss die Schranken, Knüppel und Barrieren im Einklangsprung nehmen = den sind wir abschbar los und die Öffentlichkeit, dieses Quantengequirl aus der Medienmaschinerie [verschollen: die letzten noch hypostasierenden Empiriokritizismatiker] ->->-> oder? oder: ein schön geflochtenes Lebenslänglich, volksstimmenkompatibel und glättölwogend = Einzelzelle, Dunkelhaft, hartes Lager für den blutgetränkten Totschläger! } und ich: entspreche, willig-beihelferisch = nichts unter den Tisch oder die Verhörbank fallen lassen = also auch die Randschnipsel, der Wörterstaub [Obacht: Verbuminoselunge!] weil beim Genaufeilen eben Nuancenspäne fallen = Sie können ja den

Kehricht entziffern: Hauptsache: so, wie es wirklich war, von den Füßen, den real existierenden Tat- und Geschehensfüßen auf den transkriptionierenden Kopf gestellt: Dekodierung ist Ihr Problem................}

...aufzeichnen, schriftlich festhalten, was in der Tat und realiter geschehen ist, sagte der ermittelnde Amtsrichter -> richten, immer richten und rechten mit dem Scheit, dem Richtscheit: nur rechtrichten ist richtrechtens, rachrichten aber ruchlosrächerisch: Gerechtigkeit kann nicht unser Auftrag sein, sagen sie, Sie! Sie sind ein Rechtsbrecher, Harald Attems, schuldigen sie: vor Gericht wird Ihnen nur recht geschehen - warum kann ich das schrille Kreisen im Kopf nicht abschwichtigen? } Justitia blind und flachgeschnitten: silikonwaferdünn [=nur LängemalBreite: Tiefe weggeratzt =Ratio-, Rätiosäure] in den elektronischen Speichertürmen - versuchen Sie's doch mit Schreiben: schreiben Sie den Tathergang auf, die ganzen Hintergründe, wenn es Ihnen hilft, eine Art Protokoll, verstehen Sie: immer schön der Reihe nach = was geschah, eins nach dem anderen; wir haben Ihnen einen PC in die Zelle gestellt: nehmen Sie sich Zeit: hier kommen Sie ja in absehbarer Zeit nicht wieder heraus - ja, absehbar, Zeit, nicht = ich wiederhole } aber ich brauche keine Zukunft: dreimal am Tag Zeitsuppe löffeln, das reicht: da wird man nicht fett – ich soll ihnen meinen Untergang } Livia: tot, tot und alle Ufer schwarz versunken: bodenlos: wirbeldriftend! mit sinnvoll gesetzten Worten auffädeln: kausal-logisch und chronolinear: Sinn, Sinnhaftigkeit wollen sie: weitertanzen auf dem dünnen Glasboden der pragmatisch-monomanen Ratio –> darunter kocht es immer dröhnender: Absurditätsmagma, Flüssigchaos, aber bei Lebensstrafe darf die aufstrichdünne Kohärenz nicht in Frage gestellt werden: wo denn, wo der schön geschnitzte Naturholz-Zusammenhang? Sie, sie, die Recht- und Gesetzhausmeister, sie alle stießen mich hinaus aus dem scheinfassadenhohlen Palais de Justice: bis auf weiteres geschlossen für den Harald A. = der muss draußen bleiben: Heilige Justitia, dein Name geschehe – und lass' dir nicht unter die Röcke greifen von ihm, dem Attems = ein Notzüchter ist der, ein fanaticus justus, der will ins Allerheiligstheilige, rüttelt wie besessen an den

Gitterstäben unseres Rechts- und Ordnungskäfigs: kein Zutritt für so einen wie Sie, Attems, für Sie gibt es nur den Hintereingang: Armsünderklappe und weg, karteientsorgt ...

Sie aber, Sie! Sie alle! = Rechtspraxisausüber, wenn's teuer wird: robenkostümierte Tintendruck- und Buchstabenhalter: Sie haben den Killer } zermalmt und vorsätzlich und mit Lust hat er, Mörder Murschitz, Livia vernichtet: auf sie zugehalten, klare Sicht, trocken die peitschenlampenhelle Straße: Tatort! Totort: Mordschauplatz } weiter laufen, leben, atmen, fressen, ficken lassen: der Justizapparat zuckt mit den textschichtdünnen Schultern: Gesetzeslage ein-, also wirklich Klartext-eindeutig, und nach gegenwärtige Stand der Ermittlungen keine relevanzfähigen Verdachtsgründe für Tötungsvorsätzlichkeit oder bluttätige Absicht seitens des Fahrzeuglenkers -> vom Schauplatz flüchten ... = unter- oder hinterlassene Hilfeleistung: zu ahnden nach dem Strafbuch = gesetzt den Fall, dass...->
als schweres Vergehen nicht unter EinJahrMindestportion auszulöffeln, und bei Strafregisterunbeflecktheit auszusetzen auf Bewährung, jawohl, denn gerade die Rechtssprechung muss sich streng, ja buchstabbrutal, innerhalb der Gesetzesumzäunung halten -> daher ebenso auszuschließen: Totschlag -> fahrlässige Todesfolge: ja, aber unfallkontextgeschützt = Verkehr, sehen Sie, Verkehr fordert eben Opfer, also Unfallopfer = damit gegeben ohne Fehl: der Strafrahmen...

} diesen Rahmen ließen sie mir, die Rechts und Ordnungsverweser, rechtssprachgeschnitzter Zivilisationsrahmen = da wäre noch Platz für ein paar Strohblumen, angedenkraschelnd = im Erinnerungsschmerz furchen die Trockentränen, wangenwaidwundfurchig: so ein Unglücksschlag: Livia anzulasten: am Falschort und zur Falschzeit = früh, viel zu früh gerissen aus dem Bild, dem andenkenlebendigen } unsere teure jäh Dahin- und vonunsgegangene, unvergessen: seht die tiefen Kummer- und Trauerfalten in den Hinterbliebenengesichtern: so eng, so angehörig = manche freilich streift das schwere Pendel des Schicksals... } mir wollten sie die altsorg- und bruchversicherte

Witwernische lassen als Hinterlassenschaft = da kann er dann die Urne abstellen, netzgefedert ihre Asche hüten, das zarte Rascheln der Verblichenen am Gedenkohr ->->-> aber nunmehr wollen wir übergehen: Tagesordnung = umblättern: neue Seite ---

...... wie das wolkt und flust, das Gleichzeitigkeitsgehäcksel: Altlasten, Altpapier, Altblut und der Druckerstaub, schwach giftig -> die Kontrollichter glühen mattschonend in Sequenz: Millionenmonitor-vervielfacht, die Amtsspeicher auf Wolken = Rechtsabteilungen in den Kommissariaten und Justitia[=Sancta! Sanctissima!]-Palästen } aber in gottlosen Zeiten leben wir, grottlobundlurchgeblendet = wer ertrüge schon, das offenäugig mitanzusehen? -> die Sachbearbeiter bearbeiten: Sache: denn hier werden Vorgänge kleiundfeinzerrieben bei Energiesparleuchten, namensbeschilderisch [auch in AmtsBraille] und hierarchwischwasch abteilungsverästelt: hier wird dienstgetan: immer der Reihe nach und mit unverwechselbarer Aktennummer: hackerfeste Dateien und alles geht seinen Gang: die linoleumtrostspendenden Leuchtröhrengänge der Jurisprudenzfabrikstätten -> höher oben: Teppichhimmel: bitte nicht stören! -> amtsstuben- alias großraumbüro-vernunftvernüchtert, ja ausgenüchtert: Amtsvorgänge = schon wieder diese Gänge, diese Korridore: wer sich an klare Schilder und Beschriftungen hält, kann nicht verloren gehen und wird fündig: langsam mahlen sie, die Mühlen, aber fein, so abriebfein und druckbuchstabenfein, dass erst aus den Staubfiltern zu lesen sein wird die göttliche, die flirrend zerrieselte GlanzGerechtigkeit = Augen schützen! Obacht! Verblendungs- Erblindungsgefahr...
} lesen besorgen nur noch die Scanner: die Gnade des Schredders nach zehn Jahren = so viele Geschichten = all das schöne Papier: geduldig = also nehmen Sie sich Zeit! beichten Sie in aller Ruhe und Drucklosigkeit: der Amtsrichter meinte es gut mit mir -> aber einer wie der be-amtet doch im Virtuellmuseum: Blut, Gewalt, Todesschreie = Zeichen, ein Jemand drückte auf Tasten = Einser- und Nullerketten: in der richtigen Reihenfolge dechiffrierbar = es geht ums Töten, ums Sterben -------

Murschitz' leichte Irritation zuerst...bis er mir ins Gesicht blickte: ein Licht ging im auf = er sah, sah erst jetzt die Waffe in meiner Hand: beredt massiv = der Wagenheber, mein Freund und Helfer, dunkeleisern ernsthaft und so werkzeugstreu, so beruhigend kühl-sachlichunwiderlegbar, vollstrecker-souverän und begriff: seine Sanduhr war am Auslaufen, die Zeit stockte, verklumpte: das Jetzt zum Schneiden dicht: nur noch jetzt, jetzt! } um seine Augenwinkel Spinnwebenfältchen, verkniffen und so ein gebremst panisches Zucken beiderseits der Nasenflügel -> leicht entfärbt die Haut, die lotions- und kabriolettsgebräunte Posterhaut, echtes Einzelimitat, und die Poren weit offen nun: empfänglich wie nie --- seine Stimme: pelzig-belegt und gequetscht = keine Spur von ölig-sonorem Timbre mehr, abgeschminkt die Arroganz des Goldpapierfasans } ich habe nichts mit ihrem Tod zu tun, ein Irrtum, zufällige Indizien und Fall von Verwechslung...mein Alibi: hieb- und stichfest = siehe die polizeiliche Ermittlung! Hirngespinste, beweisschwindsüchtig, und hier handelt es sich um Tätlichkeit, physische Gewaltandrohung = Anzeige erstatten, Geisteszustand gerichtlich untersuchen lassen und psychiatrische Hilfe und Behandlung und Verständnis für leidüberwältigt, trauerweh, überkommen, weitergehen, immer weiter mit dem Lebensgang, erwachsen und aufrecht und condition humaine und...

Zugegeben: Gerechtigkeit einhämmern mit den Händen, den eigenen: keine Filmmusik setzte da wuchtig dröhnend ein, nichts erstrahlt } nur das Blut im Kopf wallte, wirbelte -> aber die Mühe des Schlagens, dieser elastisch zähe Widerstand: Murschitz' Kopf, sein Oberkörper: anfangs fast unbeeindruckbar, auch weil seine Arme störrisch abzuwehren suchten, unbelehrbar genau wie seine Worte: er begriff nicht, bis zuletzt nicht = Schlag auf Schlag auf Schlag und immer noch Sichsträuben, Sichrettenwollen: dem Killer ging ein Licht auf: blutig-endgültig = Recht geschah: Richtschläge: da! und da! und --------

Ja, ringsum bloß die sachgezwängte Armseligkeit, ersatzkaffeeurban: schütteres Leuchtstofflicht, griesig-körnig -> eben nur die ausgelaugte Nächtlichkeit der Stadt mit ihren defizitären Budgetschlaglöchern - helle City-Lichter? faserig-zäher Ausschussleuchtstoff, kärglich verwaschen, so gleich-gültig unaufhellend = die niemals schläft? pulsierend dynamisch? Abraumhelligkeit als Ersatzration: große Stadt = das war einmal } starkarmig: woher diese Kraft kam? Vollstreckerstark und –mächtig teilte ich die Schläge aus: dieses wuchtige Dröhnen im Kopf, im Blut: mitgerissen von diesem Brausen: Dammbruch! Dammbruch! und Murschitz blieb unwillig, begriffstützig: an Spiel, Pantomime dachte er = das kann doch nicht ernst gemeint = mir gelten, mir! } immerhin setzte er sich zur Wehr, nur am Anfang allerdings, nur zögernd [Kino! TV, Reality-Show: wo ist die Fernbedienung! Kanal wechseln!], bis endlich Leben in sein Bild kam: Abwehr mit hochgestreckten Armen und Verbalfeuerschutz = bärmlich fratzte Entsetzen und: Einsicht: das Licht ging ihm auf und drang tiefer, tiefer--

Straferschwerend, Herr Attems -> der Staatsjustizrep-undteilhaber sprach in gut abgepackten Fertigteilsätzen, straferschwerend: kein ehrliches Geständnis, keine Aktivreue: also Aktivreue ist, wenn man von selbst, aus eigenem Antrieb, mit innerer Einsicht und äußerlich sichtbar, also tätig und offen-sichtlich! bereuen tut: wer reuwärts sich bemüht, den können wir zumindest teilzeitlich erlösen: die Strenge des Gesetzgebers und –nehmers beruht ja ursächlich auf der Länge, der silbrig wallenden Schlohlänge des Ur- und Protovaters Bart [naturgemäß sind wir keine grottenabhängige Abergläuber mehr = Finstermunkelundabstrusgeschwafel: auf der Höhe der Werbung!] -> also, was ich sagen wollte, sagte Herr Ermittlungsrichter Foltzius: ja, Herr Attems: es sieht nicht gut aus für Sie, langjährige Freiheitsstrafe oder unbeschränkte Sicherheitsverwahrung drohen, eine elektronisch-schriftliche Beichte, festplattengesichert, und vor allem: rückhaltlos offen = mildernde Umstände nicht auszuschließen, tragischer Fall, Hoffnung auf ein-, vielleicht sogar zwei- oder gar multi-sichtige Richter: SühneReueBuße, es liegt an Ihnen [gut geölt oder nur salbungsvoll? – der Rechtsstandartenträger sprach so satt, so unerreichbar fremdwelten: kein ZaudererZögererZager: unbedenklich schlüssig = so einer sperrt mich überzeugungstätig in den Schuldzwinger, täglich garantierte Fütterung mitgefilmt und abgespeichert: alles korrekt im Rahmen der Menschenstrafrechtsbuchstabensuppe] – aber hören Sie, Herr Verhörmeister: Ihr Gericht, Ihre Justiz-Anstalt: mit welchem Fug befugt und rechtet sie? wer in diese Gesetzschriftmühlen gerät, endet als Fallhäcksel [Achtung: Feinstaub! Zulässige Obergrenzen! Schutzmasken im Rahmen der vorgesehenen Bedarfkriterien: von einer direkten Gefahr für Leib und Leben kann nicht ausgegangen werden]

} vielleicht nur in meinem Kopf, dieses auf und abschwellende Atemholen: Rauchernot oder Kleinhirn-Emphysem? So schreiben Sie halt den Hergang auf, wenn es Ihnen leichter fällt: lassen Sie sich Zeit, hier kommen Sie in absehbarer Zeit ohnehin nicht raus, sagte er, nicht wahr } ich hörte ihm ja zu, wenn auch so eingeglast begrenzt, verstand aber auch diesmal nicht: Zeit? Welche Zeit meint der? meinen die hier? Früher, ja: da gab es eine ganze Welt voller Zeit, farbig und beweglich, aber die ist untergegangen, mit ihr, mit Livias Vernichtung: seither mümmelt alles so im Kreis, unfarbene Rotation, feingemahlener Brei aus styroporsteriler Wiederkehr und Wiederkehr: was schert mich eure Zeit? Das Gedröhne der Wirklichkeitsmaschine = lästiger Tinnitus, schädelfräsend -> der Justizapparat bohrt und drängt und gähnt: war der Beschuldigte Harald A zurechnungsfähig zur Tatzeit? verminderte Schuldfähigkeit? Eiskalt planender Rachemörder oder geisteskranker Psychopath? [=diese unwiderstehlich wirren, tiefviolett kreiselnden Gedankenschlingen: sich wiegen, sich drehen, getanzt werden von der zärtlich unnachgiebigsten umarmenden Umnachtung: wer wollte da widerstehen!] -> das ist die Frage und deshalb scannen und tomographieren und ultraschallen sie = wie man hineinprojiziert, so quallt es psychogutachterlich heraus, ...

KOMM.: Attems haut auf die Tasten als wären's Köpfe: Umsich-schlagen eines Versinkenden? Denkt er daran, dass seine

Sprechzeit in Kürze ausläuft? -> dann wird mangels Interesse und juristischer Relevanz abgeschaltet (vieleicht lässt man ihm einen Privatspenden-abgeschriebenen PC, aber ohne Festplatte: da kann er seine Ausdruckswut befriedigen und unauffindbar auf dem Bildschirm sprachballern = jedes Wort ein folgenlos verlöschender Treffer). Liegt ihm ein Geschlossene-Anstaltsaufenthalt näher als platt langjährige Gefängniszeit schon aufgrund seines Bildungsanspruchs? Fliegen möchte er wohl, jenseits der Sprachwände und Logikdächer, wenn da nicht der Bauch, die Erdanziehung, gravitas existentialis wären... } so spannt er sein Hochseil aus Wörtergarn und tanzt die Solo-Sarabande, scharf linkshirndrehend, denkt sich einen ermesslich fernen Horizont dazu, an dem er verschwommen-undeutliche Mühlenräder wahrnehmen möchte } aber: die Leihbibliotheken bleiben geschlossen = feindliche Übernahme und RitterTodundTeufel versteigert an Hedge-FondHeckenschützen, aber: nichts klappert mehr, keine freien Bäche und das Rauschen kommt vom kosmographischen Blutdruck her ----

also hü-hott und eingeschlagen auf den Klepper: Attacke! sagte sich Attems: sollen die GerichtGerechtGerachtsHöfe ruhig hofen = im Sichtbetonpalast dröhnen die Denotationsabsauger: semantische Zwischendecke einziehen = auf dem Boden der aussagerelevanten Tatsachen bleiben: entschlüsseln nur innerhalb des selbstziehenden Bezug- nicht Bezahl!systems = wo kämen Justizbuchstabenordnung und ihre Humanverweser denn sonst hin... -> in mancher Hinsicht wäre er zu beneiden: seine Welt ist alles, was sein Fall ist = so fräst er sich tiefer und tiefer in seine Gerechtigkeitsspirale, geradezu borkenkäferartig, und: keine Rücksicht! keine Verluste zu befürchten = sprach-, also sprechschäumend: im Präsenskarussell, schneller, heller, grimmgreller = morgen ist für ihn unfassbar: geschlachtet, ausgeweidet, zu Null- und Nichtsfutter verarbeitet: daher: tanzen, sagt sich Attems, auf der Schattenwiese = inständiges Flüstern, Blutrauch-undKlagegekräusel: keiner fuchtelt mehr mit dem Schwert, dem Richtschwert, niemand bricht noch eine Lanze, keinem geht ein Licht auf...-> ja, Attems leidenschaftet, molto furioso, in die anstaltseigene Tastatur: nur nicht innehalten, nur keine Sprechpausen = Essensausgabe: die farblos überschwappende, -schlappende AllTags-undNachtsuppe: alles, nur das nicht: Zwangsernährung! verweigert! den Mund fest geschlossen: mit den Händen, den Fingern schreien...

genau, haargenau: trösten sollte er sich, der Hinterbliebene: der Ich, der Ichselber = getrost, getrost: bleibt mir doch das Angedenken, das unvergessene, und dazu die tieftreue Trauer, erst noch blutig roh, aber allmählich erblassend, so gelassen gedämpft und geschmackvoll, weil ja die Zeit und der Wind ihr sanftschmirgelndes Werk tun und außerdem denken Sie doch daran, Herr Attems: auf jeden Dunkelbitterherbst folgt die Silberfolie der Osterzwerge, gerne auch marzipangefüllt und Schmelzwasser erfüllt noch das wüstendorrigste Herz } ja, kein Grund zur Klage: mir bleiben soviele Farbschnipsel, ganze Berge von Erinnerungskonfetti = da kommt Leben in die Nostalgiefete, da geht ordentlich was ab! Und erst die Bilderstürme, digital unvergänglich gespeichert, in Starklebendfarben, garantiert licht- und gedächtnisecht ->->-> warum nicht hingenommen, was nicht mehr zu ändern war } denn die Toten, ja, die Toten...
} aber ich sage: Restitution fordere ich, Restitution! } unsere Zukunft, unser ungelebtes Zusammensein, unser Miteinander: wohnen, singen, schlafen, lieben, und SpeiseundTrank und Gespräche, freundlich sein, lieb halten, lieb haben = wo, wo denn? Schattenreich, zerbrochenes, zerbrochene! Leben -> er konnte nicht antworten, Murschitz, da blieb nur Gestammel und Kleintrotz und Blutrotz bis zum endundschließlichen Gewimmer } dabei hatte er noch Glück: starb nicht alleine wie Livia = anwesend: ein Mensch, ein Zeuge, ein Richter, ein Vollstrecker und Berichtiger: ich~~~~~~~~
}und das an die Justizmaschinenbetreiber, an Sie Rechtssystemmüller und –mahler alle: wie denn, wie um alles in der Welt konnte

ich ihn leben lassen ->-> der Killer würde keckernd aus dem Gerichtssaal gehen und weiter im Licht stehen und essen, trinken, rotzen, kacken und koitieren und auch IHRE Lebensluft atmen, Tag um Tag, selbst ihren Schatten zermahlen, zermalmen } die Zeit? die Zeit gähnt und schert sich nicht um Heilsaberglauben = offen und blutig und unheilbar, sage ich: übrig Gebliebener mit der Wunde, dem klaffenden Riss, mittendurch und entzwei ->->-> Sie aber sagen zu mir: verantworten müssen Sie sich: antworten: wortwörtlich: wir, wir Rechts- und Gesetzesvertreter ziehen Sie, zur Rechenschaft ziehen wir Sie: sprechen Sie, geben Sie zu Protokoll, aussagen Sie, aber in lesbaren, justiztauglichen, druckerfähigen Worten ohne Rand, linear! nicht literlunararisch oder -> ja, wortwörtlich sagte der rechts-undrichthabende Autoritätsausüber: unzweideutig, schön flach aus dem Drucker, nach der linearen Ordnung, binäre Signifikanten, auf Klick gespeichert: harddrivesicher ---- ich blicke in den Spiegel, zellenkleinschäbig, mit einem Hang zum Erblinden und sehe: Livias Schattenriss = hohl, das hohlt so, so ohne jeden Boden = leer der Raum, die Zeit = sie schweigen mich an ->->->
so wäre ich ein Überlebender? überleben, aber ohne zu leben .... }
= so blieb mir nur Vergeltung, Rache als Sinnersatz: ich schlug ihn tot = auch das geht auf sein Konto: mehr hatte er mir nicht gelassen in meinem Restleben: ihn vernichten war meine ohnmächtige Antwort auf dieses reißende Ausgehöhltsein in mir auf eure mildernden Umstände rotz' ich, kotz' ich--------

Sie wollen lesen, mitlesen, beweisfest und justitiabel, halleluja-gültig und vor allem zusammenhängend = erzählen Sie mal, erzählen Sie der Reihe nach, Chronos schwingt die Peitsche: hü und hott! Fassen Sie in Worte, hier wird nicht geschwiegen, jetzt ist Redezeit = Ihre! -> wir redigieren, übersetzen, falls nötig, aber wir brauchen Sinn, Kohärenz, computerlesbar und wörterbuchkonform -> Sie schweifen ständig ab, verknoten und verknäueln den Erzählfaden, verlieren sich im Uferlosen...
: wortnageln soll ich, ein Klarwort nach dem anderen = das freut auch den Speicherchip: Muster, Ordnung, Struktur! } so bekommt

alles seinen Sinn am rechten Ort und hilft der Rechtsfindung ->
sehen Sie: alles hängt eben zusammen und ab, vor allem ab: von der
Ratio und vom Luftdruck und dem Mondstand...und was
zusammenhängt, ergibt eben Sinn, fugen- und bruchlos: den Riss,
den Sie ausblenden, wegblinden: so tun als ob, als ob die Welt noch
zusammenfugte = und weigern sich zu sehen: den Riss, den SinnRiss:
da hilft kein Philosophie- oder Gottseibeiunssekundenkleber ---

-> aber Sie, sie alle, wollen Ketten, Kausalketten, Lineargirlanden =
da ranken sich Sinn und Zusammmenhang wie von selbst ums
Regenbogen-Firmament: das leuchtet ein, das ergibt diese
Schlüssigkeit, diese glatte Stringenz = das Leben könnte so schön
sein, so heiter buntes GenießerPuzzle: jedes Teil an seinem Ort und
schon leuchtet die Vierfarbendrucksonne: die neue Schlichtheit =
aber gediegen, aber naturgetreu exclusives Lifestyle-Sein = Schluss
mit dem Vergessensein im Herzenskämmerlein~~!
} nun adeundwillkommen, lieb Gitterzellenland – den Pragma-
pflegeleichtboden unter den Füßen hallu- ja hohluziniert es sich
leichter, Herr General-Staatsanwalt: ich verneige mich vor dem
hohen Gericht, ich korrigiere: Hoh-Hoh-Hosianna-Hochgericht,
gross geschrieben: ich ZuProtokollgeber, keinesfalls Gesteher! also
dieser Bluttattäter Harald Attems protokolliert, ganz aus freien
Stücken und im Vollbesitz seiner Sinne: Taten, welche geschehen }
singe! sing! sing von Liebe, von Leid und Schmerz und Trauer: aber
schön im Takt, im Dreivierteltakt: zum schöngeschwungenen Walzer
bittert der Tod: wer könnte diese Einladung zum Tanz abschlagen..? }
im Reigen, im Reugen sich neigen und beugen: denn einmal muss
hienieden verschieden sein!

Aber auf ihren ProsaLockleim gehe ich euch nicht: kein imperfektes
Sinnstiften, kein chronologbetonierter GeschehensZusammenhang
mit dekodierfreundlichem Narrativgeplätscher: das könnte euch,
Ihnen, ihnen da draußen! so passen = ab ins MindestfristArchiv: die
Lesemaschinen können ausruhen = sollen die Server damit machen,
was sie wollen -> fischen, schleppfischen mit dem Relevanznetz: so

153

selektorraffiniert grobmaschig = all die Inhaltsspreu bleibt außen vor -> Klärbecken zum Absetzen---
…stehen beblieben? Ja, der ermittelnde Richter konnte sich nicht beruhigen: Tatwaffe Wagenheber = geradezu primitives Prekariatswerkzeug, mindestlöhnerne Massenware: stillos! Ein gebildeter Mann wie Sie…und Sie schweigen zum Steinerweichen stumm: und dann dieser Akt vorsätzlich modifizierender Heimwerkerei zum Mordwerkzeug [wäre ihm ein Golfschläger lieber gewesen?] Er brannte darauf, flechette-Wörter wie Heimtücke auf mich zu schießen -> oder vorsätzlich! = bösartig, böswillig und keine Spur von Herz, von Barmherz -> los, los! barm- und er- und –keitlos ->->-> glattsauberrasierte, StützederGesellschaft-Lotion- und Aftershavegetätschelte, -gehätschelte, -vergnatzelte Visage, ein fester Bürger im Bund, im Band, im Juristenverband = also gebunden, ein-, fest- und zugebunden: die Rechtshungrigen bleiben gefälligst draußen = geschlossene ehrenwerte Gesellschaft: wir bleiben unter uns ->->->

Raucherzähne trägt Richter Folz im Gesicht, zartschmutzig gelbgrau - also fast schon sympathisch; und seine Wangentaschenhaut = mit allen Poren such' ich dich, Glattschmelz -> amtsgesalbt, laufbahngesiebt, dienstschaffen, redlich: so von Mensch zu Mensch, Herr Attems, Sie können ganz offen…, hergangsmäßig interessiert, nehmen Sie sich ruhig ein großzügiges Stück vom Zeitkuchen… niemand drängt Sie…} das Tor zum Außenleben ist für Sie erstmal zugefallen: machen Sie es sich gemütlich, locker und entspannt: wir hören zu -> oder, falls Sie lieber schriftlich reinen Tisch machen wollen = wir lesen unvoreingenommen…wenn nötig gestützt auf Psychoexpertenschultern = die sachverständigen Neuro- und Pathogenostiker erleuchten noch das Hinter-, ja Abgründigste: wer weiß, wer weiß = vielleicht blüht Ihnen noch eine Rose, eine Wund-, eine WerweißWunderrose: Schuldunfähigkeit ->->-> gillegillelocklocklock: Unz-, Unzur-, Unzurech-, Unzurechnungs, also nicht algebrafähig, keine Algorhythmen = ein harmlos in die geschlossene Irre zu Entlassender: entsorgt, anstaltswillig und – konform: ich sah seinen Denkschlingen bei der Arbeit zu = neurogebläht, -geblüht: den verwahren wir, den entgesellschaften wir, sicherheitstraktbehaust: wir sind das Interesse und die Öffentlichkeit -> dazu spitzte er den Mund, den Richtermund: küsswillig? = der steinerne Amtsengel [wo bleibt die Göttin? sie, sie höchstselbst: die mit dem Schwert: richte! richte! waagenharmoniummundi-strahlend = zerfressen von Stickoxyden und Chlorwasserstoffen, mit unwiderruflich verrutschter Augenbinde = sie schielt, melanomsätzig: ungeradeausausaus] betört selbst einen Schmal- und Bitterlippenblütler wie ihn, was für hilflose Nasenflügel er doch trägt: auch damit leben müssen...

Sehen Sie, Herr Richter: Sie sehen: ich gestehe, ich bekenne, ich wiederkaue treulich und getrostvoll: Tat, Tathergang = wie es herging beim tätlichen Vorgang getreu der Reihe, immer am Chronolog-Zaun entlang: also wenn mich die Erinnerung nicht trügt, war es ein schwach windiger Tag, kaum mehr als Vergissmeinnicht-Brise, die Luft schmeckte so eisenspänfeilig, graumelierte Gehsteige – und so zufällig streunende Passanten zufällig-sinnvoll verteilt: wussten sie? aber ich ließ mir nicht ins nackte Gesicht schauen, nein: man hätte sonst die Glocke gehört, das kleine, feine Sterbeglöckelein sein, dem Murschitz seins = mit äußerster Vorsicht setzte ich Schritt auf Schritt, nur nicht verraten, nur nicht auffallen jetzt: das Läuten erwärmte mein Gesicht, hell, hell schwingend = Livia! zahlen wird er, heimzahlen und ich kann wieder schlafen, auf dich zu schlafen, Livia, amada amante, meine tief in mir lebende } aber das geht nur uns beide an! ->->-> das Richtwerkzeug in der Tragtasche: schwang hin und her, vollgewichtig, aber ganz sachte ¯ und gab den Takt vor, den Schlusstakt~~~
dass ich ihn ausgerechnet in seiner Garage überraschte – fugenlose Fügung: er wusste augenblicklich, was es geschlagen hatte: schlecht kaschiertes Erschrecken = die Gesichtszüge ein kleines Zucken lang nacktschneckig schutzlos – sofort die PR-Miene drübergestülpt = verbindlich, dezent schwichtlerisch: unter erwachsenen, zivilisierten Männermenschen kann man konfliktlaberlaberwältigen = wir sind schließlich..., leben im einundzwanzigsten..., atavistisches Runkel-

dunkelgebrause ließen wir zurück, Stockhausenminimalismus statt Carminaekstase [Murschitz schrieb ja auch herbparfümierte Konzertlaberkritiken, pseudonym]: also was wollen Sie denn jetzt noch von mir, so Murschitz, -> nicht der Schatten eines Verdachts... kriminalpolizeilich recherchenbestätigt und -bekräftigt... wie oft muss ich wiederholen: die Geschichte mit Livia = längst vorbei, tempi passati...Schnee von vorgestern... bloß abstruse Obsessionen... -> und hören Sie, Attems: hieb- und stichfestes - er sagte allen Ernstes: hieb- und stichfest! der Killer! - Alibi, Alibi für den 17. November wie oft soll ich das wiederholen -> ein Rehbock, ja, nachts bei Kirchheim, Wildunfall...absurder Gedanke, ich könnte auch nur auf die Idee ...Livia...-> Hirngespinste...Verschwör-, Verzweiflungsphantasien...

so ja, eloquenterte er, aber er wusste: geschlagen, geschlagen die Stunde = wie ihm ein Licht aufging! aus das Spiel: abgerechtet, gerichtet wird: jetzt und jetzt = Killer Murschitz geschah Recht ->->-> seine Visage: entblößt und abgeschminkt! schäbiggrau die Haut: zog sich zusammen: bleich und nacktschneckenschutzlos sah er plötzlich aus und nun fiel der Groschen: klick! dem Heimtückmörder Mario Murschitz kam Erleuchtung = nein, kein PR-event, keine Installation, straßenbühnenveristisch, kein Publikum weit und breit: jetzt ging es ans Knochenfleischundblutkonkrete: nun lachte Ernst, lachte = der da vor ihm, der mit dem eisernen Knüppel, der zahlt heim: vergeltsgottrechtundredlich--------

-> ob er sich wehrte? ja, ein wenig Widerstand: kreatürlich, wie wir alle eben -> brüllen und stöhnen? nein: Blankstelle in meinem Kopf = weil ich ihn heulen hören will, immer noch, heulen und wehwinseln und flehgreinen..? und er sich weigerte, von diesem Blatt zu singen = Haltung bewahren! Fassung! = wo doch alles aus den Fugen, irreparabel -> und dieser Schäbigkiller hartnäckigte leug- und lügendreist! } unbeirrbar schlug ich zu, rhythmisch strömend, starkarmig, schlug zu und drauf: mein Eisenrichtzeug drang tiefer und tiefer } Livias wundzerschlagener Körper: ein toter Sack, ein Menschenknochenundfleischbündel im Rinnstein } ich zählte ihm die Wunden aus, Schlag für Schlag: gemordet hast du mir mein

Leben = jetzt kann dein Blut waschen, meine tote Livia waschen, reinwaschen: ich schrieb es dem Killer, dem Autokiller, in den Leib: und als er endlich begriff, endlich einsah, da gingen ihm mehr als die Augen über -> ein Verstocktleugner bis zuletzt = gestand nur mit den Augen, dem Körper -> Treffer um Treffer, mitten in sein Leben~~~~~~~~~~

-> aber nur mit der Ruhe, nur mit...-> sehen Sie doch, Herr AmtsundWürdenrichter, haben Sie ein Einsehen: ich kann mich ja, wenn es denn sein muss, zusammenhängend und berichterstatterisch ausdrücken = die Rolle eines rational- und kontextluziden Kommunikators liegt im Möglichkeitsbereich, durchaus! Aber Sie, Sie sind es, die nicht begreifen, nicht sehen, wie verknüpft und verknotet sich alles zueinander verhält = aber mir absprechen die Fähigkeit zur... } mein Verhältnis zur Realität sei gestört, sagen Sie; mein Rechtsempfinden pathologisch, womöglich simuliert: die verlockende Isolationsinsel Unzurechnungsfähigkeit = schuldfähig? bin ich schuldfähig fragen Sie , bohren Sie, staatsanwalten Sie: vor Gericht muss er! verantworten muss er sich: ein Menschenleben auf dem fadenscheinigen PathoGewissen und will nun dem Justizwesen seinen ZerrSpiegel vorhalten: Selbstjustiz aus einem fanatisch überzogenen Rechtsempfinden: bloße Schutzbehauptung = in Wahrheit, in unserer Wahrheit! ein eifersüchtiger Rachetäter, Rivalenneider = das Gericht ist der Ansicht, der HinundherSicht... die Schuld des Harald Attems muss als erwiesen gelten – von auch nur zeit-, genauer: tatzeitweiliger Unzurechnungsfähigkeit kann nicht ausgegangen werden: geplant in aller Sorgfalt, ausgeführt mit unmenschlicher Grausamkeit – die Verletzungen des Mordopfers Mario Murschitz sprechen eine unmissverständlich brutale Sprache: ein Schuldspruch ist mit an Sicherheit grenzender Wahrscheinlichkeit zu erwarten = verwahren! wegschließen in die Vergangenheit: Deckel drüber und archivversenken---

} aber warten Sie, warten Sie, ich spiele Ihnen das Große Finale von meiner Partitur: Tribunal, ja, Schauprozess: und bin Kläger, Richter -> und erhebe mich und ergreife das Wort: Stille wird sich ausbreiten und alle halten dann den Atem an, das ganze Klein- und Nichtigkeitsgedrusel, das Tagaustageingewürge verstummt, denn jetzt spricht der Blutkläger und –richter und noch dem stumpfsten Schriftsatzkrüppel sollen die Augen, der Verstand! übergehen!: so stehe ich vor Ihnen, hier im brennglasscharfen Schwurgerichtssaal - firmamenthoch wölbt sich über uns der Gerechtigkeitsdom---wir aber stehen auf dem Grund, dem SteinBetonundEisengrund menschlicher PflegundSprechJustiz----> hören Sie! und Sie werden sehen, ja mehr: Anteil nehmen, denn hoch erklingt das Lied der heiligen, der Sanctissima Empathica, während über Ihnen, logenexklusiv, die RotRobenbotniks scharf- also buchstabenzugespitzt vor-sprechen: Crescendo im Wortprozess = dem Angeklagten wird vorgeworfen -> die Justizprofis werfen mir vor = einfach so hingeworfen: niedrig und bedachtwillig Bluttat: GrausamMord = Gewalttäter ...

->wir wissen ja: systemkompatibel, löschbar, redundanter Gefühlsdampf: mit Emotionssäure entflecken! aber an Sie, Sie Geschworene dieses Hoch-, nein: Höchstgerichts, wende ich mich: einer wie ich ist einer wie Sie: unheilbar menschlich, beklagenswert, ein Leidgetaner: keineswegs würde mir einfallen, Sie zum Anhören etwa eines Qual-, nein: Quartetts zu verpflichten [moll-gemessen: Der kleine Tod! Und kein süßes Mädchen] aber hören Sie mich an und Sie werden sagen müssen:
ein Mensch steht hier, einer, dem seine Welt entzwei gebrochen, zerschlagen wurde: einer, ein Meucheltäter mordete meine Lebens-, meine -Gefährtin, Geliebte eines nachts, auf leerfriedlicher Straße...} sein Killerauto tobte vorsätzlich auf sie zu: schmetter-, schlagtot! = Roadkill und der Autopilot: Killer raste durch sie, über sie hinweg und wollte auch noch entkommen, unerkannt ins Dunkel flüchten: auf dies grellblutigschreiende Verbrechen reagierte die Justiz- also Gerechtigkeitsverwaltung mit gesetzdrucksachlicher Gleichgültigkeit und wohlwollender Komplizität: Fahrerflucht plus Todesfolge = schweresVergehen, zu ahnden: ahnden! nach strafbuchundparagraphennummer...= der nächste Fall, bitte!

} ja, so! so oder so wird sich das abspielen: im Gerichtssaal und mein Pflichtverteidiger wird seinen Part gelangweilt routiniert abpflichten: mein Mandant, der Angeklagte: ein Mensch wie wir alle: tiefe Gefühle, hochsensibel = hochgradig gefährdet – aus Schmerz und Liebe entstand ein Rachegemisch, explosiv, das ihn hinriss, mitriss... zur Tatzeit nicht Herr seiner selbst... sich der TatKonsequenzen nicht bewusst...verminderte Zurechnungsfähigkeit...blahbelegte Nachahmerstimme...
-> und jetzt springt der Staatsanwalt auf: robenschwarz = im Kostüm und rollenbewusst = es gibt vielleicht Kameras im Saal, mögliche lokal- oder gar landesübergreifende Printmedien-Desperados: der Angeklagte, und wir dürfen nicht einen Augenblick vergessen, dass dieser Mann, gebildet und in gesicherten Verhältnissen lebend, ein brutales Verbrechen..., lassen wir uns nicht irreführen durch solche kalkulierten Emotionsblasen..., sorgfältig berechnete Gefühlsspritzen: Heißluftemotionen, nichts weiter ... ja irreführen, von den Fakten ablenken: Harald Attems hat kaltblütig und langfristig diesen Mord geplant und schließlich mit geradezu bestialischer Grausamkeit ausgeführt: zum Richter und Henker erhob er sich, meine DamundHerrgeschworgeschwürene...

} = urteilen: ja, da läuft die Maschinerie zur Wummerdampfwalzform auf: mit Urteil meinen sie ver-! und ab- und zer! -> Begründung stelztonig und Hoh-, wenn nicht Hochgerichtskühl : ...das Gericht geht davon aus, dass der Angeklagte, obwohl nicht gänzlich auszuschließen..., zeitweise von paranoidal-schizophrenösen Wahnvorstellungen beeinflusst oder gar heimgesucht worden und wird... -> siehe die gutachterunabhängig – nein: von unabhängigen Gutachtern vorgelegten und auserläuterten Analysen lassen keinen Zweifel an einem partiell gestörten Verhältnis zur Realität... -> dennoch findet das Gericht nach eingehender Prüfung [waagende Sorgfalt!]: schuldfähig! der Angeklagte war sich der Tragweite seines Handelns durchgehend bewusst...mit großer Grausamkeit- und Vorsatzenergie ausgeführte...
} ja, so wird die Rechtssprechung abgedreht: skripttreuglatt und schön paritätisch rollengerecht = immerhin Kamera-, immerhin

Scheinwerferöffentlichlicht = so ein richtiger Groß- und SchwurProzess, mit voller Besetzung und gediegen ausgedrechselter Dröhnwort-Partitur: Verneigung [auch in Richtung TV-Serien!] für die Staatsanwaltschaft, die Richterriege und den ersatzgarniturgeschwächten Pflichtverteidiger = volles Schwur-Schwör-Schwarzgericht [und nun ein Wort von unserem Sponsor: Justitia and Friends...= offen, nach oben offen---
-> und dann werden erscheinen die Zeugen der Anklage wie der Entlastung: gerümpftnasig spreizerisch oder papierliteraturraschelnd = jedenfalls laienschauspielhaft Verlegenheitspirouetten schwurbelnd [befangenenheitsbelegte Zunge, aber so echt! so authentizisstisch = ein richtiger Mordprozess und ich live dabei: Licht! Kameras! = blutdruckbeschleunigende Bühne: ein amtssiegeloriginaler Gerichtssaal mit allen Chargen und Solisten-Darstellern: fast schon großer Schwurgerichtssaal, genau wie auf Itube und goggle, aber mit mir: authentischer geht es nicht: befragt werden: der Gerichtssaal lauscht: die Zeugenschar hat das Wort: also ichselbster geht's nimmer~~~~~]

-> der Ermittlungsrichter spielte mir einmal [als Schweigens-Zungenbrecher?] sogar Bandaufnahmen vor: Zeugenaussagen, garantiert authentisch: ja, Herr Attems, so werden Sie wahrgenommen = Außenperspektive, unbeteiligte Nachbarn, Bekannte: kein Mensch ist ein unbeschriebenes Blatt ->->-> Folz wollte mich zum Sprechen bringen, irgendwie = er glaubt immer noch: in diesem Attems gärt es doch: nur eine Frage der Zeit, bis alles hochschäumt in dem = dann die Wörterfluten, das große Reinemachen und Auskotzen: der steht doch unter Starkstrom = herausschleudern will er: Eruption! das Narrativ an sich reißen = wer spricht, der hält die Welt an und alle müssen ins Schweigeloch, in Dunkelhaft mit hartem Lager...
} zwang Richter Folz mich zum Zuhören? -> wo Sender, da Empfänger: den Code autorisiert die Justizverwaltung -> sehen Sie, Herr Attems, so Folz: noch der autistischste Inselgänger bleibt verwoben ins Menschengestrick, keiner kommt aus der Welt und

überlebt } das Band sprang an, Lautstärke: eindring-, ja dränglich, belegte, nicht bewegte Stimme:
ja, ein schwieriger, freundlich-distanzierter, nicht-erwärmungsvoller, Mensch der Mann, der Ehepartner, ja, also der Herr Attems: reserviert und undurchsichtig, verbindlich-nichtssagend, aber so unüberzeugend reserviert nur: ein Verberger, ein Heimlicher: in dem brodelte es doch: der kaschierte es nur geschickt, ein verlässlicher Kollege, kreative Seite, sorgfältig nach außen abgedichtete Empfindlichkeit, hätte ich nie für fähig gehalten... über Gefühle sprach er nur aus theoretischer Distanz..., die Ehe? fast zu perfekt, meiner Meinung nach... wer kann schon in einen Menschen hineinsehen... etwas muss in dem Mann gerissen sein... da war immer eine verborgene, verheimlichte Intensität zu spüren... -> die Kollegin extemporierte = mit der wechselte ich nie mehr als zehn Worte am Stück----

Dann die Vogue-soignierte Nachbarin, Ex-PenthouseSchöner-abgewohnt, immer auf Taille und Ton in Ton geschneidert, weil das halt so retrokulti-gestylt...-> also gewalttätig – fähig zu physischer Gewalt hätte ich Herrn Attems nicht gehalten...kein aggressiver Mensch, eifersüchtig? na ja, die Partnerin, diese Livia Lamont: nicht unattraktiv, zugegeben, Männeranlockerin, wenn Sie mich fragen, aber auch gottesanbeterindistanziert, wenn Sie verstehen, was ich meine... glücklich-stabile Beziehung? wer kann schon hineinsehen? = Kulissenrauschen, Vorhänge, bedeutungsschwer gebauscht, Wände und Masken [kommen Sie bitte Zur Sache /Frau Zoigin: zeugeln Sie, antworten Sie auf die Frage: knapp: präzise: nach bestem Wissen oder, wenn's sein muss, Gewissen] nein, Gewaltphantasien habe ich nie gehört von ihm, in der Tiefe, im Innerheiligsten stark erregbar = mein Eindruck... - einer der wegsteckt, der verbirgt.. – eher subtil gebrochen = eine Spur zu lakonironisch manchmal - kreativ veranlagt, keine Frage... immer etwas in der Hinterhand = ein Verdränger vielleicht.. schwer entflammbar, schien es mir, aber mühelos freundlichreserviert... man hatte immer das Gefühl, er spiele nur einen Part: so undurchschaubar – loyaler Mensch, verlässlich, kann nicht glauben, dass er zu so einer Tat fähig... also

ich wohne ja schon etliche Jahre in unserem Haus, kenne die Menschen: reserviert, ja, aber auch Zornausbrüche hinter verschlossenen Türen, sehr scharfes Gehör und Insomnia-gesegnet, sehen Sie: mir entgeht so leicht nichts in unserem Haus, ja, ein merkwürdig gedämpftes Tobsuchtbrüllen, eigentlich mehr ein Zischen: gute Ohren habe ich, ja, sagen alle: mir entgeht nichts, sie, die Frau war ja eine Nummer zu groß für ihn, oft kam sie spät, wenn überhaupt, nachhause = alles ruhigundfreundlich, aber dann dieses Zischen, lange Stille, Stille: dann Zischen: wenn das nur gut geht, dachte ich...
} aufwachen! dachte ich, denke ich! Aufwachen und umblättern: haarige und kleinwiderhakige Laienprosa, Papierfiktionsblumen--- } freilich: Auftritt und aussagen und plötzlich ent-anonymisiert dastehen~~~
Mir den Prozess machen: und nennen mich Mörder, gewalttatblutig und Selbstjustiz-Terrorist, so moralen, morunkeln, heuchmunkeln sie nun: Unrecht mal Unrecht ergibt kein Recht, sagen sie, die LawandOrder-Arithmetiker: Vergeltung ist Hollywood-Fantasy ist atavistisch ist schwer landsfriedenbruch- und knirscherisch! unterminiert die redlichkeitsarmierten Gesetzbetonfundamente unseres Gemeinwohls = wohl bekomm's! weil rechtsstattlich eben staatsrechtfundamental und sei es rechtsnachfolgerisch = einst war Unrecht Recht doch zu und von Recht ->->-> denn hört und tut hallelujakund: unsere autoerotische Zivilisation oder: Chaos, Anarchie, Gesetzlosigkeit = ... wenn da jeder käme und... - Rache ist primitiv, Steinzeitaxt im Zeitalter der Justizdeals, die Pragmatünche weiß und weißt: geschehen ist geschehen und nichts kann ungeschehen machen, es gibt kein Recht für Tote: Sie aber, Herr Attems, sind eines Kapitalverbrechens schuldig: gemordet, vorsätzlich totgeschlagen den Mario Murschitz, aus niedrigen Motiven heraus: nach wie vor bestehen Zweifel, begründete...kann nicht zweifelsfrei bewiesen werden, dass Murschitz in der Tat der verantwortliche und anschließend flüchtige Autofahrer, der Verschulder des tragisch-unfälligen Todes Ihrer Lebensgefährtin----

Bei aller Schuldfähigkeit gewissenszweifelsrein und -los? niemand, meine Damen und Herren Richt- und Rechthaber, niemand ist freiheihei...: lauter Komplizen, Sie alle: - vor allem aber Ihr, euer, unser! Wesen, unser Rechts- und Röcht-, Röchelwesen: ein Autokill abregistriert und weggebucht und verwortet als Verkehrsdelikt, ein fingerdrohendes SchwerVergehen gar [...gewiss nie wieder tun...]= also zu ahnden und bestrafen nach der Gebühr, Aussetzung möglich: bewährt und eingekehrt = versteht sich und die Geldbuße –> nicht mehr zu entrichten im härenen Büßergewand, mit greinrissigen Armutssandalen und einen Kälberstrick um die unscheinbare Mitte inständig gewissensgeknotet, wird gesalzen und gepfeffert tränentreibend empfindlich sein und der Führer-, der Fahrerfluchtschein bleibt ein ganzes Jahr in Amtsverwahrung, bei Wasser und Brot, schämdichbleich und entzugszerknirscht = er trieft vor Reue........

KOMM.: Ob Attems nicht in Wahrheit an seinem Drehbuch arbeitet? Sich allem Anschein nach hineinschreiben will in das, was der = sein Fall ist, nur um sich dann gewissermaßen spiegelverkehrt auf- und davonzumachen? So ein Mensch ist ein komisches Tier (sang man ja schon vor tausend Urschlammjahren, auch in der Wienerstadt und möglicherweise in Augsburg, ja, ausgerechnet!) und manche vollziehen die Strafe für die Hinfälligkeit der Einrichtungen unserer Zivilisation gewissermaßen am eigenen Leibe. Mit dem Richtschwert fuchteln mögen viele, aber konsequente Engführung bis zum Nadelöhr -> windmühlenriesig wahrgenommen: er reitet, reitet wider das falsche Ganze, auch wenn die Partikularsplitter noch lange kein Utopiefirmament ergeben...

-> genügt ihm die eine Seite im globularen Weltadressbuch? mit ausdrucksMarioimanisch versengten Rändern, versteht sich (und die Wörter: ehemals lavabrodelnderuptiv und dann krustig-schlackig = ausgeglüht: hier sprachtoste einer, der die

Zeit und den Tod und die systemimmanente Teilnahmslosigkeit nicht hinnehmen wollte: Einhalt geboten! aber die Leertasten, das farblos Unzählige erweist sich als stärker = bestenfalls ein zwei Rand- , nicht einmal Fuß, geschweige denn Endnoten -> Textabfallberge, soweit das Denken reicht: und keiner kann noch lesen...

Immerhin sagt das System: dieser Attems, so zentrifugalrotationsautistisch, wildäugiger Sprach-xylophoniker, der er ist: ein ein-(keinesfalls zwei)deutiger Psychofall, für zwischenmenschlichen Verzehr nicht geeignet: so einen muss man isolieren, so einer kann ansteckend wirken: Quarantäne! Beugehaft, falls nötig: Selbstjustiz muss auch beschäftigungspolitisch schärfstens abgelehnt werden: mit aller Härte, Gewaltmonopol, Exempel statuieren! abschrecken ohne Wenn und Aber... einen Riegel vorschieben: kein wie immer individualistisch, privatisierendes Rechtindieeigene-Handnehmen des Wesens, des Rechts- und staatssouveränen Justizwesens = der Güter höchsten eines: unser Rechtsstaat, so burgigborgigzebaothisch } denn siehe, so es steht geschrieben: im Zwiefel-Zweifel-Zwiebelfall frisst der Patri-, der Petri-, der Putriarch seine Kinder -> und hier, hier im Fegefeuerjetzt gilt: kraft und befugt walten und wesen die amtseidigen Jurisprudenzler = und gaben kund und verlautbarten: das Individuusubjekt, der Untersuchungshäftling Harald Attems willigte ein, seine Tat einschließlich der relevanten Hintergründe schriftlich festzuhalten, chrono-logisch verzahnt und nachlesbar rezeptionsneutral: der Gerichtsbehörde solcherart Vor(Nach?)schub leistend beim Finden, beim suchenden Finden der über- und hüberprüfbaren Tatsächlichkeit so wahr ihm Eidesstatt helfe ---

VIII

COMMUNIO: LUX AETERNA...

So ist wenigstens das Grellgellen in meinem Kopf erträglicher geworden, dieser schrillende Unrechtstinnitus, der mich in die Arme, die auflösungsverheißenden Arme tiefviolett bergender Umnachtung locken will, immerzu, immerzu--- } Halluzinogenfrieden, ich weiß, aber Stille, DenkundFühlstille winkt = nichts rührt sich mehr: versunken im Blutschlick, im Gedächtnismoor -> ein weither kommendes Gurgeln, manchmal, als wäre da etwas begraben, etwas Lebendiges, schwach Stöhnendes ->->-> aber, ich muss es zugeben, die Fadenscheinigkeit der Außenwelt, so wasserfarb-gilbig, die ganze Kulissenwelt: so lasset uns täuschen vor und vor: alles wie gewohnt, also analog [nicht digital!] menschenmaßstäblich = auf Regendunkel folgt Sonnenfunkeln: nur die liebe Herzenspein muss bleiben gar im Kämmerlein, so trübseligallein... } auch Jahreszeiten lümmeln nur so achtlos daher und dahin, von der Mondgezeitenöde zu schweigen: und nicht vergessen: das Gras wächst und wächst, kaut Vergangenes wieder: am Totensonntag denken wir ans Gedenken: der Lieben, der Teuren [zum Glück vorsorgbonusversichert] der permanent Abschiedverschiedenen, trauerrandig vonunsgegangen: zerstreut Hinterbliebene, zünden wir ein Grablicht, ein Vergissdichnicht an und dann nichts wie zurück zum Parkplatz, zur Endstation: brausendes Getöse hat uns wieder, elektronisch durchblitzt: digitalsuppendünnes und hochgeschminktes Eintopfweb- und i-padleben -> wo nur die Köche sitzen – ja, wo denn?: nach Wald und Fried und Hof, GPS-verifiziert, hat uns das Zähbreiquallige wieder und alle, alle schreien mit: das Leben, das Leben! = da sitze ich lieber in meiner Zelle, dunkelfenstrig und trostdumm umsorgt von dem Kameraauge an der Decke: wir verstehen uns im Wechselschweigen ------

} schütteln, das Zeitkaleidoskop durchschütteln: wie schön sich die Erinnerungskristalle auf der Großhirnrinde niederlassen: was wollten

Sie eigentlich, fragen mich die Ordnungs- und Chronologiehüter, berichtigen? was genau ins Lot bringen? ausgleichen? Rechtssprechung kann keine Gerechtigkeits-symphonie...für rasendfühlige Sensibelwaagschalwäger...und wer das herrschend steinwortige, eisenwarzige Recht bricht, wird als Rechtsbrecher behandelt... hochkomplexe Hybridzivilisation... widersprüchlich armierte Systemsysteme, auch Sub-... alles andere ist Reality-Gameshow im Fantasy-Format, verpixelt, vernixelt = morgenistheuteundgesternistmorgen... und die Wärter und Ermittler schwichtigen und benichtigen: Herr Attems, beruhigen Sie sich -> was nützt Ihr Schreien denn? Versuchen Sie's mit Schreiben, in aller Ruhe, ganz ruhig bleiben [bald aber ruhest auch du... = diese lyrischen Giftnebel!], schreiben Sie sich alles heraus: wunden- und narbentherapeutisch = einhelliger Psychiaterkonsens --- }

Also weiter: löffeln, die Dunkelsuppe, gitterstreifig, und die Nächte wachsen so inniglich sanftbestickend: Mauerteppich, Verputzgobelin: ich kann sie lesen, meine dispersionsfarbige und tiefgelöcherte Dualgeschichte = der Ind-, der Individi, der, nein: das Duum: abhanden gekommen = fragen Sie doch Livia, die spielt auf der Blutharfe, aber kein Ton ist zu hören: zerbrochen die Knochen, die Knöchelchen fein: denn dreimal muss geschieden sein--------
} zellengeviertelt daliegen, die rechten Winkel rücken vor, messen mich ab: längemalbreitedefiniert, Streifencode, was sonst? neunziggrad-Anmaßung = rechterWinkelDiktatur: noch die Kloschüssel entrundet sich = sie wollen mich klaftern, bruchleimen = einen Rahmen aus mir machen } gut, dass ich noch fliegen kann, kopffliegen, ja, aber der Bauch, der Bauch kommt mit! vor allem nachts, wenn ich hinter die Augenlider fliehe = entflohen, entflogen ist er euch, der Attems, und der Gefangenenchor dröhnt los, dass die Mauern überwältigt die Augen schließen -> die Deckenlampe allerdings: bleibt im Dienst, dienstlich verfügt und angeordnet: Vierundzwanzigstundenauge weil Haftperson [potentiell: Zwangs-Patient] Risikofaktor darstellt = wer weiß, wer weiß wie unvermutet plötzlich ein Insasse nach dem Leben trachten kann, dem selbig-

selbstigen = wer kann, der sagt: sui-, sui- und cidere, jawohl, gelernt ist gelernt: ausgelernt, wendig, wendig ins Vergessen----

KOMM.: ....so löffelt Attems, löffelt Suppe, die Gefangenen- und Kerkersuppe: er sitzt am Boden, Löffel für Löffel aus der Klomuschel schluckt er -> wo bleibt er, der dröhnendwuchtige, der mitreißende Gefangenenchor? wo das strahlbrausende Licht-Orchester mit-zwischen- und transmenschlicher Solidarität: empor! empor rauscht die unwiderstehliche leidenschaftstarke Blutdruckmusik bis an die Decke hoch: wo CCTV-Kamera und Ökoglühbirne ein- und zweiinniglich sich umschlingen, umringen: alle Menschen wären Brüder, Schwestern, Transen, wenn, ja wenn bloß diese DNA-Ketten nicht so unzerreißbar fesselten...
-> hier im Rechtwinkelzwingquadrat aber geht es dem Insassen um das Suppeauslöffeln: leicht salzig, schwach gelblich von Urinspuren – Attems löffelt brodelnd andächtig im Takt (cantus agitato): Schuld ist Unschuld = weil die Unschuld schuld ist: einen Löffel für Justi, einen für Tia, einen für Titi, einen für Ermittlungsamtsgerichtsratundrichter Foltz und die nächsten fünfhundert für den einsam tränsackigen Jäger des gegenglanzmäßig strahlenden Ird- also Erdreiches: Posaunen! Fanfaren! Attems löffelt zusehends in Trance: eine Frage von Minuten, bis die Vollzugsbeamten (Schlüsselhoheit, Schließgewalt, wacht- und wärterbefugt) eingreifen durch Schloss und Riegel: vermerkt und gespeichert in derDatei haraldattems: abnormes Verhalten des Subjekts: Wasser- aufnahme aus Klosettbecken mittels Anstaltslöffels, Subjekt wehrte sich gegen eingreifende Aufsichtsbeamte, stark emotionalisiert, teilweise unverständliche sprachliche Eruptionen, der herbeigerufene Anstaltsarzt behandelte und verabreichte....-> die exakten Details können dem beigefügten medizinischen Bericht entnommen werden, allerdings:

schweigepflichtig = nur für Befugte und Sonderrechte zugelassen...

: nachts – und oft sind gerade die Tage so nächtig, zähundurchdringlich gegenhell: da hilft kein AndenKopfschlagen oder blutige Fäuste = nein, da bleibt nur abheben, fliegen } Moment, Moment: die lesen ja mit, Beweismaterial = siehe da: euer Haft-Attems gerät in wahnhaft irrationales Schleifensausen, nicken und hämen die AmtsundSiegelBeguter: hier wird geachtet und gebannt = das weist doch zweifels-, zwiefels:frei in Richtung schizoid... -> aber vielleicht spielt er das nur, um über die zurechnungsunfähige Hintertreppe zu entkommen = Justizflüchtling! haltet den Ausbrecher! ->->-> so kommt und bohrt Eure Befunde, Expertengewürm----------

} und wieder eine Nacht aufgeschnitten: alles so entsetzlich doppelt -> was quillt da in einem? gurgelt blasenschäumend: das Leben beginnt erst um die Ecke, öffne den Zukunftsbeutel: Gebrauchsdatum abgelaufen: schneide ihn auf und die Welt gibt sich endlich zu erkennen: gesichts-, sicht-, augenlos = ja, lest nur mit, dienstlich lang- und kurzgeweilt = ihr könnt mich nicht verstummen, bis der Stecker gezogen ist: was gerichtsrelevant ist, bestimmen die Dekodierer, algorhythmisch: alles hochpräzise verkehrt herum = nicht länger ver-rückt, nicht länger so blutschleierfuroristisch aus den Fugen: aber ich wusste alles schon vorher = das Verhängnis hatte mich längst am kunstparzenvoll geschmiedeten Haken und auch diesmal begann eine erinnerungswillige Musik sich zu entfalten, mit gedämpft prächtigen Farbschleifen: harmlos gemächlich erst – wo ich mich befand? = aufgefunden an einem flüchtig aufgeschütteten Straßenrand...? -> oder doch in der zugewiesenen Entsagungszelle mönchshären, wasserundbrotnüchtern: das Dröhnen wuchs an, ein dunkelschwarmdrohender Wolkenball, der auf meinen Kopf zielte: ich hörte mich keuchen vor Anstrengung, aber trat nur auf der Stelle – plötzlich gab es noch weitere Straßen, die alle auf mich wiesen und nun scharfer Fokus: eine geballte Meute von AutoMotorSport-

Monsterfressern, lautlos sprungbereit, die dann losheulen: Brüllmotoren, hochjaulend = Bleckkühlerschnauzen fletschen, chrombissig kalt und scharflefzig: kein Entrinnen: Zerrissenwerden } dabei wollte ich doch... ein Irrtum! gellte es in mir, eine Verwechslung-------------

: und zugleich, ineinander fließend, und überwältigend farbecht herandrängend die andere Synapsenflut, die nur vorläufig abgeschaltet war: ich sitze in der nach unten offenen Isolationszelle, von drei Seiten tosen Menschenwellen heran, scheintote Massen, aber noch stromschlagzuckend in einem unabsehbar riesigen Netz, das aus letal leuchtenden Impulsen geknüpft ist und jetzt weiß ich's wieder: hier ist mein Platz, hier an dieser unseligen Dunkelküste: ihre Körperteile muss ich herausfischen, alle, auch noch die winzigsten, aus der Brandung, schwere Brecher dazwischen, nur über meine Hände verfüge ich, ölig schwere Dunkelheit, und kein Ende in Sicht: soviele Teile! und nur noch wenig Zeit = ich schaffe das nicht! schaffe es nicht innerhalb der Fristspanne, in der ich sie noch zusammensetzen und heil machen und retten kann } höhnisch zischend entweicht die Zeit -> eine Stimme heult auf, eine Menschenstimme: aber das bin ja ich, fieberhaft fischend und gleichzeitig zusammenfügend, in panisch kreischender Hast -> warum treiben immer noch mehr Körperreste auf mich zu: warum hilft denn keiner! und gewahre jetzt die vielstaffeligen Menschentrauben um mich herum: die sehen alle nur zu – nein: nicht einmal das, diese schattendunkle Masse, unabsehbar Kopf an Kopf: aber ohne Augen! Und mit aufgerissenen Rachenmäulern, geifernd und reißzahnfletschend: die Mäuler johlen, johlen und kreischen } nach mir? nach Livias zerstückelten Körper? -> -> kein Abend mehr, keine Nacht: zuende mit der Rotationsflucht: das letzte, das Endmahl~~~

Und aus diesem anschwellend Unerträglichen heraus hebe ich – nein: hebt es mich ab, ballonleicht, und beginne zu fliegen, hell, zischend hell im Kopf = ich fliege, gleite, atemlos und ein Gleißen, ungeahnt und schon immer erwartet, erhofft erfüllt mich: ich gleite, rasend schnell, aber zugleich spüre ich jede Sekunde zähflüssig abtropfen = schwerelos Gleiten, unten, auf der LängemalBreite-Flachwirklicheitsebene, sehe ich meinen Schatten drüberhuschen } ich schwebe hoch über den Straßen und Plätzen, die ich auch im Flug erkenne, tief vertraut, als wär's noch Kindheitszeit } ja, meine Schreib- und Lesewächter erwarten nun Namen, Ortsnamen, verifizierbar realen Lokalaugenschein: protokollfähig, aber ich fliege weiter, zwischen Hochhäusern, aus tausend Blindfenstern schwarzglotzend, über die Verkehrsschuppenpanzerschlangen, kein Laut dringt hoch zu mir: parabolischer Freifall, gedankenschnell = da ist die Bergheimer Allee, aber schon weggewischt } halt! anhalten, denke ich -> das war doch mein Ziel, darauf lief doch alles hinaus, aber die Jagd rast weiter, immer dem Schatten nach, als gälte es, ein Schicksal einzuholen, nachzuholen ----------

auch er, auch der amtswillige Justizwart und Gesetztext-Um- und Einsetzer, Folz/Foltz heißt er, austauschbar der Name = Hauptsache immer in der Mitte: Alter, Karriere, Zeitaufruhr, Unrechtsgetöse: durchaus gemeinschaftlich menschenähnlich = gattungskonform, also anfällig, also gefährdet: ein sprechblasiger, zusatzkrankenversicherter Minimalmund – der Zahnschmelz nachhaltig nikotingeselcht = was für den kleinen Hunger light und die Lippen stumpf ermatteter Altasbest: da kommt nichts mehr - Livia hätte gesagt: dieser erloschene Mund, diese Strichlippen: styxisch! styxisch = der küsst, der küsst nur noch Schatten, im Spiegel, heimlichsanft mit geschlossenen Augen: dunurduunddualallein..........
ab wann lässt sich die Eigenverantwortung fürs eigene Gesicht nicht mehr abwälzen auf die große weite Welt des Nicht-IchhaftenundSeienden? -> Richter Folz und seinesgleichen: schon unverkennbar enttäuschungsverfärbter Mittvierziger, Karriere im Justizwesen in der mitläufigen Mittelmaßbahn festgeschraubt und so sieht es auch sonst aus: Talgglanz in den Nasenflügeln, mitessergesprenkelt -> wo, wo denn die sanft-kundigen Frauenhände, die ihm jahrelang liebevoll... - ja, weggerissen vom kleinen Scheidungstornado, wöchentliches Besuchsrecht [die Kinderfotos auf dem Schreibtisch: nur Alibi? menschelmenschel-Aufkleber-Outing?]: ich

wollte doch ein Auf-der-strahlend-flachen-Höhe-der-Zeit-Vater sein, multi-kompatibel und apps-versiert: ganz locker weit über cool hinaus } ihm gegenübersitzend wollte ich in dies täuschend echte Kunstfleisch kneifen, fingerprüfen: ist das schon das endgültige, nicht mehr revidierbare FleischundHautschicksal? merkwürdige Akzente, die Augenbrauen: wissen aber auch nicht weiter in diesem Angesicht: kein Heil zu erwarten hier: schuppendurchsetztes Gesträube, sich ausdünnend gegen den Hohlschatten der Schläfen, unterlegt mit blaustichiger Resignation und was bedeuten die Furchen, diese Faltenschnitte an der Nasenwurzel – hat sich hier Leben, einzig-Ich-und niemand-anders-Sein, fetischfleischerne Biographie abgelagert? ja, das Leben, die Fliehkräfte, die unwiderstehliche Schäbigkeit des Verfalls: man konnte beinahe ins Phantasieren geraten, aber meine Augen lasern gierig weiter: ach, Wangen, Menschenwangen: Glanz und Elend der hängenden Fleischgärten: auch hier nehmen die Schatten zu, rasurblau und nur noch pflichtgeküsst: hätte ich damals doch nur den Mut zum Eau Sauvage gehabt: sie hätte mich nie verlassen, wir wären ein glücksumrändertes Ehepaar geblieben: ihre silberne Hochzeit geben in liebevoller Dankbarkeit bekannt...

–> Du schließt die Augen: Livia: scharfgezackte Leerstelle: die nicht gelebte, die nicht denkbare Zukunftszeit: seit ihrem Tod habe ich erfahren müssen: Leben, leben mit Livia: keine Probenauftritte, keine Vorläufig- und Studioszenen einer Ehe: immer schon Premiere, Ur- und Letztaufführung: danach der Vorhang, der eiserne-------

KOMM: Solcherart, seiner artgemäßen Menschenart gerecht, lässt Attems nicht locker: unzugänglich obstinat will er unter die semantische Oberflächenkruste dringen, sein Lebensfresko retten: schlägt die Unterschicht/Verputz ab, Schicht um immer weitere Schicht = darunter muss doch etwas vom verschollenen Original verborgen sein: ein wenig von jenem Goldsand, zukunftsschimmernd einst, und Farbspuren, schwach ekstatisch noch (rot, dieses Rot= Burgunderuntergangsrot vielleicht oder …….wild schreiendes Blau, fast schon himmeltürkis nach dem unerreichbaren Osten hin) -> Freskenarchäologie oder nur Attems' desperates Kratzen mit blutigen Nägeln = Traumheimat, Heimattraum: verloschen, verrieselt -> wer sich einmal selbst vor die Tür gesetzt hat, findet nur selten eine sinngehärtete Feuerleiter zurück...} allerdings gilt mitzubedenken: er weiß, Attems weiß nur zu gut, dass sein Auftritt zu Ende geht = will er mit prächtig wortschwalliger AbschlussSuada ablenken -> die Lichter werden ausgehen: ihm bleibt dann nur die große Geste, zuschauerlos zelebriert: sich in den umnachtungsschwarzen Schweigemantel hüllen = ein Abgang wie zu schriftlichen Zeiten (der Monitorschirm bleibt dezent gelassen dunkel = mattdunkel...)

Verständlich, wenn auch auf nüchternen Rationalkopf nicht unvermittelt nachzuvollziehen: Attems versucht offensichtlich bis zuletzt, sich aus der platten LängemalBreite-Deskriptorzeichenwelt loszureißen: so wirft sich in toxische Träume, irrfarbige Traumwirbel und –ströme, vielleicht verspricht er sich Linderung, hofft auf die kleine Apotheose...-> oder will gar ins Psycholabyrinth ver-führen, obwohl er weiß: nur Eingänge = hier findet niemand hinaus (=tiefwellwalligopaques AnalyseGebraus: auch das wäre als Eigentlichkeitsmusik fremdzuverstehen...
} ...wer weiß: Attems träumt sich in ein Auszeit-Leben weit jenseits aller Schwerkraft-Höllen (auf ewig: weil Steine talwärts, steintiefenwärts, kausalwärts stürzen: hört doch den Sisyphus!) – ein Leben, in dem nur noch Wortmassen bedeutungswirbeln und endlos konnotationsschmelzen: Energie ist Wortschwere mal Synapsenbeschleunigung, aber das würde Attems mit anderen Worten anders sagen wollen: also Vorhang zu! die Einmannshow zieht weiter wegen Geschäftsauflösung und der Solist erhält, verbrieft und versiegelt, das Recht auf Asyl...

nachts, nächtens – ich kann es nicht mehr deutlich erkennen: das strömt so, flutet an: Traumzeiten? gegen- oder gleichströmend? = alles ist relevant, sagte der Richter, kann der Rechtsaufhellung, dem Gerechtigkeitslicht dienen – schreiben Sie auf, halten Sie fest: aber die Nächte zerstäuben so, ein kreiselndes Rieseln durch mich hindurch: man träumt ja mit dem ganzen Körper: arbeitet sich ab, tiefe Stollen, rieselnde Trichter, aus Brust- und Bauchhöhle quellen, ganz drängend, die wirklichkeitsabgewandte, unterbödige einhundertachtzig GradWelt: ungesehene terra incognita: freilegen: den Zeit-dünger untergrubbern, schwach blutfarbene Biographieverbindungen, stickorganisch: rasendes Erinnerungsgeschaufel: wo bin ich? es geht ums Blindleben, um die Dunkelhälfte: die Steine, die doch fest und und ungekannt lasten, als wäre Ausgesetztheit nur vorläufig --------
die Frau, leuchtend wie nur je: sie, die immer wieder auftaucht: traumfüllend, raumfüllend, aber sie ist nicht genau zu erkennen: ein blinder Fleck in ihrem Gesicht, um die Augen -> im Halbprofil, so als wäre sie dabei, sich abzuwenden, schmerzlich, schmerzerfüllt } sie legt eine Sehnsucht frei in mir: das schmerzt so schneidbrennend, gleißt unerträglich--- warum heiße ich sie manchmal Pluribelle? und jedesmal wächst ein Schatten hoch, den ich Livia nennen will: das Gewisper in meinem Kopf schwillt immer berstender an: grell und doch auch sanft, sanft und GroßOrgelunentrinnbar: ist sie das, Livia? oder zwingt mich die andere, die Strahlendschöne, ihr in die Augen zu sehen und loszulassen alles was hellvertraut schien: dann brüllen immer wieder schwere Lastkraftwagen ins Bild: Aufbruch! Aufbruch, aber eben nicht weg von hier: Berge, schroffzerhackte Gebirgsabbrüche kesseln mich ein: kein Weg nach oben, also dann eben in den Fluss: der aber schwillt nun an, dumpfreißende, wutrauschende Strömung, eiskalt: eiskalt beißendes Gewässer: nicht zu überleben = so bleibt nur die Felswand, aber Livia ruft wie von weit her, wie aus einer Parallellandschaft: hell, hell und voller Glanzmusik, ganz unwiderstehlich unterlächelt, Musik und freundliches, zugewandtes Licht, unser Licht, Livia: brotundweinundolivenundbücherfarben, sonniglichtes Menschenholz, der ganze Kulturdekor (schicksalsgobelinverwebt – unauftrennbar = wir, wir beide: du und ich, Livia------

} und dann wieder in dem Finsterorkus: schwarzdicht und jagend schnell fließt (oder kreist?) der VerhängnisStrom, unheilflüssig und blutschwarz: mittendrin schwimme ich und jetzt treiben Körperteile vorbei, die ich erkenne, voller Grauen -> immer wieder dieselbe Aufgabe: ihre Gliedmaßen auffischen, aber dringend: die Zeit läuft ab und ich habe nur ein paar Teile, das strömt so reißend dahin und ich kann mich gerade mit allergrößter Mühe in diesen erinnerungsfarbigen Strommassen halten, trete auf der Stelle und fische unbeholfen und verräterisch nursoalsob in der schwappig rülpsenden Strömung } ich bin der Suppenkaspar, der Suppenkaspar bin ich: rührum, rührum Löffelstiel: sitzt der arme Attems in der Mühl, sitzt im Kessel, im Suppen- und Gulaschkessel, bis er gar ist, ganz und gar und alle langen zu: Mahlzeit: wohl bekomm's = zuerst die Fettaugen abschöpfen: es bleibt die klare Brühe, die Wahrheitssuppe: sie war mein Leben, sie ist mein Tod: geliebte Liebende, liebend Geliebte (amada amante= Sprachkurs für Anfänger-latino lovers): exklusiv und einzig ewig dein: nurduundduualleinsollst mein-Herzensbrechersein -> abstruse Reden von TreutreulosUntreue: schon splittert der Sprach-, der Semantikbruch: das brichbrechbrüchert und löchert und leidenschaftet = die Dämpfe des neunzehnten Jahrhunderts wabern immer noch ->->-> wir aber, wir beiden, wir bleiben Gefährten: Gefährtin Livia, geliebte Liebende: du lebst ja, ich spüre dein Atmen und du weißt ja, ich sag' dir: dein Killer hat BitterErde im Mund, schwarzflockig zersetztes, vergangenes Blut: so zahlte er nach der Gebühr Buße und Strafe: unser Leben hat er zerschlagen, ausgelöscht! und verging nach der Gebühr unter meinen Vergeltungsschlägen: hell, gleißend hell die Glocken: vereint, vereint wir alle unter, unter---
tief, tief drunten, wo die Dunkelglocke dröhnt, lautlos: stummschlundverschluckt = Stille, diese aushöhlende, einwärts stürzende TotenStille~~~~ das Licht, das Menschenlicht kommt ja aus dem Dunkleren und kehrt dahinein zurück---------

IX

REQUIEM AETERNAM   (da capo)

Ruhe sanft, Livia, sanft! nach dem anderthalbTonnenSchlag, zieh dir den Blutschleier vor die gebrochenen Augen, ruhe sanft: der Asphalt macht anstandslos Platz = entgegenkommend, körnig-schrundig } und dann kommen noch einmal die Sirenen: unwiderstehlicher Gesang: erst Rettungs-, dann, schwarzsegelseliger Leichenwagen = und dein naher, dein allernächstnaher Angehöriger wiegt sich in der All- und Normaltagsschaukel, noch ein Glas Rotwein mit Streichquartett } ein Lebensstil ist kein Vierfarbenposter, bis sie erneut vor der Tür stehen, mit ihren wie neu abgetragenen Uniformen und griesig ausgewaschenen Dienstgesichtern: Herr Attems, Herr Attems, wir bringen eine Leich'...

Noch einmal und erst recht: Ich geb's euch, hier: Memory Stick für die kleine Ewigkeit und maschinenlesbar: am Ende bleibt die geborstene, die unheilbare Sprache: Nullen- und Einserreihen im Endlosstrick: Auferstehung klicken, wischen, atmen, stimmerkennen = da könnt ihr Entziffern, solange das Anthropozän sich noch gegen die Gewesenheitsklammer sträubt } und mein Fingergewitter auf der Tastatur auf dem PC in der auch nur vorübergehenden Zelle: immerhin Spuren im Silikonchip hinterlassen: auch wenn dann nichts mehr klingt, kein Laut = verschüttet unter dem immer noch wachsenden Hochgebirge aus Vergessenspartikeln

Denn ich habe Recht getan: der mir, der uns das Leben nahm: meine lebendige Livia, den habe ich ausgestrichen aus dem Register: heimgezahlt: richtfest abgerechnet [sie ist nicht tot, ich weiß es, sie lebt und ruht doch fort und fort!
Sie wollten ein Geständnis? Ein reuetriefendes Fingerbekenntnis = wo ich ja bis zuletzt den Mund nicht aufmachte, aber mit reservatio pathetico-mentalis für die Untersucher und Schuldmesser } so wiederhole ich: ich habe keinen Mord auf dem Gewissen, ich nicht:

da müsst ihr euch an den Auto-Killer wenden: er mordete meine Gefährtin, kalten Blutes und vorbedacht = ihm hättet ihr den Prozess machen müssen: auf die Anklagebank gehörte er und er allein: zwei Leben zerstört, zerrissen, zernichtet = aber damit Sie, Sie alle nicht so linear anfangbisendeüberfliegend davonkommen: COPY AND PASTE = so lebt sie weiter, verlischt nicht:

->->->->->-> ihr, ihr Systemblockwahrer und –wächter: Ihr schriebt den Totenschein, den Lügenstein -> epitaphwuchtiges Grabmal, Grabmaul als letztes, als hohnschweres Nachwort für Livia: Todesursache tödlicher Verkehrsunfall = statistikfähiges Unfallopfer, bedauernswert und augenblickstragisch: ein Fall, ein Unfall-Fall: schlagbolzenstarke Definition, polizeiarmiert: denn wenn alles was recht ist Recht ist: dann besetzt, besatzt! Statistik: die weite Wüste Wirklichkeit = Verkehrsunfälle geschehen alle Tage, Opfer realistisch nicht zu vermeiden, ja systemimmanent: Livia ein Zähl-Zahl-Normal-Opfer! = wo motor- und massengetrieben zivilisationsgewalzt wird, gibt es systembedingte Kollateralschäden [Autobahn-Beinhäuser, PS- und XPlosionsmessen: ein feste Burg ist unser plot] amtsbuchstabenfestintreue: schwerste innere Verletzungen aufgrund eines Verkehrsunfalles: Fußgängerin von fahrerflüchtigem Raser getötet, wenigstens das stimmt immer noch: totgemacht: roadkill~~~ Ja, der statistische Zufallskomet schlug ein und bestätigt einmal mehr langfristige Durchschnitte -> ein Unfall ist ein Unfall ist ein Vorfall: fassbar, aktenfähig und abhakbar = also Routine, also Statistik [die Zahl der Verkehrstoten ist im abgelaufenen Zeitraum um zweikommadrei Prozentpunkte gesunken – es bleibt noch viel Spielraum für eine weitere Reduzierung der Todesfälle im Straßenverkehr: alle maßgeblichen Behörden und Institutionen sind sich einig, blahblahblaleluja-einig = aus volkswirt-! sozialwirt-! justizwirt-schaftschäftgeschäft–lichen Gründen [auch hier, wie überall grundelt's, gründelt's: lauter Grundgründe, Wenn- und Abergründe: von Grund auf gründlich] dürfen wir nicht nachlassen in unseren Anstrengungen, diese Zahl weiter proaktiv zu senkenimGedenkenansLebenschenken: und einem geschenkten Tod

schaut man nicht ins Abend- schon gar nicht Nachtblutrot): Livia: du bist Opfer bist du: ja der Straßenverkehr, der kann auch nicht anders: weil beim Hobeln eben Späne fallen, hat dich der Unfall-Zufall-Sterbefall-Roulettebetreiber zockersatt abgebucht und statistisch eingespeist ['aber die Gesamtzahl der erfassbaren [fass! oder bodenlos unfassbar?] Toten, opfer- und verkehrsbedingt, ist seit einigen Jahren leicht rückläufig']
so ruhe nun, so schlafe fürhiniglich und aschensanft: mögest du der Erde leicht sein = dein Ruhekissen in der Urne und Frieden deiner Nische! Geliebte: aschenraschelnd

} und noch einmal die autorisierten Zurascheflockerundbrenner: auch sie singen profigummiert und –gewindelt auf Wunsch und gegen Nachzahlung noch einmal mit ziseliertem Silberrand-Gefühl: Sie, Herr Attems, Sie sind und bleiben der nächste, der allernaheste Angehörige der verstorben Verschiedenen, nach der Autopsie, totenschein-geordnet und verbucht, wurden die sterblichen Überreste frei gegeben } abschiednehmend winken wir den Heimgegangenen noch einmal zu und .....

} so einvermenschend leuchtend das alles: nicken, kopfschütteln: tragisch, so zufrüh, so erschütternd vorderzeit gerissen, herausgerissen: blühendes Leben – fertig werden, bewältigen, weiter gehen = nichts geht weiter! keine Trauerarbeit wird geleistet und den Kopf lege ich nicht in meine Hände: Feierabend und gute Nacht, du Herze mein, lass uns orgelschwer tristessegesättigt sein auch nach der unentschiedenen Feuerprobe: zur vorläufigen Unruhe betten die Flammen, die Industriegasflammen schreiben den Nachruf, den letzten: brennend ====

Mors stupebit et natura,
non resurget creatura,
iudicanti responsura.
Iudex ergo cum sedebit,
quidquid latet apparebit:
nil inultum remanebit…

= so schreibe ich es euch hinter die Flachbildschirmaugen und Stummelohren -> aber weitehin gilt: messen, aus- und ermessen die Totgesagten: auch sie, auch du angekündigt: Strafe und Buße: wartet nur, bald kommt die Spesenquittung } so ein kleines, feines Himmelfahrtsschlüsserl, lateinisch vergoldet: also die Brille, die bildungsbeschlagene Reflexbrille aufsetzen = er zitiert, euer, Ihr! haftgebundener Attems zitiert und liefert den RIP-Schlüssel gleich mit -> aber wer's – antirömisch und überhaupt - nicht gleich lesen kann: such! Maschine such!

} Widerstehen: weitersprechen, weiterschreiben: sobald ich verstumme [sie werden die Festplatte abschrauben = leeres Tastengeklapper als Nerventonikum, harmloser Ausstellungs-, also Vorzeignarr: so lebt er dann hin…der Monitor als letzter, als blinder Weltspiegel) schließen sich die Karteien: die Stunden- und Tagesringe lagern sich ab: die Toten von gestern sind nicht einmal mehr tot: Sedimenthalden, unablässig aufgeschichtet: steriler Zeithumus = da gedeiht nur der Sand, der Sandstaub in den toten Uhren, den Gedächtnisuhren in uns: dagegenhalten = auch in den Schatten lebt Leben fort } sie bleibt anwesend, aber als Wunde, als Seinsriss---------

KOMMENTATOR (mit dem letzten Wort): Nicht undenkbar: eine selbstgezündete Obsession, die ihre eigene Schwerkraft entwickelt und damit quasi auslöserunabhängig wird = Attems, relativitätsbestäubt wie wir Bildungsbackstubenpraktikanten alle, verwechselt wahrscheinlich den dabei entstehenden Sog mit ihn ausdrücklich miteinschließender kosmischer Energie, also Gültigkeit, also Seinsrecht (noch das geringste Neutrinobündel kann den Weltenlauf beeinflussen, umlenken, umschreiben: hofft er) – und das, so Attems, bleibt nicht ohne Folgen: wenn ich mit einer Hand die Sonne verdunkeln kann, so vermag ich genausogut die Zeit, den Tod, das Vergehen anzuhalten und sei es nur lichtsekundenlang = kleine Ewigkeit für das Partikel-Ich: Unvergänglichkeit, nadelspitzenscharf: Fusion von gesternheutemorgen und das erweiterte, das grenzenlos imperfekt- und futurbereinigte Präsens triumphiert, auch gegen die Zeitwörter ----

So wäre Attems im Grunde ein wortprozessierender Tastentänzer? Ein Schizosprachjongleur, als frenetischfanatischer Rebellenritter (= wider Tod und Unrechtsteufel) kostümiert und gerüstet? Einer der ausdrucksgewalttätig die Consecutio temporum beiseite wischt als nur buchstabenprojizierte Scheinfassade...? Und der alle als Systemnicker und -flutscher, schwerwütig, ja obsessiv beargwöhnt: Komplizen! = sie bedienen den alles entscheidenden Projektionsapparat, sie helfershelfern und er, er allein: Licht! Recht- und richtsgewaltig = Lotbringer, Eichgehilfe und Schwertträger -> wir Kopfschüttler und Fnunftsiegelbewahrer: dem haben sich die Fugen verrückt => aber es hat sich ausgewirt: die Klonmilliarden krallen sich an den Blindspiegelwänden fest: lauter Solozischer, -gischer, -verlöscher.
Insofern leuchtet Attems' Suadageschäume – er glaubt geradezu inbrünstig an die normative Kraft der Wiederholungen – beinahe schon neuwirklichkeitsverheißend, wenigstens soweit die Tastatur ihn trägt. Faktenhart auf dem Tisch der Empirie bleibt jedoch liegen, unvergessen und unverdaulich: Harald Attems hat einen Menschen totgeschlagen = um die Welt ins Lot zu bringen, wie er ausdrucksstark und definitionsschwankend gebetsmühlt => sein Lot, seine Welt: furchtbar gerechter Vollstrecker (= genau mit diesen Worten will er sich im Gästebuch der Straf- und Vollzugsanstalt eintragen und vorübergehend verewigen).

} aber, aberundtrotzweil - auch im Angesicht der herrschenden Wetterlage = nach stürmischen Fall – und Steigwinden, mit intarsisch kunstvollen Querflauten, aber unbestreitbar abwesenden Aussichten auf hoffnungsfreundliche Aufhellung -

bleibt noch zu melden: Attems rasiert sich nicht mehr: die Hautkruste könnte mitgehen und sein Gesicht läge da: ausgesetzt wund -> dagegen den postsäkularen, den mahnfeurigen Savonarolabart nachwachsen lassen und Traumgesponnenes sprachdicht versiegeln: Spuren verwischen, ungreifbar bleiben, sagt er sich, aber er, wie wir alle, ist längst beschrieben, silikongespeichert und ausgedruckt: Wirrfühler und Kleinverzweifler wie Attems glauben in manchen Antigravnächten, dass die Löschtaste bis in die metaphysischen Tiefen der Festplatte hinablotet: beredtes, ja mehrsprachiges Schweigen auf Halbleitern hackerfest verborgen = tief, tief eintauchen in den tempusneutralen Möglichkeitsschlamm: Ganzkörperpackung!

Nein, kein Glockengeläute, keine vor- oder gar vorvorletzte Ruhe mit Trauerrand und Feuchtaugen = abgehakt, der Fall Attems, gedächtnisgeschreddert und versenkt (nicht einmal archivfähig: Speicherraum wird knapp). Fest steht, dass er weggeschlossen und damit dauerhaft psychpharmakomatös entschärft wird: eine Prozessbühne soll ihm verweigert werden schon aus besorgter Vorabwehr potentiell potenten Denkfriedensbruchs und Bürgererwacheschrecks. Hartnäckige Rechts- und Gebrechlichkeits-Archäologen können, nach biolog-medialer Existenzkontrolle (die Iris! überprüfen Sie die Iris – Fingerkuppen lassen sich 3D-druckfälschen!) Zugang zur Festplatte beantragen, aber das Copyright bleibt für siebzigtausend Jahre beim legitlegottlegalgesalbten und jurijustimax-, ja mumifizierten Rechtsreichnachfolger und – Verweser. Vorzeiten, vor Zeiten! = als noch alphagebetatet wurde, überlasen OberschülerEngerlinge Narrativgespinste von zugleich gerechtesten und furchtbarsten Menschen } nur Klicken und Ituben ist schöner! So hämmert Attems im beschirmt....Sicherheitsgewahrsam seine Leuchtspurketten aus Nullen und Einsern: ......